Слава Бродский

ИЗБРАННОЕ
Том первый

Slava Brodsky

SELECTED WORKS
Volume One

Manhattan Academia

Слава Бродский
Избранное
Том первый

Slava Brodsky
Selected Works
Volume One

Manhattan Academia, 2026
www.manhattanacademia.com
mail@manhattanacademia.com
ISBN: 978-1-936581-52-8

Первый том данного собрания сочинений включает два произведения. Первое из них – повесть в рассказах «Бредовый суп». Эта повесть – о математике Илье, эмигранте из России, живущем в Америке. Ему снятся сны о том, что когда-то происходило с ним в его прежней жизни. А те сны, которые ему снились когда-то давным-давно, оказались близки к его реальной жизни в Америке. Название повести взято из высказывания Ильи о ситуации в советской России: «… все было полным бредом. Люди в бредовых одеждах сидели в бредовых комнатах на бредовых стульях и бредовыми ложками ели бредовый суп».

Вторая часть первого тома – «Большая кулинарная книга развитого социализма». Она содержит кулинарные рецепты и советы для жителей двух городов советской России – Москвы и Ленинграда. Собрание рецептов относится к двум фазам общественного устройства страны – развитого социализма и коммунизма, – которые закончились в начале девяностых годов прошедшего столетия. Книга, однако, была бы полезной для многих, кто жил или живет в России в более поздние периоды времени. Она может оказаться ценной и для жителей регионов мира с похожим укладом жизни. Книга также должна представить несомненный интерес для тех, кто изучает проблемы социализма и коммунизма, и особый интерес – для тех, кто никогда над такими проблемами не задумывался.

БРЕДОВЫЙ СУП

БОЛЬШАЯ
КУЛИНАРНАЯ КНИГА
РАЗВИТОГО СОЦИАЛИЗМА

Содержание

БРЕДОВЫЙ СУП

Повесть в рассказах

Памяти Аньки

Предисловие автора

Я перечитал недавно мои рассказы и нашел их очень хорошими. Конечно, мне нравится рассказ «Ноги». Возможно, потому что это было первое из того, что я написал для своей книги. «Первый компьютер», «Саратовская оратория» и «Мелкий дождь» нравятся и мне, и многим из тех, кому я давал читать их в рукописи. В сущности, я люблю также рассказы «Последняя прогулка» и «Бостонские парадоксы», хотя не знаю никого, кто считал бы их по-настоящему хорошими. «К вопросу о глупых вопросах» и «Белая хонда» нравятся очень многим. И мне, конечно, тоже.

И вот именно эти первые восемь рассказов долгое время ходили по рукам моих друзей и знакомых. И когда я получил от них некоторое одобрение, я стал писать еще и написал «День железнодорожника», «Аленка», «На полу», «Белое Рождество» и все главы о жарком лете девяносто седьмого года. Рассказы мне самому, конечно, показались очень удачными, и я стал их включать один за другим в книгу. Тогда-то я и решил поместить ее в Интернет.

После этого я получил уже действительно много отзывов. И я подметил, что в целом положительными оказались только местные. А в России мою книгу не одобрили, и один мой знакомый из Москвы позвонил мне и сказал, что повесть моя ему совсем не понравилась.

И я сразу вспомнил, как Мишка на работе как-то сказал Брюсу: «Я с тобой не согласен». После этого Брюс ходил ужасно мрачный. То есть улыбался, конечно, но как-то вымученно очень, и все пытался у меня выяснить, почему Майк (то есть Мишка) с ним так грубо поговорил.

Я, конечно, Мишку отругал за его грубость как следует. И Мишка почему-то решил, что теперь в таких случаях он будет говорить, что это очень интересный вопрос.

– А ты знаешь, когда так говорят? – спросил я.

– Когда? – сказал Мишка.

– Когда не знают, как ответить на вопрос.

– Правда?

– Да, а ты, когда с кем-нибудь не согласен, лучше говори, что это очень интересная точка зрения.

– А если согласен?

– Тогда говори «абсолютно», вот и все.

– Это очень интересная точка зрения, – сказал Мишка.

– Ладно, это уже намного лучше. Только ты думай, как теперь с Брюсом быть.

– А как с ним быть?

– Давай позовем его в ланч пива попить.

– А в ланч разве можно пиво пить?

– Слушай, – ответил я Мишке, – человек, который может сказать «Я с тобой не согласен», о таких тонкостях, как попить или не попить пива в ланч, не должен размышлять. Это просто не вяжется с его образом.

Мы редко пьем пиво в ланч, а уж больше, чем по одной бутылке, не пьем никогда. Но тут пришлось. И Брюс отошел как раз только в середине второй. Так что не зря я все это затеял. В полном согласии с девизом, который у нас в ту пору был: "*The right relationship is everything*".

А еще один мой российский приятель сказал, что у

меня в книге много отклонений от правил русского языка. И я ему заметил, что это довольно сложный вопрос, что такое правила языка и все такое прочее. В ответ на это он как-то криво улыбнулся и сказал еще, что не очень-то понимает, о чем моя книга. Я пытался объяснить ему, что я думаю на этот счет. Но мне показалось, что эти мои объяснения его не убедили и у него осталось все-таки отрицательное отношение к моему творчеству.

А потом я зазвал его к нам на барбекю. Стали мы его расспрашивать, понравился ли ему Нью-Йорк. И он сказал, что Нью-Йорк ему понравился, но не очень, и что его удивило, что девушек у нас тут красивых нет. Ну, над этим мы все от души посмеялись, и я даже успокоился, что мои рассказы ему не понравились.

А теперь я перехожу к местным откликам.

Сильно меня за стихи ругает местный народ.

– Что это у тебя такое? – спрашивают.
– А что такое? – говорю.
– Вот это: «и медовый запах пряный мысли спутает в уме». Как это?
– А что тут такого? – говорю. – Думаете, не спутает, что ли?
– А «пьяный – полупьяный» – это что, рифма?
– Слушай, – сказал я как-то одному такому умнику, – а ты сам-то когда-нибудь стихи писал?
– Писал, – сказал он мне.
– Ну прочитай, что тебе очень нравится.

Прочитал он мне какое-то четверостишие.

– Э, – сказал я, – у тебя же там глагольная рифма. У нас, у поэтов, глагольная рифма как бы вторым сортом считается.

– Какая такая глагольная рифма? – спросил мой приятель.

– Обыкновенная: «выбирать – умирать». Так что с твоими стихами осечка вышла.

– А это не мои стихи. У меня так здорово не получится.

– Значит, у тебя еще хуже, что ли? – спросил я его, и тут же от него отошел, и больше ничего ему говорить не стал.

Когда моя книга уже была в Интернете, я все продолжал работать над серией рассказов о жарком лете девяносто седьмого года. И по мере того, как я это делал, все чаще и чаще народ стал говорить, что книжка нелегкая получается и что приходится ее перечитывать, чтобы все понять. Тогда я решил самые основополагающие мысли повторять, как минимум, дважды. А одна моя знакомая, которая учится на адвоката, сказала мне недавно, что это, на самом деле, очень известный прием. Что они как раз только что изучали все это в адвокатской школе. Их там учили, что любой документ надо начинать с того, чтобы рассказать, о чем он, а потом уже можно излагать все подробности. И в заключение надо обязательно вкратце повторить, о чем только что шла речь.

И как только я стал этим приемом пользоваться, так те, которые перечитали книгу, стали говорить, что читать стало проще. И я так думаю, что это очень хорошо, что читать стало проще.

А вот что не очень еще хорошо, так это то, как в целом народ принял мою книгу. Вот девушка одна сказала, что она очень много смеялась, когда мою книгу читала. А один мой знакомый написал мне, что он не любит такого рода юмор и вообще весь этот стиль.

Я, конечно, чрезвычайно удивился, когда услышал о юморе, потому что всегда считал, что книга моя очень грустная. А девушку эту попросил показать мне, где она там нашла что-то смешное. Она стала листать мою книгу и, наверное, только минут через десять показала мне одну страницу. Ну, я посмотрел и действительно согласился, что там я немного пошутил. Но если бы эта девушка знала, сколько я слез пролил, пока свои рассказы писал, то, наверное, о юморе она воздержалась бы говорить.

Так что давайте так, девушки мои дорогие, если вы настроены смеяться, то даже мне и не пишите, и не звоните. А вот если поплакать хотите, то тогда – милости просим: пишите, звоните, а то и по-простому заходите. И я буду всем вам искренне рад.

А вот еще один пример и все по тому же поводу. Приятеля я своего встретил не так давно. Он приехал к нам на неделю из Москвы. Разговорились с ним. Стали книжку мою обсуждать. И почему-то так все время получалось, что самые грустные в ней страницы ему казались особенно смешными.

А потом он стал вспоминать давние времена и напомнил мне об одном эпизоде. Когда я из России улетал. Это было, между прочим, прямо через месяц после путча девяносто первого года. Демократические силы в России тогда победили антидемократические. И наоборот. Ну и всякое такое. И вот меня провожали в аэропорту. И, поднимаясь уже чуть ли не по трапу самолета, я якобы приостановился на минуту, повернулся к провожающим и сказал: «Я уезжаю вследствие тех больших изменений, которые произошли в нашей стране».

Вот мой приятель и напомнил мне об этом и спросил,

какие изменения в стране меня сейчас волнуют в большей степени, и я ему ответил, что меня до крайности волнует то, что произошло вчера: *NASDAQ* упал на десять процентов за один день. И уже на всякий случай добавил: «Учти, это не смешно». И тут он засмеялся.

Ну что тут можно сказать? Да ничего здесь сказать, конечно, уже нельзя. Так что приходится мне на этой печальной ноте недоумения приближаться к концу своего предисловия.

Что мне еще хотелось бы добавить, так это то, почему я решил напечатать мою книгу в России.

Сначала эта идея мне не показалась правильной. Дело было в том, что по всему у меня определенно складывалось мнение, что российскому читателю книга явно нравилась меньше, чем местному русскому читателю. Более того, все едкие и критические замечания я получал только из России. В такой ситуации печатать книгу в России, где она меньше всего нравится, мне представлялось довольно глупым занятием.

Так я думал до тех пор, пока не догадался, что все положительные отзывы, которые я получал, весьма возможно, не имели никакого отношения к тому, насколько моя книга нравилась читающей публике. Понял я это, когда сам недавно похвалил картину одного моего хорошего знакомого просто из вежливости. А картина мне его совершенно не понравилась. И мало того, что я похвалил картину, так я еще нашел какие-то особые слова о ней, и долго разглядывал с близкого расстояния какой-то крупный мазок, и все приговаривал, какой он замечательно крупный. И наконец стал интересоваться, какие комбинации красок мой приятель использовал, и говорил, что будет ужасно обидно, если он допустил при этом какую-нибудь досадную техническую оплошность, от которой краски могут пожухнуть через триста или даже двести лет.

Вот тут-то я и понял, в чем заключается разница в оценке моего творчества между местным народом и российским.

Нет, я, конечно же, не хочу сказать, что местный русский читатель вежливее российского. Нет, нет и нет. Дело совсем в другом. Просто российский читатель гораздо откровеннее и прямодушнее. И это, конечно, мы можем утверждать абсолютно без всяких сомнений. А поскольку я всегда относился к такой черте характера, как прямота, с большой симпатией и удивлением, то я и решил, что буду публиковать свою книгу именно в России.

Вот что еще. Последнее время мне стали задавать много вопросов о моих персонажах. Кто такой Илья, который, как получается, живет со мной в одном городе? Кто такие там все время фигурируют Галка, Любка и вообще? И я всем говорю еще и еще раз: все персонажи, особенно женские, это чистой воды авторский вымысел и ничего более.

А еще я могу вам теперь признаться, что я очень боялся вот чего. У меня где-то в моих рассказах проскочило одно очень неприличное слово. Ну все, конечно, знают, как я не люблю всякие такие грубые слова. И те, кто был у нас дома, в Миллбурне, видели, что я даже табличку такую предупреждающую к дверям приколотил. А тут вот проскочило это слово и все. Как оно проскочило, я просто ума не приложу. И ничего, конечно, теперь с этим поделать я уже не могу. И я только думал, что меня за это ругать будут. Но оказалось, что зря боялся. Никто и не думал ругать. И даже все знакомые мне мамаши своим детям давали читать мое творчество. И ничего.

А как-то субботним вечером, когда мы собрались у нас в доме, кто-то из наших вдруг сказал мне: «А прочитай-ка нам свой рассказ про стоп-кран».

Ну, я и стал читать. Ну вы, конечно, уже знаете:

«А в прошлый раз я прибежал к поезду, когда он уже тронулся. И я бежал за ним с выпученными глазами. Ребята заметили меня и бросились в тамбур. И я видел, как кто-то уже теснил проводника от дверей. В одной руке у меня было три пустых фляги, а в другой – одна, но наполовину с медом. И я пытался на ходу забросить их в открытую дверь вагона. И та, которая была с медом, каким-то чудом упала вниз, под вагон. И я закричал что-то. И все закричали. И какой-то пассажир, не из наших, с испугу рванул стоп-кран».

С тех пор народ часто просит меня об этом самом стоп-кране почитать. И мне, конечно, это все очень приятно. И я приношу свои благодарности тем, кому мои рассказы нравятся, и мои извинения тем, кому они не по душе.

Слава Бродский
Millburn, NJ
2003 г.

ЧАСТЬ ПЕРВАЯ

МОСКВА

Кто пьян, кто трезв. Кто трезв, кто пьян.
Кто спит, а кто не спит.
А где ж наш славный капитан?
Он в стельку пьян лежит.

Парам-пам-пам, парам-пам-пам – играет пианино.
Парам-пам-пам, парам-пам-пам – танцует дурачина.

Он пил и правил. Был для всех
И Богом, и судьей.
Но только в том имел успех,
Что стал большой свиньей.

Парам-пам-пам, парам-пам-пам – лихая матерщина.
Парам-пам-пам, парам-пам-пам – отборная рванина.

Все изменял на корабле
Наш доблестный герой.
И вот глухого на руле
Уже сменил слепой.

Парам-пам-пам, парам-пам-пам – какая молодчина.
Парам-пам-пам, парам-пам-пам – немытая скотина.

И сам не смог бы на вопрос
Ответить, почему
Он дергал всех с кормы на нос
И с носа на корму.

Парам-пам-пам, парам-пам-пам – тяжелая дубина.
Парам-пам-пам, парам-пам-пам – нелегкая судьбина.

Какой уж день, какой уж год
Не видно берегов.
Вперед, вперед, вперед плывет
Корабль дураков.

Парам-пам-пам, парам-пам-пам – играет пианино.
Парам-пам-пам, парам-пам-пам – бесславная кончина.

ГЛАВА 1

– Откуда ты? – спросила девушка.

– Нью-Джерси, – сказал я.

– Нет, – сказала девушка, – я имею в виду... мне нравится твой акцент.

– А-а, – сказал я, – я из России.

– О, я знаю, это где-то около Германии. Да?

– Да, очень близко. Мы даже воевали с ними.

– Ты тоже?

– Нет, это было давно. Мой отец, – сказал я, – он был героем войны.

– Много ваших было убито в той войне?

– Двадцать миллионов.

– Ты шутишь.

– Нет. Ты была в России?

– Нет, – сказала девушка. – Моя сестра была. Прошлым летом.

– Ей понравилось?

– Да, очень.

– Что же ей там понравилось? – спросил я.

– Я не помню. Она была в каком-то большом городе.

– В Москве?

– Да, наверное. Но она сказала, что больше туда не поедет. А я хочу поехать. Ты думаешь, стоит?

– Конечно, поезжай. Тебе тоже понравится.

– Ты серьезно? – спросила девушка.

– Абсолютно, – сказал я.

Первый компьютер

Москва, 26 июля 1985 года

Я знаю, что теперь мало кто любит вспоминать давние времена. Я сам не люблю. Но иногда все-таки буду делать исключения. Вот и сейчас – несколько часов из каких-то там дремучих времен.

Случилось все это в восемьдесят пятом году в Москве, летом. Я только что пришел на работу, а на моем столе уже звонил телефон. Это был мой шеф.

– Здравствуй, Илья, – сказал он.

– Доброе утро, Борис Борисыч.

– Не такое уж оно доброе, – сказал шеф. – К нам комиссия едет министерскую систему проверять. Только что Четаев звонил. Я жду тебя через пятнадцать минут.

Четаев работал у нас тогда директором института. А заодно был у них председателем. А у них уж так принято было: кто директор, тот и председатель. Или наоборот. Я уж сейчас точно и не помню.

До Четаева работал у нас другой директор. Тот был куда как мягче. Если они там наверху придумывали что-то, то он, конечно, объявлял нам об этом, какой бы чушью оно ни было. Но сделаем мы это или не сделаем, его не особенно волновало.

А вот Четаев совсем другим человеком был. Мне один из наших, из институтских, жаловался, что раз в неделю, не реже, снился ему один и тот же сон. Сидит он якобы утром дома и завтракает. И тут у него над ухом Четаев как гаркнет: «Какой у тебя экономический эффект?» Ну и мой знакомый вскакивал весь в холодном поту. И никак от этих снов отделаться не мог.

Теперь никто и не помнит, какой такой экономический эффект у них был. А когда я рассказываю, мне никто не верит. Потому что получается, что вся страна работала, так сказать, в обратном направлении.

Сейчас я приведу вам небольшой пример. Скажем, вы сделали какой-нибудь станок и продали его фабрике. А на фабрике на станке наделали стульев на тысячу рублей. Так вот, если вы свой станок продали за восемьсот рублей, то экономический эффект будет двести рублей, а если – за тысячу рублей, то никакого эффекта у вас не будет. Чем дороже продали, тем вам хуже. Почему так считали, никто объяснить не мог. Да никто и не задумывался. А Четаев, так вот не задумываясь, с нас в высшей степени строго это все спрашивал и был за это на очень хорошем счету где-то там, у своих.

У меня еще оставалось десять минут. Я сел в кресло, вытянул поудобнее ноги и закрыл глаза.

Мы спустились вниз и стали расспрашивать девушку, где можно безопасно ходить. И она дала нам карту, на которой обвела карандашом маленький прямоугольник, и сказала, что если мы не будем выходить за пределы французского квартала, то все будет вполне безопасно.

– А если выйдем? – спросил я.

– Наверное, тоже все будет в порядке, – сказала девушка, – но я не советую вам этого делать.

– Как нам пройти к центру?

– Вы повернете здесь налево и пойдете все время прямо, никуда не сворачивая. Через пять минут вы будете в центре.

Мы вышли из гостиницы, повернули налево и побрели к центру. На улицах было много народу. И чем дальше мы шли, тем труднее нам было пробираться в толпе. Через каждые сорок – пятьдесят метров мы встречали какие-то небольшие музыкальные группы, и все это было похоже на какой-то джазовый фестиваль.

– Илюша! – услышал я чей-то голос совсем рядом с нами и обернулся.

Я увидел девушку с молодым человеком. Они приветливо махали нам, и выглядело это так, как будто мы с ними сговорились здесь встретиться. Более того, по всей видимости, мы были с ними хорошо знакомы, потому что, когда подошли к ним, стали называть их Мирой и Лешей, и девушка Мира схватила меня за рукав совсем по-простому и куда-то потащила.

– Тебе это должно понравиться, – сказала она.

– Что «это»? – спросил я.

– Сейчас увидишь.

– Откуда ты знаешь, что мне может понравиться?

– Я знаю, – сказала Мира, – говорю тебе, я знаю. Тебе это очень понравится.

Пока Мира тащила меня куда-то, она непрерывно что-то говорила.

– Мы пойдем в Дом устриц, – сказала она.

– Там что, устрицы живут? – спросил я.

– Нет, там устриц едят. Но мы пойдем туда не сразу, не сейчас.

– А куда же мы идем сейчас?

– Ты сам все увидишь, – сказала Мира.

Мы продвигались в густой толпе молодых людей, среди которых было много совсем молоденьких девушек. И вдруг я увидел, как одна из них резко задрала свою майку, обнажив себя. Все одобрительно закричали, и девушка опустила майку и стала смотреть наверх, на балкон второго этажа, где стояло много молодых парней. Один из них бросил что-то этой девушке. И когда она поймала и надела это на себя, я понял, что это были бусы. Толпа опять одобрительно загудела, и в эту же секунду другая девушка, которая стояла рядом со мной, повернулась ко мне и тоже задрала свою майку поверх головы, обнажив свои совершенно белые груди. И груди эти, которые были необыкновенно хороши, из-за того что она стояла с поднятыми руками, хоть и были довольно большими, просто-таки торчком торчали прямо мне в лицо, и у меня от этого, конечно, сразу же перехватило дыхание.

Я открыл глаза и в испуге посмотрел на часы. Прошло десять минут, как я сел в кресло и, по-видимому, сразу же заснул. И я удивился, какая же чертовщина может вот так, ни с того ни с сего, присниться человеку. Все, абсолютно все, в моем сне было странно и неправдоподобно. И меня еще удивило то, что когда мне все это снилось, то никакой чертовщиной мне это не казалось. И я подумал, что в следующий раз, когда мне будет что-то такое сниться, надо постараться понять, что это все – сон, и проснуться.

А сейчас мне надо было бы поскорее переключиться на министерскую систему. А про нее и в нашем институте, да и в самом министерстве, знали только в самых общих чертах. Как, кстати, и про все, что мы вообще делали. Хотя считалось, что мы работали над важнейшими государственными планами. Планы эти разрабатывались у них в государственном комитете простыми чиновниками. Естественно, они не могли представить себе, над чем страна должна была работать следующие пять лет. Поэтому они даже не утруждали себя, чтобы понять, что они там планируют. Просто рассылали набор каких-то слов. А на местах уже это все каждый по-своему расшифровывал, и потом уже народ какие-то невообразимые диссертации защищал, многие академиками становились, всякие премии получали.

Я вспомнил, как однажды мне позвонил один мой знакомый. Когда-то мы с ним на одном курсе учились. А потом он пошел работать в этот самый государственный комитет.

– Слушай, – сказал он, – у нас тут пока еще недобор. Вместо восьмидесяти программ, мы только шестьдесят пять набрали. Если хочешь, давай свои предложения.

– Да я уж и не знаю, что давать, – сказал я. – Меня тут в институте уже мучили на этот счет.

– Ты же, я помню, какими-то египетскими квадратами занимался.

– Латинскими прямоугольниками.

– Точно. Я думаю, это пойдет. Давай я прямо сейчас твою тему и застолблю. Давай, диктуй название.

Я продиктовал ему мою тему.

– Отлично, – сказал мой знакомый. – Только у нас сейчас автоматизированные системы должны идти. Поэтому давай начнем так: «Автоматизированная система…», а дальше уже по тексту. Не возражаешь?

– Нет, – сказал я. – А что это такое?

– Я тебе потом все пришлю. А сейчас давай решим, какое тебе финансирование нужно.

– Да мне много не надо. Пяти, наверное, хватит.

– Учти, что это на пять лет.

– На пять лет? Тогда пиши двадцать пять.

– Хорошо, пишу тебе двадцать пять миллионов на пять лет.

– Миллионов? – спросил я. – Я имел в виду двадцать пять тысяч.

– Ты что, с ума сошел? У нас меньше, чем на пять миллионов, программ нет.

– Правда? Ну тогда пиши пять миллионов.

– Вот и отлично, – сказал мой знакомый, – значит, пять миллионов на пять лет. Можешь уже слать нам развернутую программу.

В институте нашем программу мою утвердили мгновенно. Они уже, оказывается, полгода мучились, не знали, что послать. Через год программа эта вернулась в наш институт из комитета на выполнение. Из пяти миллионов мы потратили на зарплату за эти пять лет только несколько тысяч. В командировку я один раз съездил. Это еще двести рублей. И две ручки мне купили по рублю за штуку. А остальные деньги там где-то просто зачеркнули.

Работу по программе мы закончили в срок и через пять лет послали в комитет отчет. А там его хранили потом в течение десяти лет. Вот и все.

Я пошел к своему шефу и по дороге стал думать о том, как могло случиться, что все эти совершенно бессмысленные вещи всем казались абсолютно естественными, нормальными и обыденными. А потом я подумал, что это все очень похоже на какой-то кошмарный сон. И мне пришло в голову, что, может быть, я на самом-то деле именно сейчас и сплю. И я даже удивился, почему мне это не приходило в голову раньше. Если это очень похоже на сон, то почему же я только сейчас впервые заподозрил, что я сплю? И я стал думать, как мне можно было бы проверить, сплю я или нет, и как можно было бы проснуться. И мне даже сделалось как-то не по себе от всего этого. И наконец я понял, что я думаю совсем не о том, о чем надо. А надо было думать о том, как же нам выкрутиться с этой министерской системой. Ведь мы ее даже и не начинали еще делать.

А закрутилось все с того, что наш министр узнал, что премьер-министр поставил себе на стол компьютер. Ну и, естественно, наш министр велел установить у него точно такой же компьютер, какой был у его шефа. А у шефа этого на столе стояла «Электроника-85». Лучше этой «Электроники» у нас тогда ничего не было. Стоила она недорого. А достать ее было ужас как трудно. Премьер-то достал. А нашему министру это все никак не удавалось. Хотя какой-то другой министр, который «Электронику» делал, клятвенно обещал ему в июле восемьдесят пятого года выделить шесть штук.

А вы, наверное, и не знаете почему нам шесть компьютеров нужны были? А у нас было любому известно, что для того, чтобы «Электроника-85» работала, нужно еще пять таких же – на запасные части.

Так вот. Было это в феврале восемьдесят пятого, когда министру нашему пообещали шесть компьютеров к июлю. И он сразу приказ издал, чтобы сделать все, как надо, в недельный срок. То есть к первому марта. Приказ отправили нашему Четаеву только в апреле. Четаев, конечно, прекрасно знал, что все, что по вычислительной части, надо передавать в нашу лабораторию. Но пока он понял, что компьютеры – это то же самое, уже прошел июнь. Когда приказ увидел Борис Борисыч, был уже июль.

Ну что здесь можно было сделать? Сказать, что же вы, мол, приказ отправили в апреле с мартовским сроком, да еще и о компьютерах забыли? Нет, так обычно никто не делал. Я предлагал шефу послать в министерство план разработки системы лет на десять. Они вполне могли бы его по ошибке и утвердить. Но Борис Борисыч нашел другое решение. Как только он увидел, что срок уже давно прошел, он отрапортовал в министерство, что система готова. При этом объяснил министру, что нам нужны еще два месяца после того, как компьютеры привезут. А вот для чего нам были нужны эти два месяца, я придумал. Для того, чтобы компьютеры заизолировать проволокой, чтобы из американского посольства не смогли ничего такого нашпионить. Я, правда, это в шутку предложил. Но Борис Борисыч все это немедленно одобрил. Так наше объяснение и было принято там, наверху.

Министр, получив известие, что система готова, и забыв, что компьютеров еще нет, отрапортовал премьеру, что все в полном порядке. А премьер прямо отрапортовал в самый главный их орган, который они почему-то называли политическим бюро. Вот они там и решили посмотреть, как у нас все это работает.

Я вошел в кабинет шефа.

– Где Митя? – спросил он меня.

– Дома, наверное, – сказал я, – отсыпается после ночной смены на овощной базе.

– Звони ему срочно. Нет, подожди. Слушай меня внимательно. Звонил министр. Сказал, что через пятьдесят минут он ЕГО привезет к нам.

– А кого «ЕГО»? – спросил я.

Тут Борис Борисыч посмотрел на меня так, что я сразу

все понял: ну о чем со мной можно говорить, если я простых даже вещей не понимаю.

– Слушай, – сказал он, – ты можешь что-нибудь сделать?

– Да вы что, Борис Борисыч, не знаете, что «Электроники» нет и неизвестно, будет ли она когда-нибудь.

– А эта... у тебя есть? – спросил Борис Борисыч и стал свой лоб морщить.

– Какая еще «эта»?

– Ну, эта...

– «Искра», что ли?

– Во-во!

– А при чем тут «Искра»? – спросил я.

Тут он опять на меня посмотрел, и я опять понял, что он хотел бы сказать: «Вот работаешь тут с такими. Мало того, что сами ничего придумать не в состоянии, так даже когда им все объяснишь, и то ухватить не могут».

Ну, тут я уже сразу сказал, что, мол, понял, Борис Борисыч. А что я понял-то? Эта «Искра» вообще-то шла как персональная ЭВМ. Хотя от земли оторвать ее было невозможно. Такая она тяжелая была. А может, еще и потому, что она к полу на болтах намертво была прикручена. Да еще у нашей «Искры» каких-то ламп не хватало. Потому что там, где эти лампы делали, вместо трехсот тысяч сделали только восемь штук. Правда, их министр обещал нашему министру специально для нас сделать девятую сверх плана. Но, конечно, сразу об этом забыл.

Я позвонил Мите. Хорошо, что он еще спать не лег. «Приезжайте, – сказал я, – тут такое творится».

Приехал Митя. А я к тому моменту уже нарисовал

табличку «Электроника-85» и прилепил ее к «Искре». И решили мы набрать побольше всяких таблиц. Скажем, какой-то там завод план производства выполнил на сто пятьдесят процентов, а другой – только на девяносто девять.

Хотя должен сказать: выдать такую информацию, что план выполнен на девяносто девять процентов, мог только самый последний недотепа. Обычно все писали больше. А сколько писали, зависело и от того, сколько на самом деле было, и как крепко сидел директор, и от многих других вещей. Вот, скажем, если план был выполнен на сорок семь процентов и директор никаким уважением не пользовался нигде, тогда он должен был написать скромно: сто один и две десятых процента. А если директор был крепкий какой-нибудь, то он и при семнадцати процентах мог написать сто тридцать четыре и семь десятых процента. И был бы еще крепче после этого.

Вот и решили мы с Митей представить дело так, будто вот прямо сейчас к нам информация стекается со всех заводов страны. Но тут, как назло, «Искра» совсем отказалась работать, и мы смогли набрать только одну единственную таблицу, и из всего, что на «Искре» было, работали только выключатель и ручка яркости монитора.

А в это время подкатили к нам черные машины. Смотрим, идет наш министр и что-то услужливо объясняет какому-то дяде. А дядя был очень старый, конечно, но так – ничего особенного. Может быть, только шея его и выдавала. Крепкая она у него была. Ну, как у них у всех. И номер на машине был с тремя нулями в начале.

Для тех, кто уже не помнит ничего или не знал никогда, скажу, что с одним нулем машин довольно много разъезжало и в них всякого рода начальство сидело. С двумя - члены правительства ездили, и народ такие машины членовозами называл. А три нуля я только вот один раз в жизни и увидел.

Подошли к нам ребята эти трехнулевые, и мы начали объяснять им, как наша система работает.

– Вот это, - сказал я, - рапорт Уральского горно-металлургического комбината. План по добыче черного сланца выполнен на сто двадцать процентов.

– То есть, - сказал Митя, - перевыполнен на двадцать процентов.

Тут я ручку яркости у монитора крутанул туда и обратно. Картинка пропала и тут же появилась обратно.

– А вот, - опять сказал я, - рапорт Уральского горно-металлургического комбината. План по добыче черного сланца выполнен на сто двадцать процентов.

– То есть, - сказал Митя, - перевыполнен на двадцать процентов.

Тут я опять ручку покрутил и толкнул Митю в бок.

– А вот - сказал Митя, - рапорт Уральского горно-металлургического комбината. План по добыче черного сланца выполнен на сто двадцать процентов.

– То есть, - сказал я, - перевыполнен на двадцать процентов.

Посмотрели мы с Митей на них. Вроде бы все нормально.

Вот с цепкостью, изворотливостью и живучестью - это у них всегда хорошо было. А с памятью и сообразительностью - с этим как-то похуже.

– А где же этот компьютер вообще стоит всегда? -

спросил дядя.

Тут наш министр отличился:

– У меня в кабинете, – сказал он.

– А информация с заводов как поступает? – спросил дядя.

– По проводам, – не моргнув глазом, ответил министр.

Дядя был доволен ужасно. Потом они пошли в кабинет к Четаеву. А через пару часов вызвал Борис Борисыч нас с Митей и сказал, что дядя был в восторге и дал отзыв о системе как об уникальном явлении. И что он сказал, что это первый в стране компьютер, работающий на службе у народа, и просил поблагодарить создателей системы и выразить им свое восхищение. И еще дядя сказал, что системе нет аналога не только в стране, но, по всей видимости, и за рубежом, и он велел Четаеву без всяких там проволочек представлять ее на Государственную премию.

– Слушай, Илья, – сказал мне Борис Борисыч, – ведь ты же сегодня в отпуск уходишь.

– Да, – сказал я, – у меня поезд через полтора часа.

Тут мысли мои закрутились совсем в другом направлении. Вспомнил я, что все билеты на поезд у меня, что сам я на поезде не поеду, потому что мне надо машину гнать. И гнать ее, как всегда, буду ночью. Вспомнил, как Кирилл меня спросил:

– Ну, в этот раз ты не опоздаешь? Помнишь, как ты в прошлый раз нас подвел?

– Чуть не подвел, – уточнил я.

– Чуть не подвел, – согласился Кирилл.

А в прошлый раз я прибежал к поезду, когда он уже тронулся. И я бежал за ним с выпученными глазами.

Ребята заметили меня и бросились в тамбур. И я видел, как кто-то уже теснил проводника от дверей. В одной руке у меня было три пустых фляги, а в другой – одна, но наполовину с медом. И я пытался на ходу забросить их в открытую дверь вагона. И та, которая была с медом, каким-то чудом упала вниз, под вагон. И я закричал что-то. И все закричали. И какой-то пассажир, не из наших, с испугу рванул стоп-кран.

А еще я вспомнил, что я должен домой заскочить за шмотками. И что хотя до переезда оставалось около месяца, уже сейчас было ясно, что больше четверых мы на него никак не наберем. И много еще чего такого вспомнил. И услышал я, как Борис Борисыч спросил:

– Ты куда едешь-то?

– В деревню, – сказал я, – на пасеку.

– Отдохнуть, значит? Это хорошо. Поезжай, отдохни.

– Ну так я побежал? – сказал я.

– Беги, беги, – сказал Борис Борисыч.

И побежал я отдыхать.

ГЛАВА 2

Мы решили не спускаться до самого дна каньона и просто шли некоторое время по узкой тропинке вниз. Минут через десять мы увидели группу на мулах, которая обогнала нас в самом начале спуска. Они остановились, потому что один из них – мальчик – наверное, лет семи – восьми, испугался и попросил ссадить его с мула. Его отец тоже был там и стоял рядом с мальчиком.

Проводник позвонил наверх, и все стали ждать, пока оттуда придут забрать мулов у мальчика и у его отца. Мы тоже остановились там и стали смотреть вниз на каньон.

Еще наверху я слышал, как отец говорил мальчику, что мулы будут идти по самому краю обрыва, и это будет, наверное, страшно, и что билеты стоят двести долларов, и он не хочет, чтобы мальчик передумал, когда они уже начнут спускаться. Но мальчик сказал, что это не будет страшно, потому что в проспекте написано, что мулы никогда не ошибаются.

Проводник стал медленно объезжать всех своих. Он поправлял что-то у каждого и что-то всем объяснял. Рядом со мной сидел на муле парень в широкой шляпе. Выглядел он просто шикарно. Проводник подъехал к нему и тоже стал что-то поправлять у него.

– What's your name, sir? – спросил проводник.

– Jim, – сказал парень.

– Where are you from, Jim?

– Philadelphia.

– Phi-la-deeeeeel-phia?! – сказал проводник. – What do you think so far, Jim?

– It's beautiful, – сказал Джим.

– It is, – сказал проводник.

С нашего места на каньон открывался умопомрачительный и абсолютно фантастический вид. И все стояли молча, как завороженные.

Последняя прогулка

Москва – Сочи, 16 – 19 мая 1988 года

– А ты знаешь, что у них намечено на следующий год? – спросил я Кирилла.

– Нет, – сказал Кирилл.

– У всех всего будет абсолютно поровну, денег не будет, и в магазинах все будут давать бесплатно.

– А разве они это не отменили? – спросил Кирилл.

– Нет, – сказал я.

Кирилл замолчал и глубоко задумался. А когда я его спросил, о чем он думает, Кирилл признался мне, что он сильно обеспокоен моим сообщением, и замолчал опять. Я снова стал спрашивать его, о чем он думает, и Кирилл сказал, что он все пытается представить себе, как может быть так, чтобы в магазинах все было бесплатно, и что у него каждый раз получается, что это может быть только тогда, когда в магазинах ничего нет.

Это было в конце августа семьдесят девятого года. А в начале сентября мы встретились с Кириллом опять, и он стал излагать мне свой план.

– Слушай, Илюша, – сказал он, – у тебя ковры какие или шубы есть?

– Ну, предположим, – сказал я.

– У меня тоже есть. Вот мы их в ломбард сдадим, а на вырученные деньги купим пчел. В мае откачаем майский мед, продадим его и выкупим шубы.

– А дальше что?

– В конце лета откачаем еще мед и, если они деньги

отменят, будем мед менять на все что угодно.

Кирилл сказал мне, что главное в его плане заключается в том, что мы образуем что-то вроде пчеловодного братства где-нибудь далеко, в саратовской глубинке. Так, чтобы к нам не смог добраться никто из посторонних. И чтобы в наш оазис приезжали только наши друзья и единомышленники. И для многих из них это будет просто спасением, и для всех у нас найдется нетяжелая работа и душевный отдых.

Когда я выслушал это, я даже не знал, что мне Кириллу ответить, настолько мне все показалось наивным, и мы несколько секунд молча смотрели друг на друга. А потом Кирилл мне сказал, что в его семье часто вспоминают о близком друге его деда. Этот друг был так перепуган всякими событиями, которые произошли в России, что не выходил из дома около десяти лет. И вот как-то в конце двадцатых годов он наконец решился и вышел из дома. Он просто вышел на улицу. И вернулся домой совершенно подавленный. Вот тогда-то он и сказал то, о чем потом часто вспоминали у Кирилла в семье. Он сказал: «Я больше к ним не пойду».

Когда Кирилл поведал мне об этом, он сделал такую, знаете, многозначительную паузу. Ну, а мне никакой такой паузы даже не нужно было, чтоб понять, что Кирилл хотел сказать. А хотел он сказать, что на свете помимо таких черствых и практичных людей, как я, которые могут спокойно ходить на работу, общаться с начальством и даже ездить по министерствам, есть еще категория лиц уязвимых. С гораздо более тонкой нервной структурой. И для таких людей мы просто обязаны придумать что-то такое, где эти люди смогут отгородиться от всего и расслабиться хоть на какое-то время.

Ну что я мог ответить Кириллу после этого? Конечно, я подошел к нему, обнял его, поцеловал и сказал, что целиком и безоговорочно поддерживаю его идею. И прямо после нашего разговора еду к себе домой и лезу в чулан вытаскивать все мои шубы и ковры.

А может быть, я не обнимал и не целовал Кирилла. Я уже сейчас точно всего не помню. Шубы? Нет, шуб тоже, кажется, у меня не было. Ковер вот был. Это я точно помню. А вот шуб не было. Да и чулана никакого, конечно, не было тоже. Но это уже и не столь важно.

Ну, потащили мы все, что у нас было, в ломбард. И это оказалось самой легкой частью нашего плана. Можно представить себе, каково нам было заводить пчеловодное хозяйство, если для того, чтобы купить какой-нибудь самый обыкновенный гвоздь, надо было полстраны объездить.

И с населением местным поначалу у нас как-то плохо получалось. Народ даже угрожал нам петуха красного под крышу пустить в первую же ночь, как мы дом купим. А насчет легкой работы – это, конечно, Кирилл был сильно неправ. Я потом частенько ему об этом напоминал, а он только себе в бороденку посмеивался.

И все-таки постепенно-постепенно наладили мы наше пчеловодное дело. Заработал наш оазис, и народ к нам потянулся.

А мы хозяйство большое завели. Два дома в деревне купили. Мед тоннами пошел и нас всех прямо-таки выручать стал. И чем хуже у них все становилось, тем лучше и лучше у нас все получалось. А в восемьдесят восьмом продали мы наш мед во Францию. И хотя в это время народ за доллары уже не ставили к стенке, мы все-таки попросили покупателей наших вместо долларов прислать нам компьютеры. И вот собрались ехать в Сочи продавать эти самые компьютеры в какую-то местную контору.

В девяносто втором математики из Массачусетского технологического института и другие умники присоветовали мне все это в резюме отразить и на интервью рассказывать. «Это, – говорили они, – очень полезно, чтобы показать, какой ты активный».

Мое первое интервью было в Бостоне. Ребята там делали то, чем я занимался всю мою жизнь, и я разбирался в этом больше, наверное, чем все они вместе взятые. Надо было только рассказать им об этом.

И вот я сидел, беседовал с главным по кадрам. А он все время водил пальцем по моему резюме и, когда он наткнулся на запись о пчеловодстве, стал задавать мне вопросы. Ну, я и начал ему излагать всю нашу историю. С подробностями. О том, как мы испугались, что в магазинах все бесплатно будет. И вообще – обо всем.

А главный от всего этого бреда просто обалдел. Конечно же, он решил, что я – псих какой-то. И бедняга, наверное, все никак не мог решить, скорую помощь ему вызывать или полицию. А чего, спрашивается, мучился? Все равно, кого ни вызывай, а приезжают все сразу. Помните, когда Митя на мине подорвался?

Это было осенью девяносто четвертого года. Я сидел с Митей у него дома, когда по какой-то причине у них там выбило пробки. Мы спустились в подвал и стали искать электрический щиток. Я попросил Митю посветить мне фонариком, и он сказал, что фонарика у него нет, зато в подвале он где-то видел свечку.

Свечка эта, как потом выяснилось, оказалась динамитной шашкой, которая почему-то осталась еще от бывшего хозяина дома.

Принес Митя свечку свою и зажег ее. Шнур, как полагается, искрами пошел. А Митя только и успел сказать: «А это не свечка, это...»

И тут как грохнет!

Ну, я только успел набрать 911, а они сами мне уже называли Митин адрес, ну, знаете, наверное, как это бывает. В общем, через две минуты полицейская машина, скорая помощь и, конечно, пожарная были у Митиного дома. И, наверное, через час ему уже пришивали всякие там пальцы обратно. А с глазами вообще все нормально получилось, потому что он был в очках.

Короче, мы собрались ехать в Сочи. И тут мне позвонил Сеня, который всю эту историю с Сочи и придумал, и сказал, что он тоже поедет с нами отвозить эти самые компьютеры. А Сеня через неделю должен был уже в Вену лететь. «Это будет моя последняя прогулка в России», – сказал он мне.

В те времена везти компьютеры на поезде было не очень-то обычным и безопасным делом. Нас вполне могли бы и прибить по дороге. Поэтому мы замаскировали все наши картонные коробки с компьютерами под пчеловодное оборудование.

– Эй, ребята! – услышали мы, как только выгрузили все это наше богатство на вокзале из машины.

Это был вокзальный носильщик с тележкой.

– Давай, ребята, – сказал он, – я ваши компьютеры

мигом до вагона довезу.

– Это не компьютеры, – сказал Кирилл. – Это пчеловодное оборудование.

– А мне все равно, – сказал носильщик. – Ставь свое пчеловодное оборудование на тележку быстрее, а мониторы давай сверху.

В общем, загрузились мы в вагон, компьютеры в купе затолкали. Тесно стало, конечно. Но мы все это терпели и ехали вот таким образом в Сочи.

Обстановка была очень нервная. И понятно было, почему. Потому что мы все думали и гадали, когда же нас начнут прибивать. А когда стало ясно, что прибивать нас не будут, обстановка все равно не разрядилась. Потому что Кирилл за что-то обижался на Сеню, а Сеня за это – на Кирилла.

Наконец прошли один день и две ночи. Утром я почувствовал, что меня кто-то толкает в бок. Я открыл глаза. Это был Кирилл.

– Уже семь часов, – сказал он. – Вставай. Через полчаса приедем.

– Встаю, – сказал я.

– Как спалось? – спросил меня Кирилл.

– Хорошо. Только ты, Кирилла, зря меня разбудил. Я видел такой замечательный сон.

– Про компьютеры?

– Да, и про компьютеры тоже.

– Что же ты там видел?

– Мы играли в бридж в каком-то жарком южном городе. Это был, наверное, крупный турнир – я слышал, как кто-то сказал, что там было шесть тысяч человек.

– А у вас разве так много народу собирается? – спросил

Кирилл.

– Нет, конечно. Там вообще все было в высшей степени необычно. Наверное, в этом моем сне я попал в какое-то прекрасное будущее лет на двести вперед. Мы жили в замечательных гостиницах и оккупировали целый гостиничный комплекс. В первый же день мы играли в огромном зале размером, наверное, с небольшое поле. Весь этот зал был плотно заставлен столами, за которыми сидели люди, и все они почему-то улыбались. Когда мы закончили утренний турнир и вышли в холл, нас стали кормить какой-то совершенно замечательной едой.

– И там были совершенно замечательные девушки и совершенно замечательные компьютеры. Да? – сказал Кирилл.

– Да. В холле ко мне подошла очаровательная девушка и спросила, какое место мы заняли. Я сказал, что мы не играли вчера, и сегодня – наш первый день. И девушка сказала, что она это знает и что она спрашивает про сегодняшний турнир. А когда я засомневался, можно ли все подсчитать так быстро, она сказала, что результаты уже известны.

– И все это было подсчитано компьютером, который находился в специальной комнате с бронированной дверью и вооруженной охраной.

– Да, – сказал я, – результаты уже были известны. И девушка повела меня в зал, к тому месту, где на стене висела компьютерная распечатка. И я увидел, что напротив наших имен в трех столбцах стояли три единички. Я спросил у девушки, что это значит. И девушка спросила меня, мое ли это имя. А когда я сказал, что это мое имя, она посмотрела на меня как-то совсем по-другому и сказала, что меня можно поздравить, потому что я и мой партнер Сэм Даамен заняли первое место во всех трех категориях.

– И потом она обняла тебя и поцеловала, – сказал Кирилл.

– Да, – сказал я. – А как ты догадался?

– А что тебе еще может присниться? Жаркий южный город, бридж, милые девушки, компьютеры.

Кирилл все продолжал надо мной подтрунивать. А я стал рассказывать ему, как я хотел бы научиться во сне понимать, что мне снится сон. Особенно, когда мне снится совершенно абсурдный сон. И что мне пока никогда не удавалось это понять и проснуться.

– А кто такой этот Сэм Даамен? – спросил Кирилл.

– Понятия не имею, – сказал я.

В эту минуту в купе вошел Сеня.

– Поезд сильно опаздывает, – сказал он.

– Откуда вы знаете? – спросил Кирилл.

– Проводница сказала, что поезд за ночь отстал от графика на десять часов.

– Опять все у них не путем.

– Это еще не самое страшное, Кирилл.

– Что еще?

– В вагоне-ресторане закончилась еда. А у проводницы кончился чай.

«Эй, – подумал я, – как же я сразу не догадался?! Вот оно! Вот оно! Поезд не может за одну ночь отстать от графика на десять часов! Это – бред. Это – бред! Я должен проснуться! Немедленно! Как же это делается? Надо себя за что-то ущипнуть?! Я должен проснуться. Я обязательно должен проснуться! Я не хочу, чтобы поезд опаздывал на десять часов! Я не хочу, чтобы в вагоне-ресторане закончилась еда! Я не хочу, чтобы у проводницы кончился чай! Я больше не хочу смотреть этот сон! Я хочу обратно в жаркий южный город! Ну! Ну, проснись! Проснись же!»

Конечно, мне не удалось проснуться. А насчет чая – это вообще моя промашка была. Надо было, конечно, взять чай с собой. И колбасу, которую я еще зимой прикупил, и так она у меня аж до поздней весны в морозильнике и пролежала, тоже, конечно, надо было с собой взять.

Вот я сейчас про себя улыбаюсь, потому что я вспомнил, что мне Мира рассказывала недавно. Полетела она летом в Россию с детьми. И куда-то они там поехали на поезде. И вот захотелось им всем чаю попить. Ну, Мира проводнице и говорит:

– А нельзя ли принести чаю, пожалуйста.

А проводница ей в ответ:

– Вы, – говорит, – наверное, из Америки будете?

Кирилл, видимо, заметил мое волнение и сказал, что после такого замечательного сна мне нельзя работать, по крайней мере, неделю и что он будет за мной наблюдать, чтобы я отдохнул хорошенько. И поэтому все компьютерные хлопоты теперь ложатся на Сеню.

Мы приехали в Сочи поздно вечером и на следующее утро потащили свои компьютеры на показ. Конечно, народ местный сразу набежал смотреть на диковинные вещи и стал интересоваться, какая память у компьютера, цветной он или как, и, конечно, сколько стоит.

Сеня сразу стал лекции про компьютеры читать. И читал все утро и продолжал читать днем. И когда пришли мы с Кириллом с моря, Сеня как раз лекции свои закончил.

– Знаете что, Сеня, – сказал Кирилл. – Я чувствую, что ваши лекции народу непонятны.

Сеня тут помрачнел и сказал:

– А как вы можете знать это, если на лекциях моих не

были? А у меня из шестнадцати человек пять-шесть понимают уже все очень хорошо и такие вещи делают, что я не нарадуюсь.

– Если хотите знать, Сеня, из шестнадцати человек такие простые вещи должны понимать минимум пятнадцать.

– Тогда, – сказал Сеня, – я тоже хочу отдохнуть.

К моему удивлению, Кирилл немедленно это одобрил и даже стал интересоваться, каким именно образом Сеня предпочитает отдыхать. А Сеня сказал, что у него идеи относительно отдыха очень простые: он хотел бы попить пива.

Мы пошли в пивбар, и с нами увязалось много местного народу. Пива в пивбаре почему-то не было. Поэтому мы взяли коньяк и сидели, пили потихоньку. Цыпленка они там, конечно, мастерски делали. С такой, знаете, хрустящей корочкой. Ну и, конечно, ни о каком холестероле мы тогда даже и думать не думали.

Честно говоря, я уже и не очень-то помню, что там было дальше. Помню только, что Галка все домой рвалась, а Любка, наоборот, отказывалась. И еще помню, что общее впечатление от вечера осталось отличное. А вот почему – до сих пор не пойму. Из-за цыпленка, что ли? Неужто мы там так оголодали? Нет, не может быть! Наверное, я что-то про Галку и Любку призабыл.

Через несколько дней мы с Кириллом уехали в Москву, а Сеня решил еще на пару дней задержаться. Так ему, видно, в Сочи понравилось. И вот ехали мы в поезде и говорили о том, что не зря все-таки мы задумали все это пчеловодное дело. Потому что, хотя с деньгами у них все наоборот получилось – про деньги они так и забыли, так и не отменили их, – а вот то, что они хотели бесплатно раздавать, это как раз исчезло куда-то, само по себе отменилось.

И еще мы с Кириллом говорили о том, успеет ли Сеня со своей прогулки к самолету в Вену, и стоит ли вообще лететь в Вену эту, если в России такие прогулки замечательные.

ЧАСТЬ ВТОРАЯ

САРАТОВ

Я хочу перед рассветом
Со степным последним летом,
С полевых цветов букетом
Попрощаться в тишине.

И пойду я полупьяный,
А быть может, даже пьяный,
И медовый запах пряный
Мысли спутает в уме.

И рассказывая байку,
Залезая под фуфайку,
Задеру тебе я майку,
Шлепну тихо по спине.

Ты мне скажешь недовольно:
«Почему же так фривольно?»
И потом, заснув спокойно,
Улыбнешься мне во сне.

ГЛАВА 3

– Что вы делаете? – спросил Веня.

– Только что проснулся, – сказал я.

– Какие планы?

– Хочу немного погулять.

– Это хорошо, – сказал Веня, – только не ходите в Гарлем.

– Почему? – спросил я.

– Потому что вас там убьют. Туда даже полицейские боятся показываться. Ясно?

– Да, – сказал я, – только я не знаю, где это.

– А вам и не надо знать, где это, потому что вам там нечего делать. Понятно?

– Да, – сказал я, – но просто погулять можно?

– Конечно, погуляйте. Вам будет интересно. Ну все, увидимся вечером.

Веня повесил трубку.

Я вышел из Вениного дома, повернул налево и пошел по Форт-Вашингтон. По крутым ступенькам 187-й улицы я спустился вниз и пошел дальше, пока не вышел на Бродвей. Немного подумав, я повернул направо и не спеша побрел вниз.

Через тридцать минут я был в Гарлеме.

Саратовская оратория

Пичурино, 7 августа 1988 года

Первый день откачки на пасеке – это всегда праздник. Настроение у всех было приподнятое. И день этот с самого начала складывался очень удачно. Ночью прошел сильный дождь, а утром стало довольно прилично припекать. И пчела пошла из ульев так дружно, как будто бы это был еще июль.

Вся команда наша была в сборе. Последних привез накануне днем Аркаша. Мало того, что он приехал почти с полным баком, так еще на последней заправке накормил бензоколонщицу какими-то конфетами, и она залила ему все четыре канистры, которые он вез с собой. И теперь они стояли дружно так в теньке и просто радовали глаз.

Все примусы и паровые кастрюли работали безотказно. Еще с вечера были опробованы все наши медогонки и паровые ножи. И все, что требовало какой-то починки, уже было починено. Все фляги были давным-давно вымыты и сгруппированы вокруг медогонных будок, а будки окопаны землей, и все щели в них заткнуты пучками полыни. Халаты наши были постираны, а сетки проверены и заштопаны, и застежки на них посажены на катушки. Дымари все были вычищены, и кто-то даже собрал для них большой запас гнилушек и лосиного говна.

И в первую утреннюю пробную откачку рамки пришли такими полновесными, что первые шесть фляг были заполнены всего лишь с двенадцати корпусов. А когда я стал отбирать мед, то оторвать глаз от этих рамок мне было очень трудно, настолько они были изумительными. И были они запечатаны, наверное, не меньше, чем на две трети. А в самом верху, с обеих сторон, миллиметров на пять, наверное, печатка выступала за верхний брусок. Ну и вы, конечно, понимаете, что и резать такие рамки было одно удовольствие. И я только жалел, что не могу остановиться хоть на пару секунд и полюбоваться на них. Потому что пара лишних секунд – это пяток лишних пчел в отборочном корпусе. Ну и народ в будке станет ворчать: мол, зачем пчелы много принес. И я успокаивал себя тем, что после обеда, когда обе будки будут забиты под крышу и народ начнет потихоньку роптать, что, мол, хватит уже, что же нам до полуночи тут крутилку крутить, вот тогда я пойду к ним на помощь и успею еще насмотреться на все эти рамки. И пойдет нож паровой сверху вниз единым движением. И тончайшая восковая пленка соскользнет в отстойник. А рамка, как будто сама, повернется под нож другой стороной. И всего лишь через полчаса медогонный приемник уже будет забит до отказа. И тогда я пойду к медогонке, а на резку поставлю Витьку-неумелыша. И при полном-то приемнике даже он вполне сможет час продержаться. А заодно пусть, дурашка, забрус наш теплый вволю поест. Вряд ли он когда пробовал такое. И неизвестно, попробует ли еще когда. Потому что неясно, где он на следующий год окажется. Знает пасека: кто на лесополосу приехал, тот, считай, уже и не жилец в стране этой. Считай, что уже и заявление отъездное сочинил и подписал. Только вот отнести осталось.

И все предобеденное время мыслями своими я был в медогонной будке. Я, конечно, понимал, что хоть народ там и доволен был, а все равно никто еще не знал, надо ли особенно радоваться или нет. Потому что одно дело, если я выбирал только рамки, которые пожирнее, а другое дело, если они все были такие. И когда я подвез к будке очередную порцию корпусов и Аркаша стал их у меня принимать и посмотрел на меня вопросительно, я, конечно, знал, что он хотел спросить. И я сказал, что беру все подряд. И он крякнул так одобрительно. И я слышал, как он в будке сказал кому-то «подряд, подряд». И все загудели дальше «подряд, подряд».

Вот почему настроение у всех должно было быть отличным. Да оно и было отличным у всех. У всех, кроме меня.

А для меня этот первый день откачки, как всегда, был печальным днем. Потому что в этот день я прощался с летом. На следующий день я уезжал в Москву. И, как всегда, на то, чтобы попировать на откачке, уже и дней у меня от отпуска не оставалось. Поэтому и настроение у меня было на полтора тона ниже, чем у всех.

А весь свой законный и незаконный отпуск я потратил на то, чтобы пчела пришла к главному взятку во всей своей силе. Но сделать это было не так-то легко в том году. Да что там говорить, этот год был очень трудным для нас.

Этот год, действительно, был очень трудным для нас. Еще зимой мы стали подозревать по разным признакам, что зимовка прошла плохо. И мы все торопились с весенней выставкой. И когда мы наконец выставили пчел из омшаника и пчела облетелась, все равно прошло еще, наверное, две недели, прежде чем воздух хотя бы в середине дня стал прогреваться до двенадцати градусов. И когда мы начали осматривать семьи одну за другой, то обнаружили, что почти все они были в довольно плохом состоянии. Как правило, в ульях было влажно и все рамки были сильно опоношены. Жизнь едва теплилась в тех семьях, где корма хватило до весны. Но во многих ульях клубы пошли не в том направлении, где был мед, а в противоположном, – и погибли, наверное, еще в середине зимы.

И поэтому нам опять пришлось гнать в Сочи камаз, а не ехать туда на жигулях, как мы планировали осенью. А когда мы стали покупать пчелиные пакеты в таком большом количестве, то уже не могли выбирать только рутовские семьи. И нам пришлось везти полным-полно дадана. И каждую дадановскую рамку нужно было потом обрезать прямо по живому расплоду. А это можно сравнить только с какой-нибудь хирургической операцией. Только для живости сравнения надо было бы представить себе, что хирургу нового пациента подсовывают каждые две минуты, притом что пчелы цапают его ежесекундно за все открытые и неоткрытые места.

После того как мы обрезали всего дадана, мы получили около семидесяти плодных маток, и я стал формировать отводки на них. В результате, вместо ста полудохлых зимовалых семей мы получили четыреста. Тоже, в сущности, полудохлых, но готовых взорваться в любую минуту. И в этом была следующая наша забота – не допустить, чтобы семьи изошли роями. А это значило, что надо было поставить на каждую из четырехсот семей по два, три, а то и четыре дополнительных корпуса с сушью и вощиной. И если ты делал все правильно, то к середине июля семья встречала главный взяток тремя плотно набитыми пчелой корпусами. Вот тогда самым сильным сверху можно было бросить еще два или три корпуса суши. И вот эту сушь пчела потом и заливала медом и запечатывала той самой прекрасной печаткой, от которой нельзя было оторвать глаз.

Я вспоминал о нашем трудном годе и думал о том, что все эти молодые симпатичные ребята, которые приехали вчера первый раз на пасеку нам на подмогу и которые не были испытаны на переезде (а о переезде, наверное, придется еще сказать отдельное, особое слово), и знать не знали обо всем об этом. Они думали, конечно, что пчеловодный сезон начался только в день их приезда. И когда через две недели они уедут с пасеки, то будут думать, что этим все и закончилось.

А кому-то из наших еще придется пролечить всех пчел от варроатоза и подготовить их к переезду. Четыреста корпусов по десять рамок в каждом – это будет четыре тысячи рамок. И в каждую с двух сторон надо загнать по гвоздю с трех ударов. Двадцать четыре тысячи ударов. Много ли это?

А вы, кстати, никогда не пробовали по улью постучать? Нет? А попробуйте как-нибудь. Не обязательно молотком. Просто пальцем, легонько так: «тук-тук, мол, кто там живет?»

Наверное, вы уже догадались, что после этого будет. Вот я поэтому-то и спрашиваю: много ли это – двадцать четыре тысячи ударов? Ну, если куда попало колотить, то, я думаю, это не так уж и много. А если молотком по открытым ульям, то это, пожалуй, прилично будет.

О чем еще я думал тогда? Думал я о том, что еще в августе надо будет перевезти все на нашу зимнюю базу и потом успеть подкормить пчел к зиме. За зиму пару раз придется пчел проведать. И не с пустыми руками, конечно. А надо будет достать на сахарозаводе в Борисоглебске флягу сахарной пудры, смешать ее с медом и пчелиной пыльцой и слепить небольшие лепешки, которые надо в каждую семью осторожненько так положить прямо над клубом. А к этому ко всему еще нужно было бы добавить небольшие организационные подробности. Продукты всякие, лекарства и еще много чего надо будет привезти по весне из Москвы. И не только всем нашим соседям, а и директору пчелобазы, председателю колхоза и его агроному, трактористам и еще много кому. Справку в ветеринарной лечебнице надо будет получить о том, что у пчел наших нет ни одной заразной болезни. И это притом, что по всей России нельзя найти ни одной здоровой пчелиной семьи. Ну и много еще чего надо будет сделать. И когда я начал обо всем об этом думать, мне просто тошно стало.

– Что призадумался? – спросил меня Кирилл.

– Да так что-то, – сказал я. – Слушай, Кирилла, а помнишь, я тебя спрашивал в Москве, сколько у нас пустых корпусов стоит?

– Вроде бы спрашивал.

– И что ты мне ответил?

– Не помню. А что такое?

– А то, что ты сказал, что их сорок, а тут их, наверное, за триста было.

Тут Кирилл стал мне что-то такое говорить, что ежели пчела занимает столько-то корпусов и все это умножить на что-то, да еще вычесть какое-то количество вощины с учетом чего-то там такого, то как раз и получится, что наващивать нужно только сорок корпусов.

– А я не спрашивал тебя, Кирилла, сколько корпусов придется наващивать. Я тебя спрашивал, сколько у нас пустых корпусов.

– Знаешь, – сказал Кирилл, – в греческой философии есть такой ораторский прием. На букву «дэ». Не знаешь?

– Нет, не знаю.

– А зря, – сказал Кирилл. – «Демагогия» называется.

– Ораторский прием? – сказал я. – Во-первых, я совсем и не ору, а очень спокоен.

– Не умничай, – сказал Кирилл.

– А, во-вторых, что ты, Кирилла, себе позволяешь? На прошлой неделе ты меня бюрократом обозвал, сейчас демагогом, а что завтра ждать прикажешь?

А на прошлой неделе Кирилл обозвал меня бюрократом не просто так. Связано это было с тем, что на моей службе я поднимался потихоньку вверх. И вот как-то назначили меня каким-то там большим начальником по компьютерным программам.

Примерно за месяц до того, как это случилось, повел меня шеф к министру знакомиться. Ну, сидим, разговариваем. Шеф меня в лучшем свете ему представляет. А министр и говорит: «Это мы еще поглядим, каким он окажется. Да и ты (это он моему шефу), кстати, тоже». И курит, собака, непрерывно. И когда он хотел пепел стряхнуть, то мой шеф так ему услужливо стал пепельницу пододвигать, и как-то неловко зацепил ее, и вывернул все это дело прямо на ковер. Ну, а министр тут и говорит: «Видишь, пока от тебя один только вред».

Потом они там между собой все-таки обо всем договорились, и все вышло так, как мой шеф хотел. И через месяц с чем-то вручили мне ключ от хранилищ министерского фонда компьютерных программ. Это было несколько залов со стеллажами, заполненными от пола до потолка магнитными лентами. А на лентах были записаны собранные со всего мира программы для всех возможных машин и операционных систем, включая сами операционные системы. И мой шеф уже разъяснял мне мою задачу: ко мне пойдут заказы на программы со всех концов страны. А я только и должен буду, что копировать их и рассылать.

Компьютерное пиратство весьма поощрялось в стране и являлось частью государственных планов. И все это получалось очень и очень лихо. Хотя в других областях, говорят, были большие проблемы. Ребята из одного технологического института мне жаловались в середине семидесятых, что никак не могут воспроизвести немецкую технологию тридцать третьего года, которую у немцев в сорок пятом утащили. А вот вычислительная техника – она, конечно, для пиратства была наиболее приспособлена.

Я стал думать, как мне из этого компьютерного бизнеса можно было бы выкрутиться. Но проблема рассосалась сама собой. За все годы моей работы на этом посту мы так и не получили ни одного заказа. Но не потому, что никому не нужны были бесплатные программы. А потому, что на местах обзавестись любой программой вполне могли и без постороннего участия.

Все это имело еще и побочный эффект. Слухи о моем высоком назначении проникли в нашу пасечную среду, и народ стал меня сначала за глаза и в шутку, а потом уже по всякому поводу и всерьез бюрократом называть. Ну, например, если мне кто-то звонил по телефону и моя секретарша говорила: «Илюша сейчас очень заняты и к телефону подойти никак не могут», то, конечно, это вызывало град насмешек. Хотя, сами понимаете, это я ее так подговорил отвечать. Чтобы не разочаровывать народ.

– А ты это все всерьез принимаешь? – сказал я Кириллу.

– Что? – спросил Кирилл.

– Да ничего, – сказал я и замолчал.

И Кирилл тоже замолчал. И я почувствовал, что он на меня слегка обиделся даже. Ну и я тоже вроде бы на него обиделся.

Наконец стали подавать обед, и мы с Кириллом увидели, как Ника понесла на стол здоровенную кастрюлю с супом. Она порубила туда все, что у нас было: свеклу, морковку, какую-то прошлогоднюю свежую капусту. А я еще вывернул туда две банки зеленого горошка. И суп так замечательно пах, что голова начинала кружиться.

А на столе уже раскорячились два громадных бока копченых бараньих ребрышек, которые я еще по весне закупил в колхозном распределителе. И тогда, в первый день откачки, я достал их из фляги, вкопанной по самую крышку в самом затененном месте нашей лесополосы.

А на сладкое я приготовил блины. Я испек их из какой-то розовой муки, похожей на сухую краску. Наткнулся я на нее в маленьком магазинчике Балашова, когда ездил последний раз на рынок. Почему мука была такая розовая, никто сказать не мог. И я долго колебался: покупать или не покупать. И все-таки купил. И, вы знаете, испеклись блины довольно-таки неплохо. И я попросил Нику потомить их в масле на большой чугунной сковороде под тяжелой крышкой, прежде чем подать на стол. А когда я жарил блины, то весь слюной изошел, предвкушая, как мы будем их макать в только что откаченный мед.

Ну и, естественно, ведро яблочного компота, которое должно было пойти на запивку блинов, тоже уже было готово. А из-за этого компота у меня с Никой, с поварихой нашей, даже возник небольшой спор. Она собиралась яблоки чистить и выковыривать из них червяков.

Ну, вам, наверное, случалось быть в колхозных

яблоневых садах Саратовской области. Ни на каком *Halloween* потом я не видел столько паутины. В июле на деревьях уже не было ни одного листочка и все яблоки, которые еще не попадали, были донельзя маленькими и изъеденными червяками во всех возможных направлениях. Как можно было из них всех этих червяков выковырять? Надо было положить эти яблоки в ведро с водой, прямо из мешка высыпать туда сахар и варить полчаса. Вот и все. Ну а Ника готовить компот таким образом отказалась наотрез. Так что пришлось и это мне самому сделать. И ведро компота уже стояло готовое несколько часов в холодке.

А вот о чем еще никто, кроме меня, не знал, так это о стоящей одиноко фляге на прямом солнце. Она была наполовину заполнена остатками прошлогоднего забруса. За месяц до того я залил ее водой и добавил пачку дрожжей. Ну, вы знаете, наверное, как тяжело хорошему меду начать бродить. Что уж только я ни пробовал. Бухнул туда какую-то зачерствевшую буханку черного хлеба, которая начала уже немного плесневеть с боков. Потом добавил прокисшей сметаны. Но это было все абсолютно без толку. Хорошо еще, что кто-то из местных надоумил меня собрать овса, который у нас везде в том году взошел по краю дороги. И я долго повозился с ним, пытаясь растереть его хорошенько, прежде чем кинуть во флягу. Наконец, ближе уже к концу июля, медовуха пошла. И когда я пробовал ее тогда, я уже почувствовал в ней, знаете, такую зарождающуюся силу. И к первому дню откачки, по моим расчетам, она должна была достигнуть полной степени готовности.

Я увидел, как Кирилл покосил глазом на стол, за которым потихоньку рассаживалась вся наша компания. И мы побрели туда тоже и как-то довольно быстро развеселились. И уже за целый день никто из нас ни разу не вспомнил ни о корпусах с рамками, ни о вощине, ни о бюрократах и ни об известном ораторском приеме греческой философии – демагогии.

ГЛАВА 4

– Слушайте меня внимательно, – сказал Веня. – Вы слушаете меня внимательно?

– Да, – сказал я.

– Скопируйте функцию GetLastForwardPrice из модуля ccrvbt20.c. Назовите ее как-нибудь и сделайте точно такие же изменения, какие мы делали сегодня утром. Вы помните, чему я учил вас утром?

– Да, – сказал я.

– Очень хорошо, – сказал Веня. – Потом вы должны позвать эту функцию перед всеми вызовами вот этой функции, кроме этого места. Вы записываете?

– Нет, – сказал я.

– Очень плохо. Вы должны все записывать. Если что-то непонятно, спрашивайте сейчас. Потом у меня не будет времени. Вот этот кусок кода вы вставите вот сюда. Понятно?

– Да, – сказал я.

– Нет, не сюда, а вот сюда и еще во все такие же места в dcrvbt20.c, bcrvbt40.c и ccbcdc10.c. Это не надо записывать. Я послал это на принтер. Не надо сейчас брать – возьмете потом. Вы все поняли? У вас есть вопросы?

– Нет, – сказал я.

– Вы опять ничего не поняли? – спросил Веня.

– Да, – сказал я.

– Что значит «да»? – спросил Веня.

Ноги

Пичурино, 10 июля 1989 года

Мы сидели на пасеке. Обстановка была такая: подсолнух цвел вовсю, но нектар не выделял. В общем – муть.

Ну, конечно, это я так говорю, чтобы вам понятно было. А вообще-то у нас так никто не говорит: «нектар не выделял». Говорят просто: «не выделял». И все. И всем все понятно. И не надо никаких лишних слов.

А вот почему подсолнух не выделял, никто не знал. И жарко было, и дождь недавно прошел, а он не выделял и все тут.

Я сидел в ожидании завтрака и читал газету, которую мне вчера оставил Аркаша. Газета была за прошлый год и имела мудреное название *“The Wall Street Journal”*. А когда Аркаша оставлял мне ее, у него был такой вид, как будто он отдавал мне самое ценное из того, что у него когда-либо было.

Я уже с полчаса не мог продвинуться дальше одной статьи в этой газете и пытался понять, о чем в ней идет речь.

Там говорилось об акциях какой-то компании. И все думали, что эти акции должны были пойти вверх. И думали так, несмотря на то что вместо дохода в семь центов за год, который у компании был в восемьдесят седьмом году, она объявила об убытках в одиннадцать центов. Почему при этом все думали, что акции должны были пойти вверх, понять было весьма трудно.

Но потом в статье объяснялось, что акции должны были пойти вверх оттого, что на рынке, где акции этой компании продавались, все ожидали, что убытки будут не одиннадцать центов, а четырнадцать. И следовательно, эти одиннадцать центов убытков были хорошей новостью.

Но оказалось, что, несмотря ни на что, акции пошли все-таки вниз. И в статье нашлось объяснение и этому. Оказывается, на какой-то улице (по-видимому, рядом с этим самым рынком) наряду с ожиданиями о четырнадцати центах, были еще какие-то слухи. И вот слухи-то эти были о том, что убытки должны быть десять центов. И теперь уже получалось, что новость об одиннадцати центах оказывалась отрицательной. Поэтому-то акции и пошли вниз.

И я подумал о том, что все-таки наш мир – довольно сложная штука. Гораздо сложнее, чем мы о нем думаем. И на самом деле, чтобы понять это, не надо читать никаких мудреных газет. А достаточно просто обратить свой взгляд на нашу повседневную жизнь. На самые обычные события, которые происходят с нами каждый день.

И я вспомнил, что произошло у нас совсем недавно. Аркаша где-то вычитал, что липа – один из лучших медоносов. И мы наткнулись еще ранней весной на красивейшую песчаную местность, где липа росла вперемежку с соснами. Ну и перевезли туда всех наших пчел.

Липа зацвела. Но пчела не обращала на нее никакого внимания. И каждый день Аркаша находил этому какое-то объяснение. То он говорил, что еще настоящей жары нет. А когда жара настала, стал говорить, что дождь хороший нужен. А когда дождь прошел, стал объяснять, что ветер нектар сдул. А когда ветер стих, сказал, что парко должно быть. И наконец был день, когда прошел хороший дождь и с самого утра было очень парко, и ветра не было совсем никакого. А пчела сидела в ульях, как будто никакой липы вообще не было. Аркаша был весьма удручен этим. И все мы были этим удручены. И только совсем недавно от местных дедов мы узнали, что липа на песках вообще никогда не выделяет.

После этого я вообще перестал верить каким бы то ни было прогнозам и обещаниям. И сам никогда ничего не предсказывал и надолго не загадывал.

Я пересел за наш большой дубовый обеденный стол, мысленно приготовился к завтраку и был доволен хотя бы тем, что знал, что в ближайшие полчаса не должно было произойти ничего необычного.

– У тебя ноги грязные, – сказала мне Ника.

– Во-первых, – сказал я, – откуда ты знаешь?

– А что мне знать-то? Я вижу.

– Ну, – сказал я, – «вижу»! Еще неизвестно, что ты видишь. Может, они только снаружи такими кажутся. А внутри…

– Что значит «внутри»?

– Может, они совсем чистые. Только пылью слегка присыпаны. А потом, ноги – они потому и называются «ноги», что грязные. А иначе они по-другому и назывались бы.

– Ты, Илюша, все равно помой их.

– Ээ-э, – сказал я, – моются только ленивые люди. Которым лень чесаться.

Это Даня у нас так шутил. А за ним уже и все бриджисты повторяли. Ну я это Нике и выложил, потому что кстати пришлось.

– Видишь, – сказал я, – ты сама-то все чешешься и чешешься.

Смотрю – а Ника покраснела даже.

– Это комары! – сказала она. – Как тебе не стыдно!
– Мне еще и за комаров стыдно должно быть? – сказал я. – Слуга покорный.

И мы даже как бы поссорились. Но потом, конечно, помирились.

А насчет получаса я прав оказался. Съел я на завтрак все, что положено было, и вообще ничего необычного не произошло.

ГЛАВА 5

В первом же отеле, куда мы заехали, мест не было. И я сказал ребятам, что в позапрошлом году мы останавливались в "Red Rock", и там было полно свободных мест. И что сейчас они должны быть и подавно, раз повсюду идет такая стрельба.

Мы поехали туда и решили заправиться по дороге. Колонку, к которой мы подъехали, обслуживала девушка в красивой форме, похожей на военную. Она сказала мне что-то, отошла в сторону и стала курить. А мы стояли и ждали. Прошло, наверное, минуты три, а девушка все курила. К нам подошел парень в такой же полувоенной форме. Он сказал мне что-то на иврите.

– Залей мне, пожалуйста, по самый верх, – сказал я.

– Фул? – спросил парень.

– Да, фул, – сказал я.

В это время подошла наша девушка. У нее кончился перекур. Парень протянул ей шланг, который он собирался уже вставить в нашу машину.

Девушка наклонилась ко мне и опять сказала что-то.

– Я не говорю на Hebrew, – сказал я.

– Фул? – спросила девушка.

– Фул, – сказал я.

Через несколько минут мы подъехали к "Red Rock". Я не стал искать место на стоянке отеля, а просто остановился около входа. Ребята остались в машине, а я зашел внутрь.

За стойкой сидела симпатичная девушка. Она очаровательно улыбалась.

– Привет, – сказал я.

– Привет, – сказала девушка.

– Как дела?

– Хорошо. У тебя?

– Отлично, – сказал я. – Есть свободные места?

Девушка отрицательно покачала головой.

– Фул, – сказала она.

Мелкий дождь

Пичурино, 10 – 13 июня 1990 года

На пасеке моросил дождь. Я сидел в будке и вспоминал, как утром я почему-то подумал, не пошел бы мелкий дождь на целый день. Почему я так подумал, когда было такое замечательное солнечное утро, я вспомнить не мог. Помнил только, что я подумал, как бы мелкий дождь не пошел. Вот он и пошел. И вы знаете, что я думаю? Наверное, у меня глаз черный.

Впервые я обратил на это внимание после одной истории с Никой. Мы ехали с ней как-то на пасеку на машине. Болтали о том о сем.

– Вот, стекло поменял лобовое, – сказал я. – Отец мой два года в очереди стоял как участник войны и еще чего-то.

– А без этого нельзя поменять? – спросила Ника.

– Нет, конечно. «Без этого» ты на станцию даже не попадешь.

– А если ты участник?

– А если ты участник, то все совсем просто. Приезжай на станцию пораньше, часам к пяти утра. Чтобы ты был хотя бы в первой сотне. Тогда у тебя большие шансы получить талон. И к двенадцати ты проходишь мойку. Предъявляешь открытку на стекло. А там уже и как повезет, и как ты сможешь договориться с ребятами.

– Это понятно, – сказала Ника.

– Сейчас многие хотели бы в какой-нибудь войне поучаствовать. А если небольшое ранение – об этом можно только мечтать.

– А я слышала, что многие делают и по-другому. Приходят с войны, а потом какую-нибудь болезнь себе отторговывают. Ну, скажем, язву желудка. И все – ты уже инвалид войны.

– Да, сейчас многие молодые парни щеголяют своими книжечками участника или даже инвалида.

– Илюша, а твой отец – настоящий участник?

– Настоящий, настоящий. Он на Волге в самом пекле сорок третьего был.

– А бывает так, – спросила Ника, – чтобы камень из-под другой машины попал в стекло и разбил его?

– Еще как бывает! – сказал я.

И только я это вымолвил – как шмякнет мне камнем в стекло. Оно и вдребезги. Обидно было ужасно. Но что поделаешь? Я говорю вам: черный глаз у меня. По-другому и объяснить это нельзя.

И вот начал я вспоминать всякие такие истории. Вспомнил, как совсем недавно я уезжал с пасеки в Москву на неделю. И когда я запирал свою будку на цифровой замок, сказал Аркаше:

– Запомни – 8147.

– А зачем мне запоминать-то? Чего я в твоей будке не видел? – спросил Аркаша.

– А вдруг что понадобится.

– Что мне может там понадобиться?

– А вдруг в моей будке пожар начнется.

– А с чего бы это?

– А вдруг, – сказал я, – наш Фима сойдет с ума, залезет в мою будку, обольет там все керосином и подожжет?

– Ну, на такой случай придется твой номерок запомнить, – сказал Аркаша.

Пошутили мы так, и я уехал.

И что же вы думали? Только я уехал, как моментально наш Фима сошел с ума. Каким-то непостижимым образом забрался в мою запертую будку, опрокинул на себя керосиновую лампу и начал спичками чиркать.

Хорошо, что Аркаша код запомнил. Открыл быстро будку. А там уже все полыхало…

Нет, нет, нет. Ничего такого не было. И вы, наверное, уже поняли это. Конечно, глаз у меня черный. И Фима наш мог отчудить много чего. Но не до такой, конечно, степени. Просто, мне до того муторно сделалось в будке от этого моросящего дождя, что в голову начала всякая ерунда лезть. А хуже мелкого дождя для пасеки и придумать-то ничего нельзя: ни влаги, и ни лета пчелиного.

Я попытался высунуться наружу, но там оказалось мокрее и противнее, чем я думал. Я сейчас же забрался в будку обратно и стал обдумывать, что же мне можно было бы делать. И когда я ничего не придумал, я лег на кровать, накрылся одеялом и, конечно же, мгновенно заснул.

Пассажиры первого класса, улетающие рейсом Амстердам – Нью-Йорк, приглашались на посадку. Я прошел по узкому подвесному коридору, соединяющему зал ожидания с самолетом, и показал свой билет девушке. Она повела меня к моему месту, принесла с тумбочки пачку газет и пошла встречать следующих пассажиров. Я устроился поудобнее, накрыл ноги пледом и стал листать газеты.

Мы быстро взлетели. Я бросил читать газеты и сидел, ничего не делая, в полудреме. Но скоро мне надоело сидеть и я решил размяться немного. Я пошел туда, где девушки готовили нам какую-то еду. Когда я отошел всего несколько метров от своего места, я оказался около кабины пилотов. Дверь к ним была почему-то открыта. Я подошел вплотную к двери и увидел, что кабина была ужасно тесная и что пилотов было трое. Но что меня удивило больше всего, это то, что я мог стоять вплотную к ним, и никто не обращал на меня никакого внимания. И мне это весьма не понравилось. И когда я увидел девушку, которая катила тележку с напитками, я спросил у нее, почему они не закрывают кабину пилотов.

– Мы не можем ее закрывать, – сказала девушка.

– Почему? – спросил я.

– Потому что все время приходят дети, которые хотят сфотографироваться вместе с пилотами.

Рядом с кабиной располагались туалеты, и я решил помыть руки, раз уж оказался рядом. Когда я вышел обратно в салон, то опять подошел к кабине и увидел, что все пилоты продолжали сидеть в тех же самых позах. Никто из них не управлял самолетом, по крайней мере, видимо. Левый пилот сидел безо всяких движений, так что создавалось впечатление, будто он заснул. Я видел глаза правого пилота. Они были открыты, но он тоже сидел без движений и смотрел безучастливо вперед. Тот, который сидел посередине, был ближе всего ко мне. Он что-то ел и одновременно читал газету. И я находился так близко, что мог дотронуться до него рукой и мог даже разобрать дату на его газете – воскресенье, 9 сентября 2001 года. И мне это опять очень не понравилось, и я пошел к себе на место.

Я проснулся. И подумал, что вот опять мне приснился диковинный сон про какой-то 2001 год. И почему-то мне никогда не приснится, что я лечу из Саратова в Москву. А мне вот снится, что я лечу в какой-то далекий Нью-Йорк, в который я никогда не полечу наяву. И меня это все ужасно разозлило.

И я с большим неудовольствием отметил, что дождь продолжал скрести по крыше будки с навязчивой настойчивостью, и мне стало казаться, что он уже никогда не остановится.

Дождь хоть и с перерывами, но продолжал моросить и на следующий день, в понедельник. А во вторник утром он вроде бы закончился. Но потом подул ветер. Сначала он был совсем не сильный. Но он дул в одном и том же направлении, не давая слабины ни на секунду. И он становился все сильнее и сильнее с каждой минутой. И всего за полчаса, наверное, достиг такой силы, что стало просто страшно. Я стал слышать треск падающих деревьев. А потом на нас обрушилась лавина дождя, такого стремительного и тяжелого, что мне стало казаться, что земное притяжение вдруг возросло не менее чем вдвое.

Через два часа все было кончено. Дождь внезапно прекратился, небо расчистилось, ветер оборвался. Я стал осматривать наш лагерь. Все было в довольно печальном состоянии. Боясь накликать беду, я даже не пытался представить себе, что же случилось с нашими ульями. И я только надеялся на то, что, поскольку они стояли с заветренной стороны, лесополоса должна была хоть как-то защитить их.

Когда я вышел на северную сторону полосы, я увидел, что только два улья были завалены и еще с нескольких снесло крышки. Я стал ходить вокруг, подбирать эти крышки и нахлобучивать их на ульи. А потом я подошел к одному из тех ульев, которые завалились, и стал ставить корпус за корпусом друг на друга. И только тогда я понял, что я был без сетки. И я удивился, как же я забыл об этом. И что еще удивило меня, так это то, что ни одна пчела даже и не подумала меня атаковать. И я даже и не понял, почему оно так получилось. Возможно, пчела решила, что наступил конец света. А возможно, она посчитала, что в такое трудное время нам лучше быть вместе.

Солнце уже совсем освободилось от туч. По тому, как оно стало припекать, я понял, что завтра будет жаркий день. И мне показалось, что все вокруг набухает от земных соков и готово взорваться буйной жизнью.

На следующее утро я проснулся от какого-то сильного и необъяснимого гула. Я вышел из будки и увидел, как пчела шла плотным потоком через мою голову и через нашу лесополосу на противоположную южную сторону, туда, где расположилось гречишное поле.

Парило уже, по-видимому, с самого раннего утра. И гречиха отрыгнула. И она выделяла нектар так обильно, что, казалось, не только летная пчела, но и старая, и совсем молодая пошли на цветы. И когда я зашел на край поля, то ощутил сильнейший тошнотворный запах гречишного нектара. И я стоял полупьяный и смотрел, как вокруг шевелился живой пчелиный ковер. И у меня все клокотало внутри.

ЧАСТЬ ТРЕТЬЯ

КЕМБРИДЖ

Мы присели у дорожки,
Где растут кривые ножки
И растрепанные кошки
Горько плачут о судьбе.

Вспоминали мы о лете
В заколдованном берете
В год, когда тебя я встретил
И понравилась ты мне.

И решили поначалу,
Что начнем мы все сначала,
И немного помычали
И гуляли при луне.

А потом решили здраво:
Я – налево, ты – направо.
Светит солнце ярко. Прямо
В спину мне, в лицо – тебе.

ГЛАВА 6

– Простите? – сказал я.
– Что вы имеете в виду? – спросил Веня.
– Что?
– Что значит «простите»?
– Скажите это еще раз, пожалуйста.
– Вы опять ничего не поняли? – спросил Веня.
– Нет, – сказал я.
– С какого места?
– Я не знаю, – сказал я.
– Вы хотите, чтобы я повторил все с самого начала?
– Да, – сказал я.
– I want you to drop dead! – сказал Веня.

Бостонские парадоксы

Кембридж, 22 октября 1991 года

Я посмотрел на часы и с удивлением обнаружил, что уже половина второго. А это означало, что в комнату отдыха давным-давно уже принесли печенье. Я заспешил туда. И когда я вошел, увидел Альку, Никиту и Вадима, которые сидели около громадного подноса со сладостями и пили кофе.

– Илюша, давай скорее, – сказала мне Алька, – а то ты все самое вкусное прозеваешь.

Я налил себе кофе и сел на диван рядом с Алькой.

– А у нас тут разговор интересный, – сказал Вадим.

– Про великих математиков? – спросил я.

– Как ты догадался?

– А о чем еще вы, математики, можете говорить? Либо о математике, либо о математиках.

– Почему ты так думаешь?

– Потому, что у меня есть уши.

– Точно, точно, – сказал Никита. – Я тоже замечал, что все люди говорят, о чем только можно себе представить, а мы даже на вечеринках забиваемся все в один угол и весь вечер – только о своем.

– Разве? – сказал Вадим.

– Каждая профессия накладывает какой-то отпечаток на людей. Боюсь, что математика сужает интересы, – сказал Никита.

– Все-таки, – сказала Алька, – Виктор – очень великий.

– Надеюсь, с вашим Виктором ничего такого не случилось, – сказал я.

– А что с ним могло случиться? – спросила Алька.

– Наверное, ничего. Просто «великий» обычно говорят о тех, кто уже умер. А «очень великий» – даже и не знаю, о ком.

– С чего ты это взял?

– А откуда ты знаешь, что он великий? Может, лет через пятьдесят о нем вообще никто помнить не будет.

– Быть такого не может, – сказала Алька. – Я точно знаю, что он великий.

– Великий математик или вообще великий?

– Великий математик и, значит, великий вообще.

– Вы, российские математики, все немного помешанные, что ли, – сказал я.

– Почему это?

– По-моему, вы думаете, что математики – это какой-то особый народ.

– В каком-то смысле – да, – сказала Алька.

– В каком? – спросил я.

– Математики все очень умные.

– Вот, я что-то в этом духе и подозревал.

– Конечно, – сказала Алька. – Даже рядовой математик не может быть глупым.

– А как же тогда все эти большие и маленькие начальники – мастера математического дела с погонами полковников Кей-Джи-Би в карманах? Как же тогда все эти ублюдки с математическими извилинами и профессорскими мандатами, которые затаскивали мальчиков и девочек в специальные «еврейские аудитории» и под видом вступительных экзаменов устраивали над ними экзекуции?

– Досадные и неприятные исключения, – сказала Алька.

– А я бы поддержал Илюшу, – сказал Никита. – Мы приехали сюда из такого места, где все понятия о престижности профессий перевернуты с ног на голову. Вот и у нас все набекрень перевернулось.

– Что ты имеешь в виду? – спросил Вадим.

– Как везде престижность профессий определяется?

– Как? – спросил Вадим.

– Естественным образом.

– По заработку, что ли?

– Да, – сказал Никита, – но не только. Важны еще защищенность от стресса и многое другое. А в России еще со школы все знали, что торговать или в ресторане работать – просто позорно, а быть математиком – престижно.

– Да, – сказал я, – а почему так считалось, никто не знал.

– Я как-то слышал, – сказал Никита, – как одна знакомая моего отца делилась с ним своей бедой. Она пожаловалась ему, что ее сын работает в ресторане, и призналась, что ей не так стыдно было бы говорить людям, что ее сын сидит в тюрьме за воровство, как говорить им, что он работает официантом. В такой ситуации куда вы прикажете думающему народу идти, как не в математики или в физики?

– Тем более что юриспруденции, как таковой, не существовало, – сказал я, – врачи еле-еле себя прокормить могли, про актуариев никто и не слышал ничего, а бизнесмены всех сортов по тюрьмам сидели.

– А потом мы приехали сюда и такую конкуренцию сами себе составили, что ужас просто. Гений на гении тут сидим, и уже университетов на нас на всех не хватает. Заодно местным математикам свинью подложили.

– Каким же образом? – спросил Вадим.

– Той же конкуренцией. Они в университеты почему

подались?

– Почему?

– Жизнь спокойная, – сказал Никита. – Зарплата скромная, зато жизнь спокойная. Отпуск большой, и все такое прочее. А тут мы приехали, и вся райская жизнь кончилась. За должность профессора теперь надо еще побороться, и народ стал рваться из университетов.

– Что-то я не заметил, чтобы у нас кто-то ушел, – сказал Вадим.

– А в фирмах не очень-то любят нашего брата. Считается, что мы не умеем работать. Но те, которые смогли уйти, особенно в финансы, сразу стали зарабатывать в два раза больше.

– Да, – сказал Вадим, – парадокс, да и только.

– А вот тебе еще один парадокс, – сказал я.

– Ну, – сказал Вадим.

– В любой компании математиков почему-то всегда оказывается самый великий математик всех времен и народов.

В комнату вошел Пол. Он прошел мимо нас и помахал нам всем рукой.

– *Hi kids. How'reweguysdoin'?* – сказал он и направился к кофеварке.

Я проводил Пола взглядом и посмотрел на Альку.

– Что он сказал? – спросила она меня.

– Я не понял.

– Почему же ты не переспросил?

– Я не знаю.

– Ты помнишь, как нам говорили, что ни в коем случае нельзя стесняться переспрашивать?

– Да, – сказал я.

– Почему же ты не переспросил?

– А ты? Почему ты не переспросила?

– Спроси его сейчас, что он сказал.

– Теперь уже поздно.

– Нет, нет, так нельзя, – сказала Алька. – Надо всегда переспрашивать. Давай, спроси его скорее, пожалуйста.

– Пол! – позвал я.

– Да? – сказал Пол.

– Пол, что ты сказал?

– Что?

– Что ты сказал?

– Что ты имеешь в виду? – спросил Пол.

– Ты что-то нам сказал.

– Я?

– Да, когда ты вошел, ты что-то нам сказал?

– *I dunno,* – сказал Пол.

– Что?

– Прости? – сказал Пол.

– Ты что-то сказал нам, когда ты вошел?

– Да.

– Что? Что ты сказал?

– Я не помню, ничего такого. Наверное, я, знаешь, сказал *"Hello"* или что-нибудь такое. Ничего такого не сказал. Знаешь, обычные дела, что-нибудь такое типа *"Hi"* или что-нибудь еще в этом роде. Я не помню. Просто что-то сказал.

– Прости, – сказала Алька, – скажи это еще раз, пожалуйста.

– Я не понимаю, – сказал Пол. – Скажи это еще раз.

– Скажи это еще раз, пожалуйста.

– Что? – спросил Пол.

– Что ты сказал? – спросила Алька.

– Я?

– Да, когда ты вошел.

– Ничего такого, я сказал *"Hi"*. Просто *"Hi"*.

– А, – сказал я.

– Просто *"Hi"*, – опять сказал Пол.

– А, – сказала Алька.

– *Okay?* – сказал Пол.

– О'кей, – сказала Алька.

Пол повернулся опять к кофеварке. И мы несколько минут молча пили наш кофе.

– О чем мы тут говорили? – спросил я.

– О парадоксах, – сказал Вадим.

– Да, о парадоксах, – сказал я.

Мы продолжали молча пить кофе.

– А я, – сказал Никита, – тоже парадокс один интересный знаю. Только он очень сложный. Я над ним два года думал.

– Что за парадокс такой? – спросил Вадим.

– Вот, – сказал Никита, – ты в зеркало смотришь. Так?

– Так.

– Так вот, почему правое с левым всегда перепутаны, а верх с низом – никогда?

Алька пересела в кресло и закрыла глаза.

– Ну? – сказал Никита.

– Что «ну»? – спросил Вадим.

– Почему правое с левым всегда перепутаны, а верх с низом – никогда?

– У меня, – сказал Вадим Никите, – правое с левым никогда не путаются. Так что я даже не понимаю, о чем ты говоришь.

– А если перевернуться у зеркала? Тогда точно все перепутается.

– Как это «перевернуться»? На голову, что ли, встать?

– Ага! – сказал Никита, и глаза у него заблестели. – Ты, я вижу, понял, в чем дело. Только не потому, что умный, а потому, что я тебе намекнул.

– А на что ты мне такое намекнул? – спросил Вадим.

Они еще спорили какое-то время, пока Алька не открыла глаза.

– Что-то я забыла совсем, – сказала она, – кто самый великий математик, а кто просто великий.

И разговор сразу в привычное русло вернулся. И все успокоились. И, наверное, еще часа два они всё говорили о своем Викторе. Всё обсуждали, насколько он великий у них был.

А я, конечно, сидел и помалкивал. Я еще в России со всеми этими математиками раззнакомился почему-то. Одного, правда, встретил не так давно. Приехал он к нам на пасеку. Стал что-то топором рубить. Ну и палец себе отрубил. И тут же уехал. Случайно, думаю, он по пальцу-то себе рубанул. Но все равно, наверное, этот не очень великий был.

ГЛАВА 7

– Доброе утро, – сказал Веня.

– Привет, – сказал я.

– Как вы провели weekend?

– Хорошо. Мы ездили на океан. И там было так здорово. Это, наверное, миль тридцать...

– Знаете, что, – сказал Веня, – меня это совершенно не интересует. У меня meeting через две минуты. Я вас спросил про weekend, вы должны спросить меня, и все.

– Как вы провели weekend?

– Хорошо, спасибо, – сказал Веня. – Что вы на меня смотрите? Вы спросили – я ответил. Идите работайте. Я на meeting опаздываю.

– Хорошо, – сказал я.

– Передавайте привет Марине, – сказал Веня уже на ходу.

– Спасибо, – сказал я, – и вы тоже.

Веня обернулся.

– Это хорошо. Это очень хорошо. Эту девушку, с которой вы познакомились... Ее зовут Марина?

– Да, – сказал я.

– Хорошо, очень хорошо, – сказал Веня.

К вопросу о глупых вопросах

Кембридж, 19 мая 1992 года

Вы, наверное, знаете это место в Кембридже, где Гарвард-стрит сходится с Массачусетс-авеню. Можно считать, что ты уже на Гарвард-сквер. А там – вечный праздник жизни и все такое. Хотя, чтобы туда попасть, надо пройти еще, наверное, две сотни метров.

Мы шли там просто так, гуляли. И тут Алька вдруг остановилась и стала оглядываться по сторонам.

– Хочу пончиков поесть вкусных, – сказала она.

– Хорошая мысль, – сказал Митя. – А есть тут что поблизости?

– Как ты думаешь, если я сегодня утром вон на том углу пончики покупала, то поблизости это или нет?

– На том углу – это, конечно, поблизости.

– А чего ж ты тогда спрашиваешь? – сказала Алька. – Не люблю глупых вопросов.

Митя призадумался, а Алька на меня переключилась.

– У меня паспорт кончается, – сказала она мне. – Теперь менять придется.

– А когда же ты получала свой паспорт? – спросил я.

– Когда я его могла получать, если он у меня был сроком на пять лет и сейчас кончается?

– Пять лет тому назад?

– Правильно, Илюша. А чего же ты спрашиваешь? Меня эти глупые вопросы ужасно утомляют.

– Ладно, – сказал я, – что-то мне пончики не хочется есть. Пойду-ка я поработаю немного, а то скоро уже и день кончится. Кстати, который там час?

Алька посмотрела на часы и сказала:

– Слушай, только что, ну буквально два часа тому назад, ты меня уже спрашивал про время. Было ровно три. Как ты думаешь, сколько сейчас может быть?

– Пять, что ли?

– Правильно! – сказала Алька. – А зачем же ты опять спрашиваешь? Как же я устала от этих глупых вопросов.

Я пошел по Массачусетс-авеню в сторону Гарвард-бридж, пока не вышел на набережную. Там я повернул налево и шел еще несколько минут вдоль реки. Потом опять повернул налево, обогнул математический корпус *MIT*, открыл своим ключом дверь черного хода и поднялся на второй этаж. Свет в компьютерной комнате не горел. Я открыл дверь, и свет тут же зажегся. Я сел на стул, открыл свою сумку, достал письмо, которое получил утром, и решил прочитать его еще раз. Хотя даже когда я только вскрывал конверт утром, то, не читая еще письма, уже знал, что мне пишут. Меня благодарили за присланное резюме, восхищались моим образованием, отмечали большой опыт работы и сообщали мне, что в настоящее время, к сожалению, все позиции уже заняты. Далее мне сообщали, что, как только освободится подходящее место, со мной сразу же войдут в контакт и с этой целью мое резюме заносится в их базу данных.

И я вспомнил, как я обрадовался, когда я получил первое такое письмо. Я стал его всем показывать, и народ читал его абсолютно безо всякого воодушевления. И я не понимал такой реакции, пока кто-то не сказал мне, что по смыслу это все означает, что мое резюме выкинули в мусорную корзину, скорее всего, даже не читая.

Я сел за компьютер, стал проверять свою почту и, когда не нашел там ничего хорошего, я открыл вчерашнее Аркашино письмо и стал его перечитывать.

Аркаша писал мне о том, что весенняя выставка в этом году была довольно поздняя. Но, несмотря на это, пчела облетелась очень дружно и потерь было не так уж и много. И я стал представлять себе задний двор нашей зимней базы в Богане: забор с воротами и примыкающими к ним с обеих сторон двумя мастерскими, отгораживающими небольшой внутренний дворик от основной части, разобранные стены и крыши медогонных будок и все наше оборудование под двумя огромными навесами, громадные завалы стоек корпусов с сушью, намеренно неровные ряды ульев и снег сплошь в маленьких коричневых точках весеннего очистительного облета. И мне даже показалось, что я почувствовал запах этого облета, замечательнее которого нет никакого другого запаха на свете.

Я перечитал Аркашино письмо снова, а потом еще один раз. И это письмо все висело у меня открытым на экране монитора. А мыслями своими я опять вернулся к этой загадочной базе данных, куда поместили мое резюме. И я все думал и думал об этом, пока мне не стало совсем муторно. Я попытался переключиться на что-то другое. И вспомнил, как я разговаривал сегодня утром с Митей и как он мне рассказывал про агентство по устройству на работу. Он был там вчера, и его учили, как вести себя на интервью. Агент, который тренировал его, подметил у него кучу ошибок. Во-первых, он раскритиковал всю его одежду. Он стал смеяться, когда увидел Митину жилетку, и он велел ему снять ее немедленно. А когда Митя снял ее, то агент даже сделал вид, что хочет выбросить ее в мусорное ведро.

Но потом он все-таки отдал эту жилетку Мите, взяв с него обещание никогда ее больше не надевать.

Ботинки у Мити были со шнурками, а нужно было без шнурков. Или, наоборот, ботинки были без шнурков, а надо было со шнурками. И я пытался вспомнить, нужны ли шнурки или нет, и, конечно, так и не вспомнил.

Ремня на брюках у Мити не было. И агент очень из-за этого расстроился и сказал, что он даже не понимает, как это может такому умному человеку, как Митя, в голову прийти, чтобы брюки надеть без ремня.

Белые рубашки мы с Митей купили на какой-то большой распродаже. Так агент это, конечно, сразу же заметил и сказал, что рубашка должна быть хоть чуточку, но лучше.

Галстук был у Мити в яркую полоску. А надо было, оказывается, купить гораздо более скучный галстук с мелким повторяющимся рисунком, чтобы издали он казался в крупную клетку. И Митя сказал агенту тогда, что он не может позволить себе купить галстук за восемьдесят долларов. А мне еще добавил, что он в месяц тратит на всю еду и одежду никак не более сорока долларов. Ну и агент сказал, что Митя должен это рассматривать как *investment*. И что нельзя серьезно говорить о таких пустяковых деньгах, которые по сравнению с Митиной будущей зарплатой вообще просто смешны.

Когда они с одеждой закончили и начали интервью разыгрывать во всех деталях, то ошибки посыпались одна за другой. Руку, оказывается, Митя пожал вяло. И со второго захода ему тоже не удалось правильно руку пожать – пережал почему-то. В кресло плюхнулся хоть и по приглашению, но все равно раньше, чем агент в свое кресло сел. В глаза Митя не смотрел и не улыбался. А когда агент сказал ему об этом и Митя начал улыбаться, так агент заметил, что он не имел в виду, что улыбаться надо с открытым ртом.

Разговор о том, как Митя добрался до офиса, он почему-то не поддержал. А надо было полминуты поговорить на эту тему и еще что-то добавить по своему усмотрению или пошутить. Но тоже не долго. Минуты полторы – не больше. А потом надо было почтительно замолчать и ждать вопросов.

Когда агент попросил Митю рассказать о себе, то Митя понес всякую чепуху из своей биографии. А полагалось говорить только об опыте работы и немного об образовании.

Потом они стали репетировать, как Митя собирается ответить на вопрос, почему он хочет работать в том банке, куда он якобы пришел на интервью. И Митя стал говорить что-то об интересной работе, но агент тут же прервал его и стал что-то долго ему объяснять, из чего Митя понял только, что он должен будет сказать, что с самого раннего детства он слышал об этом банке и всю свою жизнь мечтал о нем. И уехал из своей страны в Америку только потому, чтобы работать в этом банке.

Потом агент сказал, что настало время послушать вопросы, которые есть у Мити. И Митя стал говорить, что хочет спросить о деньгах. И агент сказал, что это очень глупый вопрос. И что ему весьма печально слышать от Мити такой глупый вопрос. И хуже всего было то, что вопрос этот оказался таким глупым, что агент никак не ожидал услышать его от Мити.

И я вспомнил, что, когда мы гуляли и Алька сказала Мите про глупый вопрос, то его даже передернуло как-то. И я, конечно, сразу понял тогда, почему.

Короче, агент сказал Мите, что о деньгах он сам не должен заводить разговор ни при каких обстоятельствах. А когда Митя стал выяснять, что он должен отвечать про деньги, если его спросят об этом, то агент сказал, что к этому еще очень и очень долгий путь. И когда Митя вспомнил, что кто-то ему посоветовал на вопрос о деньгах отвечать, что он рассмотрит любое предложение, то агент сказал, что раньше, года два тому назад, он тоже посоветовал бы так сказать, но сейчас лучше называть определенные цифры. Так создается впечатление, что ты знаешь себе цену.

Потом Митя спросил у агента что-то насчет бороды, и агент опять сказал, что года два тому назад он посоветовал бы бороду сбрить. Но сейчас ситуация несколько изменилась. Народ понял, что русские программисты и аналитики - это хорошо. Ну и поэтому к бороде уже нет такого отрицательного отношения.

И Митя заявил агенту, что теперь он чувствует себя подготовленным к техническому интервью. На что агент заметил, что это вовсе не было подготовкой к техническому интервью и что он готовил Митю к тому, чтобы его допустили до технического интервью, где обычно дают всякого рода тесты. И агент сказал, что не вполне уверен, что Митю с первого раза допустят до технического интервью, но уж если допустят, то он надеется, что тут-то Митя проявит себя с самой лучшей стороны. А иначе бы он с ним и не связывался бы.

В конце разговора агент еще раз посмотрел Митино резюме и сказал, что он не видит там упоминания о том, что у Мити есть официальное разрешение на работу. И Митя сказал, что раньше такое упоминание у него было. Но потом кто-то из его знакомых посоветовал ему это выкинуть. А потом кто-то другой, наоборот, посоветовал вставить. И так случилось несколько раз. И Мите это все надоело, и он решил, что он воспользуется советом того из своих знакомых, кто зарабатывает больше. Вот тогда-то он и выбросил окончательно это из резюме. Ну и агент сначала отрицательно отреагировал на эту Митину идею, но потом спросил, а сколько же зарабатывает его знакомый, которого Митя в конце концов послушался. И когда Митя сказал, сколько, агент согласился: ладно, мол, оставляем все, как есть.

Когда Митя закончил свой рассказ, я так осторожно спросил у него, а как же он умудряется прожить в месяц на сорок долларов. И Митя рассказал мне и об итальянском рынке в Бостоне, и о фруктах и овощах в Кембридже по средам и субботам для бедных, и о распродажах одежды по двадцать пять центов за фунт, и о богатейших кембриджских помоечных днях, и о многих других полезных вещах рассказал мне Митя.

Я услышал, как кто-то поворачивал ключ в замке. Дверь открылась, вошла Алька. Она, конечно же, сразу стрельнула глазами через мое плечо на экран монитора.

– Я думала, ты работаешь, а ты что делаешь? – спросила она.

– Читаю письмо с пасеки, – сказал я. – Я читаю пасечное письмо. И вообще, слушай, если я читаю пасечное письмо, то что я, по-твоему, делаю? А? Зачем ты задаешь мне свои глупые вопросы? Я ужасно устал от них, потому что они очень глупые, а я от этого устал. И даже утомился. И когда ты задаешь свои глупые вопросы, то меня очень раздражаешь. И я от этого так утомляюсь, что не могу уже слышать этих глупых вопросов, от которых очень устаю, потому что они глупые.

Посмотрел я на Альку, а она молчит и глядит на меня с каким-то даже, я бы сказал, уважением.

Ну вот как это понять? Иногда вот ерунду какую-нибудь сделаешь. Ну что-то там... ну, не знаю. Так на тебя смотрят, как будто... Ну, не могу даже сказать. А иногда, наоборот. Казалось бы, ну вот сверх всякого. И хоть бы что.

Тут Алька опять что-то у меня спросила. Но отвечать я уже не мог. Не люблю, знаете, глупых вопросов.

Устаю от них очень.

ГЛАВА 8

– Ты не мог бы попросить его сделать вырез? – сказал я Мите.

– Я уже пытался в прошлый раз, но мы как-то не поняли друг друга, – сказал Митя. – Попробуй теперь ты.

– Отрежь мне маленький кусок, – попросил я итальянца и стал показывать ему, как сделать вырез.

– Ты будешь сейчас есть? – спросил он.

– Нет, я хочу посмотреть, какой он внутри.

– Вот он какой, – сказал итальянец и показал на горку битых арбузов.

– Нет, я хочу посмотреть, какой этот.

– Это то же самое. Это – арбуз, и то – арбузы, только они битые.

– Я боюсь, что этот белый.

– Ты никогда не ел арбуз? – спросил итальянец.

– Нет, я ел, – сказал я.

– Нет? – сказал итальянец.

– Нет, нет, – сказал я, – я ел.

– Никогда? – удивился итальянец.

– Почему никогда? Я хочу посмотреть, какого он цвета.

– Это – арбуз, – сказал итальянец. – Арбуз – красный.

Было уже шесть часов вечера, и субботний день на итальянском рынке Бостона заканчивался.

Белая хонда

Энглвуд, 28 сентября 1993 года

Свет стал проникать ко мне со всех сторон.

Те задания, которые я получал от Кирана, уже не казались мне сплошной абракадаброй. Напротив, все чаще и чаще я почти сразу же знал, с какого боку к ним можно было подступиться.

Я уже не шарахался в сторону по утрам от нашей очаровательной Лори, когда она спрашивала меня, что я хотел бы заказать себе на завтрак. А однажды я даже сказал ей, что мне нравится ее свитер. И я только был поражен, какой щедрой улыбкой она одарила меня за это.

Встречи в нашей группе по средам, на которых раньше все звучало для меня, как шум прибоя, теперь стали наполняться вполне определенным содержанием. Более того, уже несколько раз Киран в ходе обсуждений обращался с вопросами ко мне. И пока все мои выступления заканчивались вполне благополучно. Если не считать, конечно, что народ всякий раз морщился, пытаясь понять меня. Но Киран все схватывал с полуслова и очень лихо разъяснял всем, что я хотел сказать. И я только удивлялся, почему его ужасающий акцент со всеми этими супермягкими «эль» не представлял никаких проблем для всех наших.

Я все еще допускал, что меня могут выгнать с работы в любую минуту. Но с каждым днем во мне росла надежда на то, что, может быть, этого не случится.

Утром ко мне подошла Эми, попросила отложить все мои задания и работать над проектом, который она мне тут же и вручила. Я спросил у нее, знает ли об этом Киран. И Эми сказала, что проект она дает мне по распоряжению нашего президента и Киран, конечно, об этом знает. И добавила, что проект, возможно, потребует специальных математических знаний.

– У тебя как с математикой? – спросила Эми.

– Не так уж и плохо, – сказал я.

Проект оказался для меня легким. И к ланчу я с ним разделался и пометил его в нашей базе данных как выполненный. В эту минуту ко мне подошел Киран.

– Хей, Илья, – сказал он, – что ты сейчас делаешь?

– Только что закончил *Bid-Asked Option Price*.

– Очень хорошо. Где ты?

– Что? – спросил я.

– Как идут дела у тебя? Это очень важно.

– Что ты имеешь в виду? – спросил я.

– Это очень важный проект, – сказал Киран, – постарайся сделать там все, что ты можешь.

– Я уже закончил его.

– Закончил?

– Да, – сказал я.

– Что ты имеешь в виду?

– Я все сделал.

– Ты меня не понял, – сказал Киран, – я говорю о проекте, который тебе дала сегодня утром Эми.

– Да, – сказал я, – *Bid-Asked Option Price*. Я все сделал.

– Ты шутишь?

– Нет, я не шучу.

– Ты что, ничего не знаешь?

– Наверное, нет.

– Эми с Францем работали над этим проектом три недели, и у них ничего не вышло.

– Я этого не знал, – сказал я.

– У тебя сошлись результаты с Блумбергом? – спросил Киран.

– Да, до седьмого знака.

– Слушай, это здорово.

– Спасибо, – сказал я.

– Ты сделал большую работу.

– Спасибо, – еще раз сказал я.

– Иди скажи это скорее Эми. Это очень важно.

– Хорошо, – сказал я.

Я прошел мимо Эминого офиса, подошел к своему столу и стал перекладывать что-то с места на место. Потом я поднял трубку и позвонил в «Чейз».

– Ты как? – спросил я Маринку.

– Хорошо. А ты как?

– Нормально. Меня, наверное, не выгонят из *"Software Solutions"*.

– Что ты там сделал?

– *Bid-Asked Option Price*.

– Молодец, – сказала Маринка.

– Спасибо, – сказал я.

– Я знала, что ты молодец.

– Спасибо, – сказал я опять.

– Значит, мы пойдем смотреть сегодня дом?

– Ты сошла с ума, – сказал я.

– Сколько ты там уже работаешь?

– Почти десять месяцев.

– Ты там засиделся. Я позвоню завтра в агентство.

– Ты с ума сошла, – сказал я.

– Ладно, я пошла на ланч.

– Хорошо, – сказал я.

– Ты тоже пойди.

– Хорошо, – сказал я.

– Выброси сэндвич, который ты взял сегодня с собой, и пойди куда-нибудь.

– Хорошо, – сказал я.

Я повесил трубку и почувствовал, что кто-то стоит у меня за спиной. Я обернулся. Это был наш президент. Он улыбался мне. Рядом с ним стояла Эми. Она тоже улыбалась.

– Ты сделал *Bid-Ask*? – спросил президент.

– Да, – сказал я.

– У тебя сошлись результаты с Блумбергом?

– Да, до седьмого знака.

– *Jesus Christ*! Ты сделал большую работу.

– Спасибо, – сказал я.

– Вот видишь, – сказал президент Эми, – я же говорил, что это надо дать ему.

– Да, – сказала Эми.

– Видишь, я был прав.

– На то ты и президент, – сказала Эми. – Это твоя работа.

– Да, – сказал президент. – Я знаю.

Он похлопал меня по плечу.

– Продолжай в том же духе, – сказал он и пошел к себе в офис.

– Обязательно, – сказал я ему вслед.

Я не захотел вызывать лифт и стал спускаться с нашего третьего этажа по лестнице. И пока я шел вниз, я думал, что, конечно же, все получилось на удивление здорово. Судя по всему, президенту пришлось кого-то убеждать, чтобы дать этот проект мне. И, наверное, ему никто не верил. Да и сам президент, по всей видимости, не очень-то верил в то, что он предлагал. И я все спрашивал себя, почему они не дали мне этот проект три недели тому назад. И сам себе отвечал: потому что я не вызываю у людей никакого доверия.

Я спустился вниз, подошел к большому зеркалу, которое висело у нас в холле, и стал смотреть на себя. Эта идиотская борода, тяжелый взгляд. И вообще все остальное. И чем дольше я смотрел на себя, тем яснее я понимал, что действительно мой облик не мог вызывать никакого доверия ни у кого.

И я стал вспоминать все подобные обидные истории, которые произошли со мной или с моими друзьями. Я вспомнил, как один мой знакомый, Володя, рассказывал, как он в первый раз пришел в бридж-клуб Массачусетского технологического института. У него не было партнера, и он попросил директора турнира познакомить его с кем-то, кто тоже пришел один. И директор сказал ему, что он приветствует, что Володя пришел в клуб *MIT* и сказал, что это очень хороший клуб и что там играло много знаменитых людей. Володя спросил директора, играл ли там Норберт Винер. И директор ответил, что нет, Норберт Винер не играл. И он спросил Володю, как он играет. И Володя сказал, что играет он не так уж и плохо.

И этот его ответ был точно таким же, какими были все мои ответы в *"Software Solutions"* о моих познаниях в любой области. И тут я подумал, что, может быть, в этом-то и кроется причина всего. Я вспомнил, как в первый день, когда я пришел в *"Software Solutions"*, Франц сказал мне, что он эксперт в математике. И я подумал, что нас, наверное, как-то не так учили английскому в школе. Наверное, эксперт – это и означает, что ты знаешь что-то неплохо. А когда ты говоришь, что знаешь что-то неплохо, все начинают думать, что ты вообще ничего не знаешь.

Директор дал Володе в напарники совсем молодого парнишку, которого все в клубе звали Мэтт, и они начали играть. Володя сказал мне, что играть ему было ужасно трудно, потому что он тогда еще плохо понимал, что народ вокруг говорил. И народ косился на него довольно-таки сильно из-за всего его необычного для них облика. Никто там, конечно, не мог даже себе представить, что человек с таким ужасающим английским может быть на голову выше любого из них в бридже. Хотя, как сказал Володя, обстановка там в целом была весьма дружелюбная. Почти за каждым столом, куда он приходил с Мэттом, ему обязательно кто-то говорил, что у него замечательный английский.

Я наконец-то отошел от зеркала и вышел из *"Software Solutions"* на улицу. Пошел мелкий дождь, и сразу стало прохладно. Я сел в машину и выехал на Сильван-авеню. Там я повернул налево, доехал почти до моста Джордж-Вашингтон, запарковал машину на стоянке *"A&P"*, вошел внутрь и остановился около стойки *"Salad Bar"*. И я стал смотреть, как и куда народ все это накладывает, и тоже стал выбирать себе всякую всячину. Наконец я взял еще маленькую пластмассовую посудину и положил туда малину и ежевику.

Я вышел на улицу. Дождь кончился, и стало опять жарко, хотя был уже конец сентября. Я все продолжал вспоминать о том, что мне рассказывал когда-то Володя.

Конечно, Володя сразу понял, что Мэтт играет еще очень плохо. И Володя старался не ставить его перед трудным выбором. И я вспомнил, что еще в России Володя славился тем, что мог успешно играть даже с довольно слабым партнером.

Когда турнир закончился и результаты были подсчитаны, оказалось, что Володя с Мэттом заняли первое место, набрав при этом восемьдесят четыре процента очков. Это был абсолютный рекорд клуба *MIT* за все время его существования.

Все обступили Мэтта. Он стоял красный от волнения и принимал поздравления. И Володя слышал, как кто-то сказал: «Смотри, Мэтт второй год только играет, а какой прогресс».

Какой-то парень подошел к Мэтту поздравить его.

– С кем ты играл? – спросил он Мэтта.

Мэтт показал на Володю.

– *Jesus Christ!* – сказал парень. – Как ты вырос, Мэтт.

Я спросил тогда у Володи, поздравил ли его кто-нибудь. И он сказал, что к нему подошел директор и спросил, понравилось ли ему играть с Мэттом. И когда Володя ответил, что понравилось, директор сказал, что он не обещает, что каждый раз он сможет давать ему такого сильного партнера, как Мэтт, но если Володя будет приходить регулярно, то он сможет найти себе какого-нибудь игрока, который будет соответствовать ему по силе. И в заключение директор сказал, что у Володи очень хороший английский.

И я вспомнил, как раньше меня тоже хвалили за мой замечательный английский. Но за последние несколько месяцев я не слышал этого ни от кого ни разу. И я все пытался понять, что это могло бы означать.

Рядом со мной остановилась белая хонда, и девушка стала что-то спрашивать меня. Я на мгновение задумался, пытаясь понять, как же ей объяснить, что я не местный и не только ничего не знаю здесь, но даже толком не понимаю, что она говорит мне. Но потом вспомнил про *Bid-Asked Option Price* и подошел к ней поближе.

– Как мне попасть на Гарден-Стейт-Парквей? – спросила девушка.

– Тебе нужен Юг или Север? – спросил я.

– Юг, – сказала девушка.

– Развернись прямо здесь и поезжай обратно до конца улицы. Там повернешь направо. На втором светофоре поверни налево. А потом тебя поведут знаки.

– Большое спасибо, – сказала девушка.

– Всегда пожалуйста, – сказал я.

ЧАСТЬ ЧЕТВЕРТАЯ

БРЮССЕЛЬ

Я вижу, как твой лик печальный
Парит над вечною землей.
Неодолимый изначально,
Он вновь встает передо мной,
Как память встречи роковой,
Предвестницы судьбы святой,
Счастливой и многострадальной.

ГЛАВА 9

Девушка закончила свой танец и оттянула сиреневую резинку на ноге. Я положил туда доллар. Она улыбнулась мне и пошла танцевать перед Биллом.

Та, которая танцевала до нее, уже успела одеться. Я не заметил, как она подошла ко мне. И она обняла меня сзади за плечи, едва дотрагиваясь до меня. Мне показалось, что на меня сверху опустилось облако.

– Ты пойдешь со мной в угол? – спросила девушка.

– Конечно, – сказал я.

– Когда ты хочешь? Прямо сейчас?

– Нет, – сказал я, – через полчаса.

– Хорошо, – сказала девушка и пошла вокруг сцены.

– Слушай, – сказал Леша, – мне уже надоело.

– Тогда пошли, – сказал я. – Если ты сумеешь оттащить Билла. По-моему, ему это очень нравится.

Но Билл уже поднимался со своего места вслед за нами.

– Не беспокойся за него, – сказал Леша, – он ходит сюда через день.

Жаркое лето

Нью-Йорк – Брюссель, 5 – 6 августа 1997 года

Лето девяносто седьмого года было необычно жарким в Европе. Мы должны были прилететь в Париж ранним утром шестого августа и собирались взять машину и поехать на север. Сначала в Бельгию, а потом в Голландию. И хотели вернуться во Францию в конце августа, и надеялись, что к тому времени жара уже спадет.

Мы сидели в *La Guardia* и ждали посадки. У нас было свободных полчаса, и мы сели за стойку бара выпить пива. Мне дали горячий *pretzel,* и я макал его в горчицу и запивал ледяным "*Samuel Adams*".

– Ты чувствуешь, отпуск уже начался, – сказал я.

– Да, – сказала Маринка, – мне вообще нравится отдыхать, а не работать.

– А мне нравится отдыхать, когда я знаю, что я работаю, – сказал я.

Это лето оказалось очень неспокойным для нас. Наша группа была ликвидирована в результате «стратегического решения» высшего руководства.

Все случилось довольно неожиданно. В тот день ко мне подошел Тим и сказал, что у нас на десять объявлена встреча с руководством. Я спросил его, что случилось.

– Не знаю, – сказал Тим. – Но будет Макс, и я думаю, что это касается нашего Джима. У меня большие подозрения.

– Да? – сказал я.

– Да, я хорошо его знаю. Всю прошедшую неделю он был сам не свой.

Когда мы вошли в конференц-зал, все уже ждали нас. И через минуту вошел Макс.

– Доброе утро, – сказал он.

Макс явно нервничал.

– У меня плохая новость, – сказал Макс. Он помолчал немного, и я увидел, как его щека задергалась. И он объявил нам, что наша группа закрывается. Он сделал паузу, а мы стали переваривать его сообщение.

– Это никоим образом не является персональным, – сказал Макс. – Просто мы решили закрыть этот бизнес.

Макс говорил, наверное, еще минут пять, пытаясь объяснить, почему такое решение было принято, и наконец предоставил слово Маргарет, нашей главной по кадрам, и она стала объяснять нам все условия.

На следующее утро все нью-йоркские газеты опубликовали комментарии по этому поводу и даже дали свои оценки, насколько легко нам всем будет найти работу и на что мы сможем претендовать. И где-то даже замелькали портреты нашего Джима.

Июнь и июль прошли в хождениях на интервью, и к нашему отпуску все закончилось вполне благополучно. Но мы долго еще не могли успокоиться и обсуждали всё это между собой почти каждый день.

Я уже допивал свое пиво, когда услышал, как девушка, которая сидела за стойкой рядом со мной, сказала кому-то по-русски: «А мы не опоздаем?»

– Куда вы опаздываете? – спросил я.

Девушка посмотрела на меня, потом перевела взгляд

на Маринку и опять посмотрела на меня.

– Мы летим в Париж, – сказала она.

– Тогда у вас еще полно времени.

– Вы тоже? – спросила девушка, обращаясь уже к Маринке.

– Да, – сказала Маринка.

– Сережа, ребята вот тут тоже летят в Париж.

– Отлично, – сказал Сережа.

– Нас зовут Светка и Сережа, – сказала девушка.

– А нас – Марина и Илья, – сказал я.

Маринка, конечно, сразу стала выпытывать у них, кто они такие, где живут и где работают, и мы тут же выяснили, какие у нас есть общие знакомые.

Оказалось, что у Светки с Сережей были почти такие же планы на их отпуск, что и у нас. Светка написала мне на своей карточке названия всех отелей, где они собирались остановиться. И я обещал им позвонить, чтобы пообедать где-нибудь вместе.

Мы прилетели в Париж и, когда пошли забирать багаж, еще издали увидели наши имена, написанные крупно на большом белом плакате.

Мы подошли к стойке и спросили, что это значит.

– Ваш чемодан улетел на Багамы, – сказала девушка.

– Прекрасно, – сказала Маринка.

– Не беспокойтесь, мы доставим вам чемодан в течение двадцати четырех часов в отель.

– В какой отель? – спросил я.

– В каком отеле вы будете жить? – спросила девушка.

– В каком отеле мы будем жить? – спросила я Маринку.

– Я не помню, – сказала Маринка, – все адреса и вообще все – в этом чемодане.

– Мы не знаем, – сказал я девушке. – Мы уезжаем в Голландию.

– В Бельгию, – сказала Маринка.

– В Бельгию, – сказал я.

– В какой город? – спросила девушка.

Маринка напряженно думала.

– Мы не помним, – сказал я.

– В Брюссель, – сказала Маринка.

– В Брюссель, – сказал я, – только мы не помним названия отеля.

– Что же мне делать? – спросила девушка.

Маринка посоветовала нашей девушке попробовать обзвонить все крупные отели Брюсселя, и это сработало. И, наверное, через час мы уже выехали из Парижа.

– Все-таки действительно, – сказал я, – в Европе все немного по-другому.

– Что ты имеешь в виду? – спросила Маринка. – Тебе дали майонез вместо кетчупа?

– Я имею в виду, что в машине нет кондиционера.

– Но ты же как-то приспособился?

– Да, но когда открываешь окна, становится довольно шумно и очень трудно разговаривать.

– Почему же мы не спросили про кондиционер?

– Мне в голову это не пришло.

– Мне тоже, – сказала Маринка. – Но мне, в общем-то, нормально.

– Мне тоже. Вполне можно и без кондиционера обойтись.

– Я даже не сразу и заметила это.

– Я тоже, – сказал я. – Потому что утром было еще прохладно.

– Да, наверное. Ну ничего, не так уж это страшно.

– Вполне терпимо.

– Да, – сказала Маринка, – мне так и вообще ничего.

– Да, – сказал я. – Но в следующий раз мы такими дураками уже не будем. Правда?

Мы побросали наши вещи в отеле и не стали даже отдыхать. Мы вышли на улицу и пошли просто так, не зная, куда мы идем. Я увидел название *"Stock Exchange"* на одном из зданий. За ним шли улочки, заставленные столиками. Почти на каждом из них стояли черные котелки, из которых горой топорщились *mussels*. Мы сели за первый свободный столик и заказали *moules au vin blanc*. И были просто счастливы, что можем так расслабленно сидеть прямо на улице за столиком, пить бельгийское пиво и есть эти *mussels*, совершенно, казалось бы, незатейливо приготовленные, но абсолютно не воспроизводимые более нигде.

Уже совсем поздно вечером мы ужинали на улице в каком-то симпатичном кафе. Вокруг столиков играли музыканты. И, конечно, среди них были русские. Один из них очень прилично играл на скрипке.

– Какое у него образование? – спросила Маринка.

– Что ты имеешь в виду? – спросил я.

– Ну, он самоучка?

– Нет, – сказал я, – консерватория.

В сущности, он играл не на скрипке, а на каком-то инструменте, похожем на скрипку. Он легко и непринужденно сыграл «Чардаш» Монти и стал обходить столики, собирая деньги. Ему охотно платили. И давали бы еще больше, если бы он не был таким хмурым. Товарищ скрипача аккомпанировал ему на гитаре и компенсировал его угрюмость постоянной широкой улыбкой на своем простоватом лице.

Скрипач совсем не был расслабленным, как выглядят все музыканты Манхэттена. В его взгляде были усталость и презрение. Он презирал всех нас за нашу праздность. Презирал своего товарища-простака. Презирал себя за то, что должен был играть перед нами. И вообще презирал всех и все на свете.

Скрипач протянул мне свой бубен, и я бросил туда десять франков. Он поблагодарил меня, и наши глаза встретились, как встречаются глаза русских вне России. «Спасибо», – еще раз, но уже по-русски сказал он. И его взгляд слегка смягчился.

ГЛАВА 10

– За пересказ “L'Humanite Dimanche” без словаря – два, – сказала заведующая кафедрой. – Нет, не два.

Я поднял глаза.

– Два с минусом, – сказала она.

Я опустил глаза.

– За перевод математического текста без словаря – два. За перевод математического текста со словарем – три с двумя минусами. Какие будут предложения у членов комиссии по поводу средней оценки?

– Может быть, – сказала Ольга Николаевна, – я думаю, может быть, три?

– Да, наверное, три, – сказал кто-то из членов комиссии.

– Три, – сказала завкафедрой. – Вы согласны?

– Да, – сказал я.

Брюссельские вафли

Брюссель – Брюгге, 8 августа 1997 года

С самого утра Маринка стала говорить мне, что в Брюгге мы пойдем в музей Мемлинга. Но я наотрез отказался даже думать об этом.

– Знаешь, – сказал я Маринке, – мне кажется, что желание ходить по музеям – это русская национальная черта. Как ты думаешь?

– Не знаю, – сказала Маринка. – А с чего ты это взял?

– А как же. Русские, когда куда-нибудь приезжают, не могут пропустить ни одну картинную галерею. И добро бы, если только те, которые живопись любят или разбираются в ней. А то ведь все подряд идут.

– Но не только же русские.

– Не только. Но русские – в обязательном порядке. Вот у тебя в группе, когда народ приезжает из отпуска, о чем рассказывает?

– Ни о чем, – сказала Маринка.

– Ну в первые десять минут?

– В первые десять минут о чем-то рассказывают.

– Когда-нибудь кто-нибудь рассказывал о каком-нибудь музее? – спросил я.

– Никогда.

– Вот видишь. У нас тоже.

– Как же ты это объясняешь?

– Говорю тебе – русская национальная черта, – сказал я.

После завтрака мы поехали в Брюгге. Добрались до нашего отеля. И я убедил Маринку в том, что мы хотим просто ничего не делать сегодня.

Мы поехали на море. Там оказалось очень мелко, и нам надо было долго заходить в воду, чтобы поплавать. Мы легли прямо на песок и какое-то время лежали просто так, молча, наслаждаясь нашим бездействием и тишиной.

На ланч мы пошли в кафе, которое расположилось прямо на пляже. И я опять заказал *mussels*. И мы выпили много *"Dubbel Ename"*. Пиво было крепкое, но не горькое и очень бархатистое.

После ланча мы стали искать стоянку, где мы оставили нашу машину. И когда мы уже нашли и стоянку, и машину, Маринка сказала, что она устала. Я купил горячие брюссельские вафли с шоколадом, и мы стали смотреть по сторонам в поисках какой-нибудь скамейки. И когда мы не нашли ничего, мы стали есть наши брюссельские вафли, сидя прямо на тротуаре.

Мы вернулись в Брюгге вечером и пошли бродить по его улицам. Все здания были эффектно подсвечены. И Брюгге казался ночью еще красивее, чем днем. Когда мы уже хотели идти в отель, мы встретили Светку с Сережей. И Светка стала нас спрашивать, что мы делали, где успели побывать и каковы наши впечатления.

– Впечатлений очень много, – сказал я, – потому что на каждом шагу наталкиваешься на что-то необычное.

– Например? – сказала Светка.

– Курят много.

– Разве?

– Конечно. Ты обратила внимание, что у них в туалетах между писсуарами пепельницы приделаны?

– Что? – спросила Светка.

И тут Маринка стала на меня жаловаться за то, что я потащил ее вчера в госпиталь.

– А что случилось? - спросила Светка.

– У Илюши палец на ноге припух, – сказала Маринка.

– Только-то?

– Мне захотелось посмотреть, как тут у них медицина работает, – сказал я.

– Что же ты обнаружил?

– Ничего особенного, – сказала Маринка. – Все абсолютно то же самое.

– Ничего? – спросила Светка меня.

– Кое-что все-таки обнаружил.

– Что?

– У госпиталя машину нельзя было оставить, потому что везде были запрещающие знаки. А когда я вошел внутрь и спросил, где стоянка, мне сказали, чтобы я парковался прямо на этих знаках.

– Замечательно, – сказала Светка. – Что-нибудь еще?

– Сестра принесла мне термометр, и, когда она протянула его мне, я, естественно, открыл рот.

– Ну, что дальше?

– Ну и она стала смеяться. Посмеялась и опять протянула его мне.

– А ты, конечно, опять открыл рот.

– Конечно. И тут она уже просто падать стала от смеха.

– Ну вот, – сказала Светка Маринке, – а ты говорила, что ничего особенного.

– А я и не знала об этом.

– Так, – сказала Светка, – значит, медсестру к нему без тебя допустили?

– Да, – сказал я.

– Надеюсь, это все?

– Нет. Доктор прописал мне антибиотик, но у них

этого антибиотика не оказалось.

– Так, – сказала Светка, – что еще?

Я задумался.

– Все, все, – сказала Маринка. – Можешь больше не вспоминать.

– Нет, не все. Но это уже последнее. Они взяли с меня двадцать пять долларов.

– Да, – сказала Маринка, – вот это действительно. У нас бы прислали счет долларов на двести, наверное.

– Все правильно, – сказал Сережа, – налоги выше – медицина дешевле и хуже. Все сходится.

– А я слышала, – сказала Светка, – что по данным какой-то французской фирмы Америка занимает только тридцать четвертое место среди всех стран по уровню развития медицины.

– Не по данным французской фирмы, а с точки зрения французской фирмы, – сказал Сережа.

– Какая разница?

– Большая. С точки зрения собаки человек, наверное, по общему развитию тоже занимает место никак не выше тридцать четвертого среди всех животных. Знаешь, почему?

– Почему?

– Потому что человек даже след как следует взять не может. А такое упражнение, как перемахнуть через высокий забор, по силе только самым развитым индивидуумам.

– Это, предположим, понятно, – сказала Маринка, – а вот почему же тогда в России при таких маленьких налогах была такая плохая медицина?

– Налоги там не имели никакого смысла. Тебе могли платить двести и брать двадцать рублей налога. Тогда на руки получалось сто восемьдесят. А могли бы платить шестьсот и облагать это налогом в четыреста двадцать рублей. На руки опять получалось бы сто восемьдесят. Когда платит и берет налоги одно и то же ведомство, налоги не имеют смысла. А вот когда ты получал доллары, вот тогда-то ты и узнавал, какие там были налоги.

– Да, – сказала Светка, – мне как-то заплатили пятьдесят долларов за перевод моей статьи в Америке. Эти деньги мне выплачивал какой-то комитет по охране авторских прав.

– Сколько же они тебе сохранили? – спросил я.

– Менее доллара.

– Два процента – это неплохо. Они были очень добры, что дали тебе доллар.

– На самом деле, это был не доллар, а какая-то местная валюта.

– Рубль? – спросила Маринка.

– Нет, какая-то местная валюта.

– Что это значит? – спросила Маринка.

– Чтобы тебе понятнее было, – сказал я, – у них было много разных *domestic currencies*.

– Правда? – сказала Маринка.

– Это позволяло элегантно изымать у населения деньги, заработанные за рубежом, – сказал Сережа. – У всех этих валют были свои обменные курсы.

– Но без права обмена, – сказал я.

– Обменный курс без права обмена? – сказала Маринка.

– Да, – сказал Сережа, – без права обмена.

– Все, стоп, – сказала Маринка. – Я больше не могу об этом. Давайте о чем-нибудь другом.

И мы стали опять болтать со Светкой и Сережей о том, где кто побывал, и они расспрашивали нас про нашу поездку.

Мне даже в голову не пришло, что можно поехать на море. А разве они ходят *topless*? А как будет по-русски "*mussels*"? А ты разве не знаешь? Мидии. Мидии? Вот эти самые обыкновенные мидии – это и есть *mussels*? Представь себе. Нет, все-таки жалко тратить время на море, но в следующий раз, когда вы куда-нибудь соберетесь, возьмите нас с собой.

– Конечно, возьмем, – сказал я.

ГЛАВА 11

– Без одной, – сказал я. Мы сверили протоколы, и я бросился к дверям.

– Ну как? – спросил меня Юрий Алексеевич.

– Что вы играли в первой сдаче?

– Шесть пик без одной.

– Так я и знал, – сказал я. – У нас они остановились в пяти.

– Зато мы выиграли три без козыря на восемнадцати очках, – сказал Юрий Алексеевич.

– Где ваш протокол? – спросил я.

– Вы заказали бубновый шлем?

– Нет. Где ваш протокол?

– Кошмар, – сказал Юрий Алексеевич. – Почему?

– Потому что мы реконтрировали на пяти, – сказал я. – Протокол, Юрий Алексеевич, где ваш протокол?

– У Дани, – сказал Юрий Алексеевич.

К нам подошел Даня. Мы нагнулись над столами и сдвинули свои протоколы. Нам надо было набрать пятнадцать процентных очков. Тогда со счетом 6:2 мы выходили на первое место, даже если бы Таллин выиграл 8:0 в своей последней игре.

– Восемьдесят два на шестьдесят, – сказал Даня. – Плюс двадцать два при сумме сто сорок два.

– Ну, – сказал я, – дели.

– Пятнадцать с чем-то процентов, – сказал Даня.

К нам протискивался Кузьма. Он думал, что несет нам плохую весть.

– Таллинн выиграл 8:0, – сказал он.

Мы все ошалело улыбались.

– 6:2, – сказал я.

Кузьма повернулся лицом к стене.

– Ты что? – сказал Даня.

– Слушай, Даня, – прошептал Кузьма, – ведь мы – чемпионы Сове-е-е-етского Союза.

Черепаховые гребни

Брюгге, 9 августа 1997 года

– Попробуй порожку, – сказал я Маринке за завтраком.

– А что это такое?

– Ну вот, живешь, можно сказать, в двух шагах от Брайтона, и не знаешь, что такое порожка?

– Все-таки, что это? – спросила Маринка.

– Красная смородина.

– Эх, Илюша, – сказала Маринка. – Сколько раз на Украине был, а правильно сказать не можешь.

– А как правильно? – спросил я.

– Паречка.

– Точно, – сказал я.

Мы все-таки пошли в музей Мемлинга и провели там, наверное, часа полтора, хотя музей был небольшой. После ланча у нас оставалось еще полчаса до встречи со Светкой и Сережей. И мы пошли покупать всякие сувениры.

– А мы здесь встретили Сережиного одноклассника, – сказала Светка, как только увидела нас. – Правда, Сережа?

– Да. Только…

– Только это оказался не одноклассник? – сказал я.

– Что-то в этом духе, – сказал Сережа. – Это был совсем другой человек.

– Не такой, как ты?

– Не такой, как я. Но и не такой, каким он был раньше.

– Сколько же ты его не видел?

– С тех пор, как мы уехали из России.

– А, так он из России? – спросил я.

– Да, – сказал Сережа.

– А что же ты ожидал? Мне довольно близкие друзья и знакомые стали казаться совершенно другими всего-то за пару лет в конце восьмидесятых годов. И знаешь почему? Потому что раньше любого человека, который говорил, что людей нельзя уничтожать миллионами, я считал умницей и героем. И пока разговоры шли только об этом, все казались друг другу единомышленниками. А когда жизнь стала разнообразнее и начали обсуждать другие проблемы, бывшие единомышленники оказались чуть ли не врагами.

Мы проходили мимо какого-то кафе, и я потянул всех туда. А Маринка предложила покататься на лодке, и все сразу же согласились с ней. И мы побрели в сторону канала.

– Что твой одноклассник рассказывал такое о своей матери? – спросила Светка Сережу.

– Она написала книгу воспоминаний «Моя жизнь и Давид Ойстрах». А когда я ему сказал, что это хорошо и что она, наверное, заработала на этом, так он на меня, по-моему, обиделся.

– Потому что она ничего не заработала? – спросил я.

– Не знаю, поэтому ли. Но она действительно ничего или почти ничего не заработала.

– Почему? – спросила Светка.

– Я не знаю. Наверное, потому что тираж был небольшой. У нас такую книгу вообще никто не купил бы.

– Но там же читают все подряд, – сказал я.

– Да, но воспоминания читаются хуже. Тем более что музыкантов-исполнителей даже высокого класса почти никто не знал. Только узкий круг людей.

– Разве?

– Конечно, – сказал Сережа. – На концертах четверть зала составляли те, кого запускали туда родственники и знакомые музыканта. Остальные – кто смог достать билет. А это – тоже узкий круг. Никто из них не хотел пропускать ни одного выступления, даже если оно и не было интересным, потому что, во-первых, больше ходить было некуда, а во-вторых, побывать там, куда попасть трудно, считалось лестным. Вот ты, кстати, как часто бывал на таких концертах?

– Не помню, – сказал я, – наверное, никогда.

– Вот видишь. А в Нью-Йорке, наверное, ходишь каждый месяц.

– Да, действительно, всех хороших музыкантов я впервые услышал либо в Карнеги-холл, либо в Линкольн-центр, либо где-нибудь у нас в Нью-Джерси.

– Я тоже, – сказал Сережа.

– Когда я впервые был в *"Metropolitan Opera"*, – сказал я, – мы слушали там «Кармен». На следующий день, на работе, я поделился своими впечатлениями с моим Джимом и сказал, что был поражен тем, что какой-то совершенно неизвестный певец демонстрировал такое выдающееся исполнение. Ну и Джим спросил, как зовут этого певца. И я стал долго искать в своем портфеле программу. И когда наконец я нашел ее и прочитал, Джим стал громко смеяться.

– Кто же это был?

– Пласидо Доминго.

– Вот видишь. Это подтверждает то, что я говорил, – сказал Сережа. – А теперь мой друг жалуется на низкие литературные вкусы в России, потому что никому не интересно читать, как его мама пила чай с человеком, который, как говорят, был хорошим музыкантом.

– Так друг или одноклассник?

– Одноклассник. Но мы были с ним довольно близки. Так получалось, что мы все время с ним как бы соревновались. Защитились почти в один день. Работали вместе много лет. Да он и сейчас работает в том же самом месте, профессор. Кстати, он жаловался сегодня, что ему мало платят, и даже сказал мне, сколько он зарабатывает в год.

– Столько же, сколько ты зарабатываешь в час? Да?

– Да, наверное, – сказал Сережа. – Я пытался сказать ему, что, может быть, со временем что-то изменится к лучшему. Но он был довольно пессимистичен.

– Что же еще говорил твой одноклассник?

– Мы не так долго общались с ним. Он куда-то торопился. Но мы договорились встретиться еще в Амстердаме.

– Но кое-что он все-таки успел нам сообщить, – сказала Светка.

– Что? – спросил я.

– Он страшно ругал американцев, – сказал Сережа.

– За что?

– За все.

– Ну все-таки, за что?

– Ругал американскую систему образования.

– Он как-то знаком с ней?

– Не думаю. Ты же знаешь, так считают многие в России.

– Несколько лет тому назад у нас гостил Сережин однокурсник, – сказала Светка. – Он тоже ругал американское образование.

– Он ругал многое, – сказал Сережа. – Говорил, у американцев начисто отсутствует чувство юмора и все они невежественны.

– А я тоже слышал такое, – сказал я. – Когда мне случилось быть в Израиле в какой-то большой русской компании, там несколько человек мне настойчиво твердили, что американцы невежественны. И когда я спрашивал их, почему они так думают, то они говорили, что американцы ничего не читают. А двое из них независимо друг от друга сказали мне, что в Америке никто не знает, кто такой О'Генри.

– А я могу объяснить тебе, почему они так говорят, – сказал Сережа.

– Почему?

– А потому что, если доступны только книжки О'Генри и еще немногих других, то О'Генри читают абсолютно все. Тогда, если ты говоришь про черепаховые гребни в компании из десяти человек, то все десять понимают, о чем ты говоришь. А человек, не читавший О'Генри, кажется уже дикарем.

С юмором немного сложнее. Не знаю, как сейчас, а раньше в России юмор был почти всегда с сильным мазохистским оттенком. Народ как будто бы наслаждался страданиями, смеясь над тем, над чем надо было бы плакать.

Представь себе теперь, что приезжает человек из России и начинает взахлеб рассказывать самое такое смешное что-то. О том, как еврея какого-то там по морде били и с работы выгнали. Или про то, как кому-то ночью случайно позвонили в дверь, а он от страха умер. Или что-то другое, но тоже ужасно смешное. Так эти тупоголовые американцы вместо того, чтобы помирать со смеху, пожимают плечами и говорят всегда одно и то же: *"It's disgusting"*.

– Этот твой однокурсник тоже вам анекдоты рассказывал? – спросил я.

– Не помню, – сказал Сережа. – Но он был очень агрессивен и почему-то все время говорил, что у них в магазинах есть абсолютно все. То же самое, что и у нас.

– А ты что говорил?

– А я ничего ему не говорил, потому что я понятия не имею, что есть в наших магазинах.

– Но в какой-то момент он резко изменился, – сказала Светка.

– Да. Это было очень смешно. Мы поехали ловить рыбу, и он все уговаривал меня накопать червей у нас на заднем дворе. А я ему говорил, что проще купить их на месте.

Мы приехали туда и, когда покупали лицензии, спросили про червей. Нам сказали, что мы их найдем прямо на озере, и мой приятель отнесся к этому крайне недоверчиво. Наконец мы спустились к озеру. Я подошел к автомату, засунул туда пять долларов, и через секунду банка с червями грохнулась в лоток.

Приятель мой просто онемел, и, как ни странно, после этого эпизода все напряжение между нами исчезло. И мы здорово там порыбачили.

– Может быть, и твоему однокласснику надо тоже червяков купить? – сказал я.

– Может быть.

– Так что же еще твой одноклассник говорил про американцев?

– Говорил, что все они наглые.

– Наглые?

– Да, – сказал Сережа.

– А про образование?

– Говорил, что по своему опыту и по опыту своих коллег в Европе, считает, что американцы ничего не знают. А уж если чуть в сторону от того, чем они занимаются, тогда – полный провал. Еще он сказал, что тот успех, которого я здесь достиг, это только благодаря моему российскому образованию.

– Думаю, что не благодаря, а вопреки, – сказал я.

– Да, – сказал Сережа, – когда я вспоминаю, как меня там учили, мне становится жалко самого себя до слез.

– Слушай, все получается очень здорово. Твой друг не хочет видеть наглые американские рожи, и его к этому никто и не принуждает. Тебе нравится американская система образования, и твои дети учатся в американских университетах. Ему нравится российское образование, и его дети учатся в российских институтах. Все счастливы, и все довольны. Разве это не здорово?!

– Это было бы совсем здорово, если бы этот принцип работал всегда и если бы те, кому не нравится Америка, не пытались бы с голодухи взрывать наши дома.

– Да, – сказал я, – в этом вся проблема.

Мы скоро добрались до набережной, сели в лодку и поехали кататься по каналам. И это было просто замечательно.

ЧАСТЬ ПЯТАЯ

АМСТЕРДАМ

Храню еще воспоминанье
О наших встречах на песках.
И помню муки ожиданья
И пульс несдержанный в висках,
Желанье, сжатое в тисках,
И страсть, набухшую в сосках,
И жаркий трепет содроганья.

ГЛАВА 12

– Мне очень нравится, – сказал директор издательства. – Хорошо. Очень хорошо. Где надо подписать?

– Но ведь это карты, – сказал главный редактор.

– Ну и что?

– Карты на обложке научной книги?

– Вот смотрите, – сказал директор. – Где-нибудь там, ну... там... дали бы такие сочные цвета, блестящий переплет, и книга пошла бы... А мы, конечно, не можем. Вы правы. Придумайте что-нибудь другое.

– Я тоже так думаю, – сказал главный редактор.

– Вот и договорились, – сказал директор и посмотрел на меня. – Да?

– Но ведь вам понравилось, – сказал я.

– Не спорьте, – сказал главный редактор. – У вас хороший вкус. Вы придумаете что-нибудь другое.

– Всего вам хорошего, – сказал директор.

– Вам тоже, – сказал я.

Мы вышли из кабинета.

– Я же говорил вам, я не против, но директор не подпишет, – сказал главный редактор.

Краснопольский

Амстердам, 10 августа 1997 года

Мы въехали в Амстердам под вечер, не долго искали наш отель и минут через пятнадцать были уже в Краснопольском.

Нас разместили в королевских комнатах. Чтобы попасть туда, надо было выйти из отеля через задние стеклянные двери, пересечь узкую улочку и через такие же стеклянные двери войти в здание напротив.

Мы только успели подняться к себе на пятый этаж, как принесли наши вещи. Их принес тот же самый парень, который помогал нам разгружать машину. И он стал расхваливать рестораны и бары Краснопольского, когда я спросил его, где нам лучше было бы поесть.

Через час мы спустились вниз и очень хорошо отобедали в ресторане «Рефле». Я начал с дюжины устриц и заказал то, что они рекомендовали взять сегодня – кенгуру с жареным *bok choy,* зелеными яблоками и маринованным имбирем. Я решил попробовать их французский луковый суп с *pistolet roles,* и он оказался просто изумительным. Ну и, конечно же, я пробовал все, что приносили Маринке.

– У тебя должно быть сейчас отличное настроение, – сказала она.

– Почему? – спросил я.

– Ты столько съел и выпил столько вина. Я тебе завидую.

– Если ты завидуешь, давай закажем еще что-нибудь

для тебя.

Маринка отказалась заказывать что-то еще для себя. Нам принесли меню, и мы сговорились, что поделим один десерт на двоих.

После обеда мы решили погулять немного и как только мы отошли от отеля, то почти сразу же оказались в *"Red Light District"*. И там, наверное, около часа мы все ходили по кварталу и смотрели на всех этих девушек в витринах и заходили во все магазины.

– Мне что-то надоело уже смотреть на этих бедных девушек, – сказала Маринка.

– Почему же это они бедные? – спросил я.

– А разве нет?

– А они, наверное, думают то же самое о тебе.

– Что же они могут обо мне думать?

– Вот эта девушка, наверное, считает, что ты, бедная, училась все свои лучшие годы. Скорее всего, лет двадцать. И все только для того, чтобы потом работать круглый год. А когда наконец ты смогла оторваться от всего от этого на пару недель, то не нашла ничего лучшего, как приехать сюда, чтобы посмотреть на нее. И теперь вот стоишь тут, смотришь на нее и втайне ей завидуешь.

– Не может быть, чтобы она так думала, – сказала Маринка.

– Можешь в этом не сомневаться. В противном случае она делала бы что-то другое.

– Ты думаешь, что ей не приходят в голову мысли о том, что она делает что-то не то, что ее жизнь проходит зря?

– Хей, это что-то больно знакомое. Не слышал ли я недавно это от кого-то из твоих друзей?

– Может быть, – сказала Маринка.

Девушка, на которую мы смотрели, отступила вглубь комнаты и стала курить. Ее место заняла другая девушка. А Маринка стала мне говорить, что она поражена тем, как в Амстердаме много курят. И она сказала, что не понимает, как это она раньше курила, и стала что-то говорить мне о здоровом образе жизни.

– А ты считаешь, что оттого, что ты бросила курить, твое здоровье что-то выиграло? – спросил я.

– Конечно.

– А почему ты так думаешь?

– Статистика, Илюша, – сказала Маринка.

– При чем тут статистика?

– Ты разве не знаешь, что у курильщиков очень низкая продолжительность жизни?

– Ну, и что это значит?

– Если ты бросишь курить, то ты больше проживешь.

– Неожиданный вывод, – сказал я.

– Почему неожиданный?

– А ты слышала, что те, кто работают сидя, зарабатывают в среднем больше, чем те, которые работают стоя?

– Нет, – сказала Маринка.

– Это тоже – статистика.

– Ну, и к чему ты клонишь?

– А вот как ты думаешь, если дворник сядет на стул и будет подметать сидя, начнет он зарабатывать больше?

– Нет.

– Молодец, – сказал я. – А как, кстати, оплачивается лежачая работа. Что твои путеводители говорят по поводу этих девушек?

– Сейчас я посмотрю, – сказала Маринка. – Значит, так, двадцать пять долларов за пятнадцать минут. И они говорят, что там не будет романтики и вы не будете вспоминать потом об этом всю жизнь.

Я никак не мог поверить, что темное бельгийское пиво осталось в Бельгии, и все пытался его найти. Мы зашли в какой-то маленький магазин, и я попросил продавца открыть мне одну бутылку на пробу.

– Я не могу этого сделать, – сказал продавец.

– Почему? – спросил я.

– Потому что пиво теплое.

– Неважно, открой его, пожалуйста.

– Оно теплое, – сказал продавец, – его нельзя пить.

– Я не собираюсь его пить. Я только хочу попробовать. У тебя есть открывалка?

– Нет, – сказал продавец, – оно теплое.

Я открыл бутылку сам и отхлебнул из нее немного. Я попытался представить себе, каким пиво будет, если его охладить, и мне показалось, что оно будет вполне сносным.

Я опять подошел к продавцу и сказал, что пиво мне понравилось, и я хочу купить упаковку.

– Ты открыл теплое пиво? – спросил продавец.

– Да, там, об подоконник.

– Ты пил теплое?

– Нет, я же говорил тебе, что я хочу его только попробовать.

– Но оно же теплое, – сказал продавец.

Мы вернулись к себе в отель и зашли в *"Golden Palm Bar"*. Я заказал сухои мартини, а Маринка – *crème de cassis*. В баре было весьма уютно, и мы просидели там почти до закрытия.

ГЛАВА 13

– Это какой-то кошмар, – сказал Фима.

– Давайте, ребята, – сказал я. – Последний камаз.

– Аа-а! – застонал Фима.

– Опять в лицо? – спросил Аркаша.

– Да. Это какой-то кошмар.

– Я вам помогу, – сказал шофер, – мне через три часа надо быть в Саратове.

Я протянул ему свои рукавицы.

– А ты как же? – спросил шофер.

– А ему ничего, – сказал Аркаша, – он даже любит это.

– Правда? – спросил шофер.

– Это какой-то кошмар, – сказал Фима.

– Давайте, ребята, – опять сказал я. – Последний камаз.

– Я сейчас приду, я хочу пить, – сказал Фима. – Это какой-то кошмар.

Его бил озноб. Он пил из стакана сквозь сетку. Но я слышал, как стучали зубы по стеклу.

Уже вовсю светало, и пчела била нас неимоверно из всех щелей.

– Давайте, ребята, а то пчелу запарим. Очень жарко уже, – сказал я.

– А где Фима? – спросил Аркаша.

– Давайте разгружать втроем, – сказал я.

Шофер держался молодцом. Трудно было поверить, что он никогда не бывал на переездах. Когда мы закончили, я подошел к нему и протянул деньги – больше, чем мы договаривались.

– Спасибо, – сказал я, – ты нас очень выручил.

– Конечно, – сказал шофер, – все нормально. Вам спасибо.

– Правда, ты нас очень выручил. Ну, пока. Давай, не засни по дороге.

Шофер сосчитал деньги.

– Спасибо, ребята, – сказал он. – Большое спасибо.

– Давай, не засни только, – сказал я.

– А где же ваш Фима?

– Сейчас откроем летки и пойдем искать.

– Ну, пока, спасибо, – сказал шофер.

– Тебе спасибо, – сказал я. – Мы через месяц обратно. Ты как? Сможешь?

*– Еб*л я такой калым, – сказал шофер.*

Копченые угри

Амстердам, 11 августа 1997 года

– Я не знаю, как к тебе подступиться, – сказала Маринка.

– А что такое? – спросил я.

– Это опять про музей.

– Опять?

– Ты не хочешь пойти в музей?

– Нет, – сказал я.

– Почему?

– Мы уже были в музее. И вообще, это тебе не Италия.

– При чем тут Италия? – спросила Маринка.

– В Италию все ездят только из-за музеев. И там в любом дворе либо Микеланджело стоит, либо Буонарроти.

– Давай все-таки пойдем в *"Rijks"*. Говорят, это лучший музей в Европе.

– Как это может быть?

– Не знаю, – сказала Маринка. – Тут так написано.

Маринка все-таки уговорила меня пойти в *"Rijks"*, и мы провели там полдня.

Уже ближе к вечеру мы пошли в кафе на площади Рембрандта, где договорились встретиться со Светкой и Сережей. Я был очень голоден и уговорил Маринку начинать без них. Маринка стала есть копченых угрей, а я – *lobster bisque soup*. И когда Маринка спросила меня про мой суп, я сказал ей, что он очень вкусный, и что я просто проглатываю язык, и что он даже вкуснее тех, что я пробовал у нас в Нью-Йорке. Но потом спохватился и стал говорить Маринке, что это очень нетипичный случай. И зашел в своих рассуждениях очень далеко. И сказал, что в Нью-Йорке можно найти что угодно, чтобы это было лучше, чем где бы то ни было.

– А мидии? – спросила Маринка.

– Кроме мидий, – сказал я. – Хотя, может быть, я просто не знаю правильного места.

– А помнишь, у тебя был гастрономический шок в *"Oyster Bar"*? Постой, где же это было?

– Во французском квартале Нового Орлеана, когда мы были там с Мирой и Лешей. Только это называлось *"Oyster House"*.

– Что ты улыбаешься?

– Вспомнил, как я пробовал устриц первый раз в жизни. Это было давно. Еще в Бостоне. Мы с Митей были на итальянском рынке, и он спросил меня, не хочу ли я попробовать устриц.

– Ну? – сказала Маринка.

– Ну и я сказал, что хочу. Тогда Митя подвел меня к лотку, на котором во льду лежали довольно-таки большие устрицы. Мы взяли по паре, и я спросил у него, как их есть. «Выжми на них лимон и бери целиком в рот», – сказал Митя. «Их надо жевать или что?» – спросил я. «Ты можешь их жевать, но только не долго. Пока ты еще чувствуешь лимон. Иначе тебя может стошнить». Я проглотил свою первую устрицу почти мгновенно.

– А вторую? – спросила Маринка.

– А вторую я отдал Мите.

– А вот и мы, – сказала Светка. – А вы тут уже наслаждаетесь, да?

– Мы были очень голодны, – сказала Маринка.

– Мы и сейчас очень голодны, – сказал я.

Светка с Сережей подсели к нам за столик, сразу схватили меню и через несколько секунд стали нервно оборачиваться, пытаясь привлечь внимание официанта.

– Чувствуется, что не только мы голодны, – сказал я.

Мы попросили официанта принести нам еще угрей, как можно быстрее, и сказали ему, что будем заказывать еду чуть позднее.

– О чем вы тут говорили так оживленно? – спросила Светка.

– Я не помню, – сказала Маринка.

– Мы вспоминали о гастрономическом шоке в Новом Орлеане, – сказал я. – В «Доме устриц».

– Где? – спросила Светка.

– В "*Oyster House*", – сказал я.

– А ты не был в баре у нас, в «Грэнд-сентрал»? – спросил Сережа.

– В то время еще не был. Но потом, конечно, был. Только должен тебе сказать, что одна устрица в этом баре стоит столько же, сколько полдюжины устриц во французском квартале Нового Орлеана.

– Да, что-то близко к этому, – сказал Сережа.

И мы зачем-то стали рассказывать друг другу, кому какая еда нравится. И стали вспоминать все манхэттенские рестораны, куда мы ходим на ланч. И вспомнили суши-бары пятидесятых улиц между Лексингтон и Третьей авеню. И итальянскую пасту, которую можно было подобрать на свой вкус в кафе «Метро». И деликатесные супы французских ресторанов сороковых улиц. И по-разному острую пищу индийских и тайских ресторанов. И *Cuisse de Canard Confite* в «Д'Артаньяне» на 45-й. И вспомнили все эти острые закуски в «Корейском дворце» на 52-й и красавицу-камбалу, которую тебе нарезали ножницами после того, как ты полюбовался на нее пару секунд. И все эти сочные мясные блюда в Ирландском баре на Третьей авеню вспомнили. И открытый буфет с устрицами по пятницам в клубе Йельского университета на Вандербилт-авеню. И замечательнейший французский луковый суп в кафе *"Cucino"* в здании Метлайф. И вкусные обрезки горячего хлеба в ожидании заказа в кафе «Кози». И вспомнили, какие изумительные десерты дают в «Волдорф-Астории». И вспомнили все едальни «Грэнд-сентрал»: весь этот громадный зал в подземной его части со всеми его лавочками, в которых и за полгода все не перепробуешь; дорогущие рестораны западного и восточного балконов и знаменитый рынок, который в народе называют почему-то рыбным и на котором даже у бывалого едока глаза разбегаются. И даже бухарские столовки на 47-й улице вспомнили. И закончили эти воспоминания только тогда, когда разделались с угрями и острое чувство голода окончательно отступило, и мы стали заказывать обед.

И Сережа сказал, что все хорошие места для ланча ему кто-то показал и что он разочаровался в ресторанных рейтингах.

– Девять с половиной – за обслуживание, восемь – за пищу, семь с половиной – за интерьер, – сказал он. – Это звучит подозрительно.

– А для меня – тем более, – сказал я. – У меня аллергия на показатели. Я когда-то перенапрягся с ними. Помните все эти невозможные соревнования на работе в восьмидесятых годах? Девять баллов за работу в колхозе, шесть баллов за коллективный просмотр фильма, восемь с половиной – за чистые руки, семь и три десятых – за уважение труда уборщицы.

– Я был как-то далек от этого, – сказал Сережа.

– А я помню эти таблички, которые висели в каждой комнате и в которых призывалось уважать труд уборщицы, – сказала Светка.

– У нас это было доведено до полного абсурда, – сказал я. – Была назначена комиссия, чтобы проверять, как обстоят дела с уважением труда уборщицы. Чтобы никому не было обидно, включили туда представителей всех лабораторий. Ну и проверяли, как дела идут, не реже чем раз в неделю, и выставляли рейтинг по десятибалльной системе. Скажем, если в лаборатории грязно было и окурки на полу валялись, то больше полубалла получить никак нельзя было. А вот если все чисто было и только какие-нибудь две пылиночки где-то оказывались, то тогда можно было уже и баллов девять с половиной получить, а то и все десять.

Ну и потом все эти баллы за уважение труда уборщицы и за другие всякие штуки складывали по два, по три, группами большими и маленькими. Наконец эти группы перемножали, делили и в итоге выводили главный балл. И вот, у кого этот главный балл был больше, тому давали премию. И хоть премии были крайне небольшими, народ сражался за них просто-таки отчаянно, со слезами и обидами.

– Слез у нас вроде бы не было, – сказал Сережа, – но народ действительно воспринимал все весьма серьезно.

– Конечно, серьезно. Очень даже серьезно, – сказал я. – В какой-то момент, даже и не знаю почему, я решил посмотреть, как они все эти показатели получали. И когда я в этом разобрался, то у меня волосы на голове дыбом встали. И было отчего.

– Отчего же? – спросила Светка.

– А оттого, что придумали это одни люди, усовершенствовали – другие, уточнили – третьи. Ну и получилось совсем не то, на что народ рассчитывал. Потому что в процессе этого творчества уже по несколько раз минус на плюс по ошибке поменяли и то, что хотели поделить, умножили. И что оно такое в результате получилось, никто уже сказать не мог. И мне поначалу трудно было в этом разобраться. Но потом я решил подойти к этому формально, как по науке положено. Ну, без дифференцирования, конечно, не обошлось. И в итоге я получил довольно-таки неожиданный результат. Внеплановые работы, к примеру, надо было сделать ровно две. Ни одной – плохо, одна – опять плохо, десять – тоже плохо. Две – хорошо.

– А внеплановые работы – это которые тебе никто не поручал делать? – сказал Сережа. – Так?

– Да, – сказал я.

– Тебе велели, скажем, левые калоши делать, а ты по собственной инициативе решил правых перчаток понаделать. Так?

– Так, так, – сказал я. – И никто у нас не знал, что надо было только две работы сделать. Все старались себе во вред внеплановых работ настряпать как можно больше.

С трудом уборщицы еще хуже все получилось. Чем меньше ты ее уважал, тем больше главный балл получался. А какие-то параметры вообще ни на что не влияли.

В конце квартала мы решили использовать мои исследования. Две внеплановые работы придумали. Набросали на пол побольше окурков. Ну и все остальное тоже сделали так, как мои уравнения подсказывали. Подали все документы в комиссию и стали ждать результатов.

И вот звонит мне наш главный соревновальщик и прямо кричит в трубку: «Что же ты делаешь? – кричит. – Как же ты соревнуешься?» Я делаю вид, что ничего не понимаю, и спрашиваю у него, в чем, мол, дело. А он мне говорит: «Смотри, у Петрова главный показатель – семнадцать и три десятых. Иваныч отстал от него только на две десятых. У него семнадцать и одна десятая. У Федорова – шестнадцать и восемьдесят три сотых. А у тебя – семьсот девятнадцать тысяч восемьсот тридцать пять. Какое же это соревнование?»

– Чем же это все закончилось? – спросил Сережа.

– Нормально все закончилось. Я твердо стоял на своем. Говорил, что ребята мои себя не жалели, так сильно работали.

– А премию выплатили вам?

– Выплатили. Первый раз выплатили, второй раз выплатили. А на третий – подкараулили они меня в столовой, усадили за отдельный стол со всем начальством нашим и говорят: «Слушай, ты, это, конечно, ежели что по формулам, так тебе, это, равных у нас нет. Но давай, это, по совести». «А по совести – это как?» – спрашиваю. Ну и они мне такую штуку предложили. Раз – первое место, другой раз – пятое, следующий – опять первое место, а потом опять пятое.

– Неужели ты согласился? – спросила Маринка.

– Согласился, – сказал я.

– Необыкновенная история, – сказал Сережа.

– Да, я весьма этим горд. Мне, в сущности, удалось только один раз за всю мою жизнь в России с пользой употребить мои математические знания.

– Ничего, зато ты потом отбился, – сказал Сережа.

– Да, – сказал я.

– А мне тоже как-то удалось в России воспользоваться математикой, – сказал Сережа. – Это было на второй или третий день после того, как я перешел на новую работу. Нас всех позвал к себе на день рождения один наш сотрудник. А у парня, с которым я должен был поехать, изменились планы и он, убегая уже куда-то, назвал мне только станцию метро и сказал, что квартира на первом этаже и с номером двести шесть. А вот название улицы и номер дома он почему-то забыл. Я поехал, надеясь встретить кого-то из наших по дороге, и, пока добирался, сообразил, что квартира двести шесть на первом этаже может быть только в семнадцатиэтажном доме.

Когда я вышел из метро, я увидел в нескольких минутах ходьбы две семнадцатиэтажные башни. Я направился к первой из них. Полагая, что это был дом с четырехквартирными площадками, я вошел в четвертый подъезд. Немного удивился, когда увидел на первом этаже квартиру двести шесть. Подошел к ней и позвонил. Мне открыл дверь мой сотрудник и сказал...

– *What took you so long*? – сказал я.

– Как ты догадался? – спросил Сережа.

ГЛАВА 14

– Смотри, "Lycos" тонет, как камень, – сказал Том.

– Я так и думал, – сказал Мартин. – Я так и думал.

Мартина приняли к нам на работу год тому назад. И он сначала убирал мусор, и только совсем недавно его взял к себе Эдвин помогать разбирать документацию. И он все время посматривал на наш Блумберг со стороны стеллажей с отчетами.

– Никто не мог этого предугадать, – сказал Том.

– А я так и чувствовал это, – сказал Мартин.

– Что же ты не продал его short? – спросил Том.

– I'm too young for short, – сказал Мартин.

Горный мед

Делфт, 12 августа 1997 года

– Илюша, ты выглядишь сегодня как-то странно, – сказала Маринка. – Как тебе спалось?

– Нормально, – сказал я.

– Все-таки ты выглядишь как-то странно сегодня.

– Мне опять снилась пасека.

– Что же тебе снилось? Твои пчелы?

– Мне всегда снится одно и то же, – сказал я. – Я все боюсь опоздать куда-то.

– Опять о том, как ты прибежал к поезду, когда он уже тронулся?

– Да, – сказал я.

– И как ты бежал за ним с выпученными глазами?

– Да, – сказал я.

– Надо, наверное, тебе туда все-таки как-нибудь съездить.

– Куда «туда»? Такую машину еще не придумали, чтобы «туда» съездить.

– Не сердись. Я не знаю, почему я так сказала.

– А я и не сержусь, – сказал я.

Мы приехали в *Gouda* на рынок. Поставили нашу машину на рыночную стоянку и пошли искать билетную будку. Поворчали, конечно, немного просто потому, что ее пришлось искать. Но почти сразу успокоились, как только начали ходить от ларька к ларьку и пробовать всякую всячину.

– Смотри, горный мед, – сказала Маринка. – Ты не

хочешь попробовать?

– Нет, – сказал я. – Ты бывала когда-нибудь в горах?

– Конечно.

– Ты видела там цветы?

– Конечно, там бывает много цветов.

– А нужно очень много, – сказал я.

– Но как-то же там мед получается?

– С грузовиков.

– Что? – спросила Маринка.

– Подвозят грузовики с сахаром…

– Не может быть!

– Почему не может быть? Сейчас такие грузовики есть, что по любым горам пройдут. Так же и знаменитый весенний, майский, мед делается.

– Правда? – сказал Маринка.

– Конечно, – сказал я. – А я тебе еще не рассказывал про то, как я побывал в обществе пчеловодов?

– Нет. А что там было?

– Ничего особенного. Все шло довольно вяло, пока речь не зашла о том, как надо подкармливать пчел сахаром из кормушки. Вот тогда-то народ и оживился.

– Значит, тебе там не понравилось?

– Почему же? Понравилось. Там были такие симпатичные люди. И они были для меня весьма узнаваемы. Видно, пчеловоды всего мира одинаковы. Они меня сразу, конечно же, обласкали, и у меня даже возникло ощущение, что я знаю их всех много-много лет.

Гвоздем программы в тот вечер было выступление деда с внуком, которые, как предполагалось, должны были рассказывать об устройстве небольших ульев, в которых держат пчел на продажу. Интерес был взаимный. Народ хотел пообщаться с профессионалами. А для деда с внуком эта была реклама.

Вышли эти дед с внуком. И я, как увидел дедулю, так у

меня внутри что-то звякнуло. Потому что вспомнилось мне много всякого в тот момент.

Лет дедуле было за восемьдесят, но был он вполне крепкий такой. Да и внук его уже, наверное, третий десяток разменял. Поставил внук на стол небольшой улей, и дедуля начал: «Вот мы продаем пчел. Вот в таких ульяшках. Вот это дно. Корпус. Крышка-нахлобучка. Все деревянное. А внутри три рамки. А вощина на них не из воска, а из пластмассы. А вот это – кормушка. Кормушка тоже из пластмассы. Мы любим пластмассу. Вот так мы это дело и продаем. Вопросы будут?»

Ну и тут сразу кто-то из зала: «А кормушка из чего сделана?» И пока дед переспрашивал, что, мол, и что, внук сказал, что кормушка сделана из пластмассы. И дед подтвердил, что мол, да, из пластмассы.

«А что вы им даете?» – спросили из зала. И дед опять стал переспрашивать, а внук сказал, что они наливают в кормушки сахарную воду. И опять дед подтвердил, что, мол, да, сахарную воду.

– Это сахарный сироп, что ли? – спросила Маринка.

– Да, сахарный сироп. Ну и из зала вопросы посыпались один за другим: и как сахар разводить надо, и в какой пропорции, и теплой ли водой. И опять спросили, из чего кормушка сделана. И дед уверенно ответил, что сделана она из пластмассы.

Опять стали спрашивать про пропорции, и опять кто-то спросил: «А кормушка деревянная?» И опять дед сказал, что кормушка из пластмассы, и стал показывать, что они кладут в сахарную воду, чтобы пчела не тонула. И кто-то спросил недоверчиво: «Не тонут?» И внук ответил, что нет, мол, не тонут. А дед вдруг сказал грустно: «Тонут немножко». И все в зале стали смеяться и повторять: «Тонут немножко, тонут немножко, тонут немножко».

И опять из зала: «А кормушка...» – «Деревянная», –

сказал дед. «Пластмассовая», – поправил внук. «Ой, конечно, пластмассовая, пластмассовая», – сказал дед.

– Значит, смеешься над своим братом-пчеловодом? – спросила Маринка.

– Да, немножко. Смеюсь немножко.

– А кормушка?

– Деревянная, – сказал я.

Мы поехали в Делфт. Я попросил Маринку посмотреть в ее путеводителях, можно ли в Делфте попасть на какую-нибудь керамическую фабрику. И Маринка сказала, что попасть на фабрику, конечно, можно и что нам там даже покажут, как они делают свой знаменитый фаянс. И я уже представил себе, что мы увидим, как они составляют и замешивают глину, делают посуду, покрывают ее эмалью, загружают печи и всякое такое еще себе вообразил. Но в действительности все оказалось гораздо скучнее, и ничего особенного нам там не показали. Интереснее было просто пойти в любой магазин, где стоял совершенно изумительный фаянс. Бело-синий, бело-сине-зеленый, красноватый, черный. И все это было необыкновенно здорово.

Мы наткнулись на какой-то красивый храм с витражами. Маринка пошла посмотреть, что там внутри, а я сел за столик в кафе напротив, заказал себе пива и любовался на витражи, но только снаружи. И думал о том, как уютно сидеть вот так, одному, далеко от дома, без телефона и компьютера, пить пиво и думать, о чем хочешь. И я торопился насладиться своим одиночеством, потому что я знал, что это замечательное чувство свободы через десять минут пройдет.

Вечером мы вернулись в отель. Потом пошли в индонезийский ресторан и заказали обед на двоих. Маринка выбирала только не острое. А я уже ел все подряд. Во рту у меня горел огонь, и я тушил его рисом и холодной водой.

Мы, видимо, понравились хозяйке ресторана, и она все время помогала нашему официанту. Я спросил у нее, куда исчезли *mussels*.

– Все *mussels* отравлены, – сказала хозяйка, – и их опасно есть.

– А мы и не знали, – сказал я.

– Да, и не только *mussels,* а вообще всю морскую пищу. Очень опасно есть сейчас.

– Потому что лето необычно жаркое?

– Да, – сказала хозяйка. – Откуда вы?

– Живем в Нью-Джерси.

– А работаете в Нью-Йорке?

– Да, – сказала я.

– Мы тоже жили в Нью-Джерси, а потом переехали в Кливленд.

И мы узнали, что она держала там свой ресторан, но потом ее сын поехал учиться в Европу, и она отправилась за ним.

Когда мы уходили, я сказал ей, что впервые за все наше путешествие я почувствовал себя, как дома.

Когда мы вышли из ресторана, Маринка сказала мне, что она считает неправильным быть в Амстердаме и не зайти в *"Coffee Shop"*. И мы зашли в первый же *"Coffee Shop"*, который мы увидели.

Нас посадили за какой-то небольшой деревянный столик. И Маринка пошла выяснять, что там можно было бы покурить. К нам привязался какой-то молодой долговязый парень. Сначала он сказал, что траву надо разжевать хорошенько, и сам стал громко смеяться своей шутке. Когда он насладился достаточно этим, он стал объяснять нам, как выпотрошить табак, смешать его с травой и потом набить все обратно в сигарету. И наконец, когда Маринка благополучно справилась со всем, он стал выяснять, откуда мы, и почему я не курю траву. И Маринка сказала ему, что мне, наверное, придется менять работу, и потом долго и терпеливо рассказывала, какие мы проходим тесты, когда приходим на новое место. И парень смотрел на меня вполне сочувственно.

ГЛАВА 15

– Ну, как у вас? – спросил я.

– Плохо, – сказал Даня. – Юрий Алексеевич соку дал.

К нам подошел Юрий Алексеевич.

– Все-таки это был Блэквуд, – сказал он.

– Блэквуд после ОСВ в трефах?

– Ну и что?

– А то, что вы слили все, что могли, – сказал Даня.

– Почему вы не разблокировались в пиках во второй сдаче? – спросил Кузьма.

– А как я мог разблокироваться? – сказал Юрий Алексеевич.

– А вы подумайте, – сказал Даня.

– А ему нечем думать, – сказал Кузьма. – Не надо было ставить его на последнюю игру.

– Какой же вы, Кузьма, – сказал Юрий Алексеевич, – не очень все-таки корректный человек. Ну просто хам.

– Какой же вы, Юрий Алексеевич, – сказал Кузьма, – не очень все-таки умный человек. Ну просто кретин.

Одноклассник

Амстердам, 13 августа 1997 года

Еще с вечера мы заказали завтрак в номер. Вернее, завтрак заказал только я. Потому что Маринка, когда увидела, что я отметил в меню, сказала, что этого вполне хватит на двоих. Я не был согласен с ней вечером, но утром, когда завтрак принесли, я понял, что был неправ. А принесли нам довольно внушительного размера кофейник, стакан апельсинового сока, половинку свежего грейпфрута, кувшин молока, *cereal*, йогурт, компот из инжира, омлет с беконом, дикими грибами и помидорами, блины с сиропом, *bagel, cream cheese*, много маленьких вишневых и клубничных *danish*, ржаной хлеб с орешками и полным-полно баночек с джемами.

Сразу после завтрака мы поехали в Алкмар на сырный рынок. Молодые красивые парни, нарядно одетые, в белых с красным шляпах, таскали сыр на носилках от своих грузовиков до весовой комнаты и обратно. Они очень торопились или делали вид, что очень торопились, и несли свой сыр беглым шагом с криками всякими и прибаутками. На тех же самых сырных весах за полгульдена можно было взвеситься кому угодно.

– Ты слышала, что они объясняли про весы? – спросил я.

– Да, – сказала Маринка, – эти весы обнаруживают ведьму, поскольку ведьма не дает никакого веса.

– Мы будем взвешиваться?

– Нет.

– Почему?

– Страшно, – сказала Маринка.

Мы попробовали всякой всячины на этом рынке и накупили много сувениров. Я отдал их Маринке, и там был довольно большой медный колокольчик. Он все время звенел у нее в сумке, и я всегда знал, где Маринка находится. И это было вполне по-деревенски.

После сырного рынка мы поехали в Волендам. Зашли в первое же кафе в городе, а потом проехали немного дальше и запарковались около набережной.

Мы сели на маленькую скамейку и стали любоваться на лодки, стоящие на воде рядом с нами. Сразу откуда-то налетели разные маленькие птички, и среди них было много самых обыкновенных воробьев, которых мы давно уже не видели. Я купил какой-то бублик, и мы сидели и кормили этих голландских воробьев. А они совсем осмелели и боролись друг с другом за хлебные крошки прямо у наших ног. И мне пришлось купить еще один бублик.

Мы пошли бродить по набережной, свернули на маленькую улочку, на которой были одни сувенирные магазины, и зашли, наверное, во все. И накупили, конечно, много всякой ерунды.

Ближе к вечеру мы вернулись в Амстердам, к себе в отель, переоделись, спустились вниз и зашли в *"The Lounge"* перекусить. Мне дали копченых угрей с лососиной на поджаренном хлебе с каперсами и кольцами красного лука. Потом мы стали пить чай и съели много их домашней выпечки.

Мы вышли погулять и переходили от одной площади к другой. И на каждой из них выступали уличные артисты.

Вскоре мы вернулись к Краснопольскому на Дам. Там было особенно много народу, и мы увидели необыкновенно яркую девушку, которая танцевала какой-то испанский танец. Мы долго стояли там и смотрели, как наша Кармен очаровывала публику. Ей, конечно, бросали больше денег, чем другим. Я бросил доллар в ее сумку, и в этот момент она закончила танцевать. И я сказал ей, что она здорово танцует. Она посмотрела на меня очень пронзительно, и мне показалось, что она своим взглядом просверлила меня всего насквозь. И я стал расспрашивать ее, кто она и откуда, и узнал, что она учится в Амстердаме и подрабатывает там же, в университете, а летом, когда там все закрывается, она танцует здесь. «Это моя летняя работа», – сказала она мне.

– Илюша! – крикнул кто-то совсем близко от нас.

Я обернулся. Это были Светка с Сережей.

– Привет, – сказал нам Сережа. – А это Борис, мой одноклассник. Борис… а по батюшке, как тебя, ты уж сам скажи.

– Просто Борис, – сказал Борис.

– Марина, – сказала Маринка.

– Привет, просто Борис, – сказал я.

– Здравствуйте, – сказал Борис.

– Где тут можно посидеть? – спросила Светка. – Я устала.

– Я тоже, – сказала Маринка.

– Пошли к нам в Краснопольский, – сказал я, – у нас там очень уютный бар.

Мы вернулись в Краснопольский и сели за столик *"Golden Palm Bar"*.

– А мы сегодня ходили на концерт и слушали Шнитке, – сказала Светка.

– Ну и как? – спросил я.

– Мне очень понравилось, – сказал Борис.

– А мне не понравилось, – сказал Сережа.

– Почему? – спросил я.

– А я вообще не люблю эту абстрактную музыку.

– Значит, тебе надо почаще слушать разную музыку, тогда ты начнешь что-то в ней понимать, – сказал Борис.

– А ты в ней что-то понимаешь?

– Да, и это дает мне возможность получать от музыки удовольствие.

– Я тоже получаю от музыки удовольствие. Но не от такой.

– А от какой? – спросил Борис.

– Мне нравится краковяк Старовольского.

– А что это такое?

– Э-э, – сказал Сережа, – ты даже не знаешь краковяк Старовольского?

– Если я не знаю этого, значит, это какая-то ерунда.

– Для тебя. А для меня это – хорошая музыка. А для тебя Шнитке – это хорошая музыка. А для меня – это ерунда. Тебе нравится одно, а мне – другое.

– Нет, нет, нет, – сказал Борис. – Дело не в том, что нам нравится разная музыка. Дело в том, что тебе не нравится какая-то определенная музыка только потому, что твой музыкальный вкус недостаточно развит.

– Надо ли мне понимать тебя так, что ты считаешь мои вкусы низменными, а свои – возвышенными.

– Это звучит грубо, но я бы ответил утвердительно на твой вопрос.

– Мне это нисколько не кажется грубым, – сказал Сережа. – Я просто не понимаю, почему ты ставишь свои вкусы выше моих.

– Потому что музыка, которая нравится мне и не нравится тебе, нравится еще очень многим. Тем, кто кое-что понимает в музыке.

– Краковяк Старовольского тоже нравится многим.

– Возможно, – сказал Борис. – Но они наверняка не принадлежат, скажем так, к кругу музыкально образованных людей и уж, тем более, к музыкальной элите.

– Ну и что? Элите может что-то нравиться или не нравиться по причинам весьма разным и зачастую ничего общего не имеющим с музыкой.

– Что же это могут быть за причины? – спросил Борис.

– Мода, личные вкусы, политика, реклама, – сказал Сережа. – Авторитеты, знаменитости и те, которые раздают различные премии, оказывают очень большое воздействие на всех. И если кто-то не подвержен этим влияниям, то это не означает, что у него испорченный вкус. Нет ни низменных, ни возвышенных вкусов. Есть разные вкусы.

– А я думаю, что если некто принадлежит, скажем, к музыкальной элите, то это значит, что у него отличное музыкальное образование и все такое прочее. А это говорит о том, что он разбирается в музыке, и если ему кажется, что у тебя низменные вкусы, то надо ему поверить.

– Тебе это кажется очевидным?

– Конечно.

– А если кому-то из элиты нравится краковяк Старовольского, будет ли тогда это означать, что те, кому не нравится краковяк, ничего не понимают в музыке?

– Нет, нет, нет, – сказал Борис. – Это совсем другое

дело. Если элита не единодушна в своем мнении, то это значит, что это спорный вопрос и однозначно на него ответить нельзя.

– В этом случае уже нельзя сказать, что я чего-то не понимаю?

– Выходит, что нельзя. Но если вся группа единодушна, тогда уже можно так сказать.

– А если сегодня вся элитная группа единодушна в одном, а завтра – в другом, тогда как?

– Так не бывает, – сказал Борис.

– Ты уверен в этом?

– Конечно.

– Тебе привести примеры, когда…

– Нет, такие примеры я и без тебя знаю, – сказал Борис. – Такие вещи случаются, когда появляется что-то новое в искусстве, к чему общество еще не готово.

– То есть, ты хочешь сказать, что элитная группа всегда права, но иногда не готова быть правой. Так?

– Наверное, так.

– А бывает так, чтобы всему литературному сообществу не нравился какой-то писатель? Чтобы все говорили про него, что он, дескать, исписался и что его «Трефовый король» сущая ерунда? А через сто лет вдруг – бэмс! – и все стали говорить, что он гений, каких не было и не будет, а «Трефовый король» – глубочайшая вещь?

– Хорошо, считай, что ты меня запутал, – сказал Борис. – А какова твоя точка зрения?

– Все очень просто, – сказал Сережа. – Одним нравится одно, другим – другое. Вот и все. Я не знаю ничего такого, что могло бы убедить меня в том, что существует некоторый абсолютный критерий оценки того, кто прав. По крайней мере, никто не может сказать это внятно. Тем не менее, многие считают, что хорошее и плохое – это нечто абсолютное. Они распространяют это на все. На музыку, на все виды искусства, на общественное устройство людей и на их поступки.

– Я так не считаю, – сказал я.

– Спасибо, – сказал Сережа.

– Пожалуйста.

– Единственное, что кажется мне существенным, так это то, сколько людей любят что-то, – сказал Сережа. – Если нечто нравится миллионам – вот это уже очень важно. Хотя бы потому, что они платят за это. Кстати, развитие музыки всегда было связано с тем, чтобы удовлетворять вкусам тех, кто оплачивает труды музыкантов. Композиторы всегда писали музыку не для себя. Они писали ее для того, чтобы она понравилась другим, которые будут платить за это деньги.

– Значит, по-твоему, музыканты должны идти на поводу у масс? – сказал Борис. – По-моему, это опасная точка зрения. Это может привести к полному упадку. Вот тогда повсюду будут играть только краковяк Старовольского.

– А музыканты всегда шли и идут на поводу у масс. Во всяком случае, в свободном обществе. И, видишь, ни к какому упадку это не привело.

– Это как посмотреть. В Америке интерес к классической музыке падает.

– Это только значит, что все больше и больше людей начинает интересоваться чем-то другим. Я понимаю, что этот факт неприятен тем, кто профессионально занимается классической музыкой. Тем не менее, это всего лишь их личные проблемы. Что же ты хочешь, чтобы людей прямо или косвенно заставляли интересоваться классической музыкой?

– А я ничего не вижу плохого в том, что когда-то мне привили любовь к классической музыке.

– А для меня одно только слово «привили» кажется

противоестественным, – сказал я.

– У тебя и у тех, кто тебя воспитывал, собственно говоря, было не так уж и много выбора, – сказал Сережа Борису. – Кое-что из классической музыки, кое-что из литературы, русские народные песни и пляски, классический балет и танцы мужиков в армейской форме. Вот и все.

– Знаешь что, Сережа, – сказал Борис, – я не очень-то с тобой согласен, хотя, честно говоря, в такой плоскости об этом никогда не размышлял. Мне надо, наверное, немного подумать самому. Но вот у тебя где-то проскочило то же самое и про поступки людей. Тут я бы категорически с тобой не согласился.

– Почему?

– Ты считаешь, что нет ничего абсолютно хорошего или справедливого? Мне казалось, что на этом все человечество держится. Если не будет ничего святого, общего для всех...

– Послушай, – сказал Сережа, – если ты пытаешься войти в переполненный вагон сабвея, то ты удивляешься, почему народ не может пройти в середину вагона, где совсем свободно. А когда ты уже зашел в вагон, ты сразу начинаешь удивляться, почему все продолжают пытаться зайти, и совершенно искренне думаешь, что свободных мест в вагоне уже нет. А если считать, что понятие о справедливости одно и то же для всех, то как тогда можно объяснить все эти войны, когда десятки, сотни тысяч или даже миллионы людей сражаются друг с другом? Ведь подавляющее большинство из них верит в справедливость своих действий.

– Значит ли это, что ты не смог бы сражаться ни на какой войне на стороне кого бы то ни было?

– Почему? – спросил Сережа.

– Потому что ты бы сражался, зная наверняка, что твой

противник искренне борется за правое дело.

– За правое для него дело, – сказал Сережа. – Люди бывают вовлечены в кровавую схватку, и у них не остается никакого другого выхода. В этом смысле приятно жить в стране с армией номер один.

– А как насчет того, чтобы переключиться на какую-нибудь тему полегче? – спросила Маринка.

– Возражений нет, – сказал Борис.

– А мы уже рассказали ребятам про твою маму и ее книгу, – сказала Светка Борису.

– А-а-а, – сказал Борис. – А это не книга. Это – воспоминания.

– Чувствуется какое-то пренебрежение к материнскому труду, – сказал я.

– Вовсе и нет. Хотя все эти воспоминания, мемуары имеют один неприятный оттенок.

– Какой же?

– Они пишутся довольно пожилыми людьми...

– Да, это, конечно, неприятно.

– Разрешите мне закончить свою мысль.

– Да, конечно, – сказал я.

– Они пишутся пожилыми людьми, которые чувствуют, что это их последняя возможность сказать что-то хорошее о себе и что-то плохое о том, кто этого, с их точки зрения, заслужил.

– Что же ты не сказал об этом своей маме? – спросил Сережа.

– Я говорил ей об этом много раз, и она даже что-то исправляла у себя в книге.

– Что же она исправила?

– У нее там была такая фраза: «Я слушала великого музыканта с восторгом и упоением. Он играл для меня, только для меня одной». Я сказал ей: «Ты пишешь о великом музыканте или о себе? Единственная цель этой фразы – сообщить всем, какая ты молодчина, что он играл для тебя одной».

– Ну, и она выбросила это? – спросил я.

– Нет, но она все-таки переписала эту фразу.

– Как же она ее переписала? – спросил Сережа.

– «Я слушала великого музыканта с восторгом, упоением и виной. Виной за то, что слушала его одна».

– Ну-у-у, – сказал я.

– Ну-у-у, – затянул мне в унисон Сережа.

– Это совсем другое дело! – сказал я.

– Это са-авсем другое дело, – сказал Сережа.

– А ваша мама – музыкант? – спросил я Бориса.

– В каком-то смысле, да. В этом доме, где жили композиторы, она…

– Что это значит? – спросила Светка.

– Что? – сказал Борис.

– О каком доме ты говоришь?

– О доме, где жили все композиторы.

– Все композиторы жили в одном доме? – спросила Светка.

– Да, – сказал Сережа. – Ты разве не знаешь? Композиторы жили в своем доме. Все вместе. Писатели жили в другом доме. Но тоже все вместе.

– Ты шутишь.

– Нет, я не шучу. Неужели ты не знаешь, что всех писателей собрали в одном доме?

– Нет, – сказала Светка. – Они не могли оттуда удрать?

– Никто и не собирался удирать, – сказал Сережа.

– А зачем... я имею в виду… кто это все придумал?

– Я не знаю, кто это придумал. Но так было. Наверное, это сделали для того, чтобы было проще ими управлять. Где-то я читал или кто-то мне рассказывал, как им подслушивающую аппаратуру установили. Так она даже и не нужна была. Все очень смирно себя вели. Когда кнут жесткий, пряник не обязательно должен быть сладким. Немного сверху глазури добавили, чуть-чуть сахарку – и вполне достаточно было. А потом еще за свет стали в два раза меньше брать, деньжат на благоустройство подкинули. Так после этого записи, которые через подслушивающую аппаратуру шли, уже можно было для газетных передовиц использовать.

– Да, – сказал Борис, – а помните, когда Роберт Фрост приехал и стали его к писателям водить, так он только диву давался. Что за чертовщина? Опять в тот же дом везут. К Паустовскому – пожалуйте, в этот подъезд. К Твардовскому – вот сюда.

– Кошмар, – сказала Светка.

– Почему? – сказал Борис. – Никто из них не чувствовал себя униженным. А вот побочный положительный эффект определенно был. Мемуарная литература хорошо пошла. Сначала только родственники писателей и композиторов мемуарами баловались, а потом уже и знакомые начали. А когда они выдохлись, лифтеры во всю мощь о себе заявили. А уж им-то было, что сказать.

– Как вам Амстердам? – спросила Маринка Бориса.

– Мне здесь нравится, – сказал Борис. – Я узнал вчера, что в Голландии обучение в университетах практически бесплатное. По-моему, это здорово.

– Что значит – бесплатное? Кто-то должен оплачивать все расходы на образование, – сказал Сережа. – Даже если они оплачиваются из государственного бюджета, то это в действительности означает, что за образование платят все.

– Но все равно это здорово.

– Что здорово?

– Мне нравится то, что, если ты достаточно талантлив, ты можешь поступить в любой университет. А у вас, как я понимаю, для этого надо иметь весьма состоятельных родителей.

– Если ты талантлив, тебя возьмут в хороший университет независимо от того, сколько зарабатывают твои родители. Университеты заинтересованы в талантливых ребятах.

– Не совсем понимаю, почему, – сказал Борис.

– Потому что это будущие спонсоры. Талантливые ребята, скорее всего, добьются значительного успеха в жизни и, следовательно, смогут помогать университету в дальнейшем. А университеты, если я не ошибаюсь, большую часть средств собирают за счет разного рода пожертвований.

– Или за счет грантов, – сказал я.

– Да, и за счет грантов тоже, – сказал Сережа. – У меня есть один знакомый. Он – математик. Живет сейчас в Бостоне. Каждый год занимается добыванием грантов. Считается, что деньги идут на развитие математики. Но те, которые дают деньги, не знают, куда ее развивают. Однако они уверены в том, что это очень полезно.

– А ты так не считаешь? – спросил я.

– Конечно, нет. А разве здесь могут быть какие-то сомнения? Как ты думаешь, откуда мой друг может знать, решение какой математической проблемы сейчас так необходимо человечеству?

– Ты меня успокоил. Я два раза отказал в грантах и все мучился, правильно ли я поступил.

– Кому ты отказал?

– Оба раза это было, когда я работал в «Чейзе», – сказал я. – В первый раз к нам приехали люди из *Sloan Business School*. Они хотели заключить с нами контракты, ходили по различным отделениям и пытались нащупать проблемы, в которых они могли бы нам помочь. Джим, мой босс, попросил меня поговорить с ними. Он сказал, что не хочет на меня нажимать, но если я найду их полезными, то начальство отнесется к этому весьма благосклонно.

– Ты нашел их полезными?

– К нам приехали два профессора и декан. С деканом мы познакомились, когда еще я жил в Бостоне. У них там была какая-то учебная финансовая база данных, и я обратился к нему с просьбой разрешить мне ею пользоваться. И он, по-моему, сильно испугался меня. Хотя должен сказать, что было, наверное, от чего напугаться. Короче, мы ни о чем не договорились тогда.

– Он узнал тебя, когда вы встретились в «Чейзе»?

– Нет, конечно, – сказал я. – Он не мог меня узнать. Я сам себя не узнал бы. Мы поговорили о какой-то ерунде сначала. Потом я сказал им, что у нас есть некоторые нерешенные проблемы, которые мы, в принципе, могли бы им предложить, и привел им один пример. Оба профессора показали полное понимание проблемы. Мы поговорили об этом, наверное, полчаса, и они сказали, что проблема довольно сложная, но что у них уже есть наметки на то, как можно было бы подступиться к ней. И наконец, когда все выговорились, поднялся декан.

– Я сейчас скажу, как у нас обычно это делается, – сказал он. – Если вы будете платить нам девяносто тысяч, то по окончании года мы пришлем вам отчеты обо всех выполненных в течение этого года проектах.

– Включая исследование по нашей теме? – спросил я.

– Нет. Для того чтобы мы занялись вашей тематикой, вы должны платить нам двести тысяч. Тогда вы сможете приезжать к нам, и кто-то из наших с вами будет беседовать.

– А если мы будем платить девяносто тысяч, тогда с нами никто не будет беседовать, когда мы будем приезжать?

– Тогда не предполагается, что вы будете приезжать, – сказал мне декан.

– Хорошо, – сказал я, – предположим, мы заплатили двести тысяч завтра. Когда будут результаты?

– Осенью мы определим, какой наш аспирант будет за вами закреплен…

– Это будет аспирант, а не профессор?

– Да, это будет наш аспирант, но он будет работать под руководством нашего профессора. Значит, осенью мы закрепим за вами аспиранта, и в начале лета следующего года будет готов ваш проект. Возможно, это не будет полным решением вашей проблемы, но, так или иначе, этот проект будет связан с вашей тематикой, и вы будете иметь преимущественное право заключить с нами договор еще на один год.

У нас есть еще промежуточный вариант. Вы платите нам сто сорок тысяч, и мы по вашему запросу вышлем вам любой проект. Не обязательно даже текущего года. Абсолютно любой проект. Тут вы уже можете приезжать к нам, и всегда найдется человек, который с вами поговорит.

– Я сейчас скажу, как у нас обычно это делается, – сказал я. – Эту проблему, о которой мы тут сегодня говорили, мне надо решить к следующей пятнице. Если решения проблемы не будет у нас к следующей пятнице, оно нам не нужно будет никогда. Поэтому я знаю, что я решу эту проблему к следующей пятнице. Я пока не знаю, как я справлюсь с ней, но я обязательно как-то с ней справлюсь. Более того, Джим и все остальные, кто зависит от этого, уже знают, что все будет сделано к следующей пятнице. И вообще, все проблемы, которыми я занимаюсь, обычно должны быть решены довольно быстро. Поэтому лично для меня такие сроки, как год, абсолютно не подходят. Но, вы знаете, я здесь птица маленькая и проблемы решаю мелкие. Но у нас тут есть звери покрупнее. И, может быть, им ваши сроки и подойдут.

– Что же тебе сказал декан? – спросил Сережа.

– Я уже не помню. Но, когда я сообщил об этом Джиму, он сказал, что предполагал, что все закончится таким образом, и, чтобы сгладить мою грубость, он хочет пригласить нас всех на ланч.

– На самом деле, – сказал Сережа, – многие заключают с университетами договоры с благотворительными целями.

– Да, и декан сказал мне то же самое. Он сказал, что многие финансовые институты считают даже почетным для себя заключить договор с такой престижной школой, как их, и эти договоры имеют большей частью благотворительный характер.

– Он был прав.

– Да, конечно. Но я не обладал полномочиями решать, кому, сколько и на что «Чейз» будет давать деньги с благотворительными целями. Мне было поручено решить совсем другой вопрос, и я решил его. И я так и сказал декану.

– Да, декан не разобрался в тебе. Надо было ему разрешить тебе попользоваться их базой данных тогда, в Бостоне, – сказал Сережа. – А кому ты отказал во второй раз?

– А в другой раз я разговаривал с ребятами из Лос-Аламоса. Их тогда приехало довольно много. Человек пять, наверное. И они говорили, что вот они сидели всю жизнь там у себя, в Национальной лаборатории, и делали всякие водородные бомбы. Но сейчас, когда холодная война с русскими закончилась, им надо думать о том, чем теперь заниматься. И они решили, что лучше всего переключиться на финансы, потому что, во-первых, это оказывается близко к тому, чем они занимались. Ну, всякие стохастические дифференциальные уравнения и прочее. А во-вторых, заработки в финансах большие.

Они спросили у нас, что мы думаем на этот счет. И я сказал, что мне было в высшей степени интересно услышать от них эту новость об окончании холодной войны и что идея про финансы вполне хорошая, хотя бы потому что в финансах большие заработки.

– Короче, кончилось все тем, что Джиму пришлось опять вести их на ланч, чтобы сгладить вашу грубость, – сказал Борис.

– Угадали, – сказал я.

– Я слышал, вы живете где-то около Нью-Йорка? – сказал Борис нам с Маринкой.

– Да, – сказал я, – в Миллбурне.

– Что вы там делаете?

– Живем.

– Нет, я имею в виду, вам не скучно? Вы не чувствуете какую-то оторванность от той культуры, с которой вы были связаны раньше?

– А почему мне должно быть скучно? Наоборот, мне времени на все не хватает.

– Нет, – сказал Борис, – я имею в виду русскую культуру. Вот Сережа говорит, что он не читает русских книг, не ходит смотреть русское кино и у него даже нет русского телевидения. У вас есть русское телевидение?

– По-моему, нет, – сказал я. – То есть, его, наверное, можно как-то заказать.

– Но вы не заказали?

– Нет.

– А почему?

– Я не знаю.

– Потому что неинтересно, – сказал Сережа.

– Да, наверное, – сказал я. – Я как-то видел где-то что-то минут пять, и там не было ничего интересного.

– А кино? – спросил Борис. – Вы тоже не смотрите русское кино?

– Нет, но я бы посмотрел, если бы кто-нибудь мне сказал, что какой-то фильм стоит посмотреть.

– Но никто не сказал?

– Нет.

– А книги?

– У нас есть знакомые, которые читают русские книги. Вот Светка, я слышал, что-то читает.

– Да, – сказала Светка, – не так много, но читаю.

– А вы не читаете? – спросил Борис.

– Нет, – сказал я.

– Почему?

– Я не знаю. Наверное, потому что мало времени. Но если бы кто-то сказал, что есть что-то стоящее, то я бы прочитал.

– Вот видишь, – сказал Сережа, – а ты на меня как-то недоверчиво смотрел, когда я говорил тебе то же самое.

– Хорошо, – сказал Борис, – а я вот слышал, что вам «Спартака» привозили недавно. Вы хоть на него-то сходили?

– А я и не знал, что «Спартака» привозили, – сказал Сережа.

– А я, если бы даже и знал, то не пошел бы, – сказал я. – Я хожу только на *"Knicks"*, *"Nets"*, *"Rangers"*, *"Yankees"* и *"Jets"*.

– Что? – спросил Борис.

– Шутка, – сказал Сережа.

– А как у вас там в Миллбурне с черными? – спросил меня Борис.

– То есть?

– Говорят, от них нет спасенья.

– Что? – сказал я.

– Все ясно. Вы так же, как и мои друзья, делаете вид,

что все в порядке.

– А ваши друзья не говорили вам, что у вас расистские взгляды? – спросил я.

– Говорили, говорили, – сказала Светка.

– Я не расист, – сказал Борис. – Просто у меня такие убеждения.

– А в России ты с человеком, который говорит, что от евреев нет спасенья, наверное, не будешь общаться. Так?

– Да, но это совсем разные вещи. Ты помнишь тех двух черных парней там, в туалете? – спросил Борис Сережу. – У них были откровенно разбойничьи рожи. Они почему-то смотрели на меня и что-то громко говорили друг другу, и мне было довольно не по себе от этого.

– Знаете что? – сказала Маринка. – Я ужасно устала и хочу спать.

– Все, идем спать, – сказала Светка.

Мы пришли к себе, и минут через пять раздался звонок. Это был Сережа.

– Я забыл договориться с вами о завтрашнем шоу, – сказал он.

И мы стали договариваться с ним, где и когда завтра встретимся.

– Так что же говорили эти «разбойничьи рожи» про твоего одноклассника? – спросил я.

– Ничего они про него не говорили, – сказал Сережа. – Они говорили о том, что у многих компаний хай-тек стоимость акций непропорционально велика по отношению к доходам и что технология сейчас сильно опережает спрос.

– Почему же они смотрели на него?

– Нет, это совсем другое, это не то. Они про него не

говорили.

– Давай, давай, выкладывай, что там было еще?

– Просто, – сказал Сережа, – просто он не помыл руки и направился к выходу. Там было такое маленькое помещение, и эти ребята, конечно, обратили на это внимание...

– Понятно, – сказал я. – Он так хорошо начал сегодня.

– Да, но он мой одноклассник.

– Конечно.

– Ладно, увидимся завтра.

– Хорошо, – сказал я. – А что это такое: краковяк Старовольского?

– А я и сам не знаю, – сказал Сережа.

ГЛАВА 16

– Ты все знаешь здесь? – спросила девушка.

– Не все, но что-то знаю, – сказал я.

– Я опоздала и не слышала, что говорил судья. Эти деньги, которые они платят… Я имею в виду, если я сижу на пособии по безработице, они будут платить их мне?

– Наверное, но я точно не знаю. Судья не говорил об этом. Ты должна спросить это у той женщины, которая регистрирует всех в холле. И потом, ты знаешь, они платят всего лишь пять долларов в день…

– Я знаю, – сказала девушка, – но все-таки мне интересно… Тут написано, что, начиная с четвертого дня, они платят сорок долларов в день.

– Да, – сказал я, – но не рассчитывай на это так уж сильно.

– Почему?

– Смотри, нас тут более ста человек, и сегодня вряд ли будет более одного суда. И тогда отберут человек пятнадцать в присяжные. А если суда не будет, нас вообще всех распустят по домам.

– А если суд будет?

– Все равно, скорее всего, он закончится за два дня.

– За два дня? – сказала девушка.

– Я не уверен, но я так думаю.

– Зачем же они вызывают так много народу?

– На всякий случай.

– Правда?

– Да, – сказал я.

– Но я все-таки поговорю еще с той женщиной в холле.

– Обязательно поговори с ней.

– Спасибо, что ты мне рассказал все это.

– Конечно, – сказал я.

Бум-Чикаго

Амстердам, 14 августа 1997 года

Когда утром мы выходили из отеля, Маринка спросила меня, заметил ли я мужчину и женщину, которые стояли около стойки и разговаривали с администратором. И я сказал, что заметил.

– Мне кажется, что они русские, – сказала Маринка.

– Почему? – спросил я.

– Одна маленькая деталь: они подошли туда вдвоем.

– Мне тоже кажется, что они русские.

– А тебе почему?

– Две маленькие детали. Когда они только еще подходили к стойке, они уже держали наготове паспорта.

– Это как раз ни о чем не говорит. У нас в каком-то отеле спрашивали паспорта, если ты помнишь. А вторая деталь?

– У них были русские паспорта.

– А-а, – сказала Маринка.

– Но на самом деле, не нужно никаких маленьких деталей, чтобы понять, что они русские. И знаешь, почему?

– Почему?

– Потому что у них русские лица.

– Что-то я в этом совсем не уверена, – сказала Маринка.

– Согласен, – сказал я.

– С чем?

– С тем, что ты в этом не уверена. Но лица у них все-таки русские.

Вечером мы встретились со Светкой и Сережей и пошли на шоу, которое называлось «Бум-Чикаго». В его программу входил обед, и мы там очень хорошо поели.

– Ну, – сказал я, – видите, что они тут вытворяют?

– А что такое? – спросила Светка.

– Они едят пиццу вилкой и ножом.

– Правда? – сказала Светка. – Это же крайне неприлично.

После обеда, в самом начале представления, артисты вышли в зал и стали переходить от одной группы зрителей к другой и интервьюировать всех. Мы увидели, как они подошли к паре, которая сидела не так далеко от нас, и в которой мы с Маринкой узнали русскую пару из гостиницы.

Наши русские засмущались и в итоге как-то уклонились от ответов на вопросы. Тогда артисты довольно быстро перескочили к нам и приставили микрофон к Маринке. И Маринка сказала, что приехала в Амстердам из Нью-Йорка исключительно для того, чтобы побывать на «Бум-Чикаго».

Шоу было довольно смешным и всем нам понравилось. Когда оно закончилось, мы пошли проводить немного Светку с Сережей.

– Почему только у русских бывают языковые проблемы? – спросила Светка.

– Ты имеешь в виду русских на шоу? – сказал Сережа.

– Это очень даже объяснимо, – сказал я.

– Каким же образом? – спросил Сережа.

– Очень просто. Ты, наверное, заметил, что эти русские были не так уж молоды. А раньше изучение языков представлялось многим абсолютно абстрактным занятием. Зачем нужно учить какой-то язык, если ты знаешь, что он тебе никогда не понадобится? Я, например, воспринимал эти предметы как особого рода издевательство и уклонялся от них всеми возможными способами.

– Но ты, наверное, все-таки читал какие-то статьи...

– Это совсем другое, и ты прекрасно это понимаешь, – сказал я. – А живой язык... Я был абсолютно уверен в том, что никогда в жизни мне не придется говорить ни с кем ни на каком другом языке, кроме русского. И я был абсолютно уверен в том, что меня никуда и никогда не выпустят.

– А ты хотя бы пытался куда-то поехать? – спросила Светка.

– Только один раз. Но мне этого хватило надолго.

– Куда же ты хотел поехать? – спросил Сережа.

– В Румынию, на олимпиаду.

– На какую олимпиаду?

– На международную математическую.

– Зачем, то есть я имею в виду... как кто?

– Как участник, – сказал я.

– Ты шутишь?

– Нет, я и сам шутить не люблю…

– …да, и другим не позволю, – продолжила Маринка.

– Ты серьезно? – спросил меня Сережа.

– Серьезно, серьезно, – сказал я.

– А можно подробности?

– Можно.

– Ты заканчивал десятый класс, да?

– Да, – сказал я. – Это была самая первая международная олимпиада. Команду туда стали набирать по результатам московской олимпиады, которая считалась главной в стране. Московские математики искали талантливых ребят по всем школам страны и приглашали их в Москву. А там уже все решалось в два тура.

– Значит, ты хорошо выступил во втором туре в Москве? – спросил Сережа.

– Да.

– Что же было дальше?

– Мы узнали о международной только за два месяца до ее начала и все гадали, будет ли вообще страна участвовать в ней. И вот как-то, в самом начале мая, мне позвонил мой товарищ. И он сказал мне, что он только что узнал, что составлен список сборной страны и что мы с ним – в списке и, значит, едем в Румынию. Пока я переваривал это сообщение, он успел сказать мне, что задачи на международной ожидаются попроще наших, а премий будет больше, и, вообще, общее мнение было таково, что средний уровень там будет ниже нашего. «Ты понимаешь, что это значит? – спросил меня мой товарищ. – Если у тебя не расплавятся неожиданно мозги или не заболит живот…»

Я повесил трубку и пошел сообщать эту новость своим родителям. И когда я сказал об этом моему отцу, я думал, что он очень обрадуется. Но он слушал меня как-то рассеянно. «Да, это хорошо», – сказал он. – «Что значит "хорошо", папа? – сказал я. – Ты понимаешь, что происходит? Меня включили в сборную страны! Нас посылают на международную олимпиаду». – «А кто еще включен, кроме тебя?» – спросил мой отец. И когда я стал называть всех наших, он мрачнел просто на глазах.

– Почему? – спросил Сережа.

– Потому что команда более чем наполовину была укомплектована ребятами с еврейскими фамилиями. Отец не сказал мне этого тогда, но он допускал все что угодно. Он боялся, что нас всех отвезут куда-нибудь и убьют.

– Да, я, помнится, слышал о кровавых историях такого типа. Но, поскольку я разговариваю с тобой сейчас, я могу предположить, что вас не убили.

– Все закончилось вполне благополучно. Отец был сам не свой весь день. Он разговаривал с кем-то из своих старых друзей. И вечером он сказал мне: «Ты знаешь, все сошлись на том, что теперь это, наверное, не опасно для жизни. Конечно, они не выпустят тебя в Румынию, и я надеюсь, Илюша, что у тебя нет никаких иллюзий на этот счет. Но отказаться самому – я бы считал это неправильным».

Я стал собирать документы и бегать по всяким комиссиям. Я помню, как они вальяжно развалились в своих креслах на какой-то своей сходке, где они рассматривали мою характеристику и задавали мне какие-то глупые вопросы.

– По математике? – спросил Сережа.

– По высшей математике, – сказал я. – Один из них показал мне на висевшую на стене громадную картину и спросил меня, знаю ли я, что на ней изображено. И я сказал, что это вождь, и что он наставляет матросов, как брать Зимний дворец. И тут они все загоготали. И началось всеобщее веселье. Они долго не могли остановиться, и в какой-то момент их главный сказал, что это совсем не смешно. И веселье все это вдруг оборвалось. И тут выяснилось, что, хотя это действительно и был вождь, но выступал он совсем по другому поводу. И главный мрачно мне заметил, что, как же это я вот собираюсь ехать в Румынию, а таких основополагающих вещей не знаю. «А вот если тебя в Румынии кто-то спросит что-то, а ты, оказывается, ничего и не знаешь. А к нашей стране сейчас такой большой интерес пробуждается у всех. Тебя обязательно будут там расспрашивать», – сказал он.

И тут какая-то девушка сказала, что, хотя моя ошибка, конечно, ужасно позорная и непростительная, но все-таки, в каком-то смысле какое-то оправдание мне есть, потому что многие из присутствующих на этой картине были в матросской форме. И их главный довольно неожиданно согласился с этой девушкой и даже сказал, что в этом он усматривает некоторую очень важную символику. И, пока я пытался понять, о какой такой важной символике идет речь, они быстро и неожиданно для меня решили дать мне положительную характеристику.

– Ага, – сказал Сережа, – значит, твой отец ошибся?

– Мой отец ошибся только один раз. Когда он сказал мне как-то: «Даже и не надейся. Это навсегда. Они никогда и ничего не отдают обратно».

– Что же было дальше?

– А ничего особенного дальше не было. Я повез эту рекомендацию в министерство, и когда я вручил ее какому-то чиновнику, то увидел у него на столе наш список. И напротив тех фамилий, которыми так заинтересовался мой отец, карандашом была проставлена довольно-таки большая и потому заметная буква «е».

– Ты сказал об этом своему отцу?

– Я рассказал ему об этом потом, когда это все закончилось.

– Так чем же это все закончилось?

– Они назначили нам руководителя сборной. Ее звали Надежда Павловна. Она обзвонила всех нас и попросила никуда не звонить и нигде ничего не узнавать, и обещала сообщить нам, что делать дальше, когда оформление всех бумаг закончится, и надолго пропала. Только за несколько дней до олимпиады она позвонила мне опять и сказала, что, поскольку времени на оформление было мало, принято решение на олимпиаду команду от страны вообще не посылать.

– Значит, буква «е» оказалась ни при чем? – спросил Сережа.

– Нет, почему же, – сказал я. – Просто Надежда Павловна обманула меня и всех моих товарищей с карандашной пометкой. Потом она позвонила остальным, тем, которые не имели никакого отношения к букве «е», и сообщила им, куда надо приехать за билетами, и предупредила их держать все это в строжайшей тайне под страхом смертной казни.

Когда они приехали в Румынию, эта Надежда Павловна объявила там, что в стране сильнейшая эпидемия какой-то загадочной болезни, и все основные члены команды лежат дома в тяжелом состоянии.

– Конечно, все сразу этому поверили, – сказал Сережа.

– Естественно. Более того, было принято решение, что набранные очки будут пропорционально скорректированы, чтобы сборная не пострадала от такого неожиданного несчастья, обрушившегося на страну.

– Представляю, как это все было тяжело тебе.

– Вовсе нет, – сказал я. – Все это казалось мне настолько обыденным, что я даже забыл быстро обо всем.

Мы распрощались со Светкой и Сережей и пошли на площадь смотреть уличных артистов. И всё не хотели идти в отель. А когда все-таки пришли, то просто свалились от усталости.

ГЛАВА 17

– Что-то я не вижу Димы, – сказал Кирилл. – По-моему, он немного ошалел от всего этого.

– Уже? – спросил я.

– Да, уже. Когда мы с ним подняли первый улей, я увидел, как у него расширились глаза. С лагерем уже все закончено?

– Если бы.

– М-да, – сказал Кирилл. – Может, поставишь Диму пока туда?

– Хорошо, – сказал я.

Я взял фонарик и стал обходить вокруг всех наших четырех камазов. Димы нигде не было. Я вошел в лесополосу в том месте, где раньше располагались кухня и столовая. Там все еще темнел громадный навес обшей площадью, наверное, в сотню квадратных метров. Я посветил вокруг, и мне показалось, что на нашем большом дубовом обеденном столе лежит что-то необычное. Я подошел поближе и увидел, что это был Дима. Он слегка повернул ко мне голову.

– Что случилось? – спросил я.

– Мне стало плохо, – сказал Дима.

– Что с тобой?

– Мне плохо. Отвезите меня на станцию.

Он говорил это очень тихо, почти шепотом.

– На станцию или к врачу? – спросил я. – Что с тобой?

– Не надо к врачу, – вдруг вскрикнул Дима. – Я хочу на станцию.

– Ты, наверное, просто устал. Давай я положу тебя на матрац.

Рядом со столом чернела гора из матрацев, одеял и сложенных палаток. Я стал помогать ему перелечь на матрац и почувствовал, как он дрожал мелкой дрожью.

– Сейчас я накрою тебя одеялом, – сказал я. – Хочешь, я принесу тебе попить?

– Нет! – вскрикнул Дима. – Не снимай с меня сетку.

– Здесь нет пчел, ты можешь ее снять.

– Нет, пожалуйста, не снимай ее с меня, – опять прошептал он. – Отвези меня на станцию, пожалуйста. Я вспомнил, мне надо быть срочно дома.

– Мы отвезем тебя туда утром. Поезда не ходят сейчас.

– Отвези меня на станцию. Пожалуйста.

– Это бесполезно. Поезда сейчас не ходят. Мы отвезем тебя завтра утром.

– Мне надо быть срочно дома.

– Завтра утром, – сказал я. – Мы отвезем тебя завтра утром.

– Я очень устал, – сказал Дима. – Я больше не могу.

– Полежи тут, на свежем воздухе. Я сейчас подгоню сюда мою машину, и ты сможешь перелечь в нее, если тебе будет холодно.

– Спасибо, – сказал Дима.

Всего за день до этого мы ехали с ним вдвоем в поезде. И он долго рассказывал мне про походы, в которые он ходил. И сказал, что за последние годы он исходил, наверное, весь Полярный Урал. А в этом году он еще нигде не был. И когда мы предложили ему помочь нам, он был очень рад, что подвернулась такая возможность немного размяться. И он показывал мне удочки, которые он взял с собой. И все спрашивал, какая у нас там речка. И говорил, что хочет задержаться у нас на недельку, чтобы отдохнуть и порыбачить.

Вишневая настойка

Льеж, 15 августа 1997 года

Мы приехали в Льеж в четыре часа дня и там довольно быстро нашли рынок, который все путеводители определяли не иначе, как знаменитый. Мы почему-то не могли отойти далеко от сырного ларька и все пробовали разные сорта сыра, и все они казались просто изумительными.

– Ты знаешь, – сказал я Маринке, – наверное, я никогда до этого не пробовал овечий сыр.

– Наверное, я тоже, – сказала Маринка, – но мне все-таки больше нравится козий.

Козий сыр на льежском рынке произвел на меня неотразимое впечатление. И когда я ел его там со свежим хлебом и помидорами и он таял у меня на всех сторонах языка, отдавая какой-то волшебный букет вкуса, аромата и, быть может, чего-то еще, о чем я просто не догадывался, я стал уже думать, как же это может быть, чтобы вот самый обыкновенный сыр доводил тебя до состояния какого-то счастливого опьянения. И когда мы вернулись домой, я долго, наверное, года два после этого, покупал козий сыр во всех возможных местах и пробовал на всех наших вечеринках, и все удивлялся, почему он такой невыразительный.

Рынок закрывался в пять, и мы пошли бродить по улицам города. Мы гуляли, наверное, около часа. И когда мы поняли, что вполне готовы для хорошего обеда, мы увидели на одной из улиц ресторан, который стоял немного в глубине на небольшом возвышении. Вокруг ресторана наблюдалось явное оживление местной публики, и Маринка, конечно же, сразу захотела туда пойти.

У входа нас встретила девушка, которая сказала, что свободных мест нет, но она пойдет узнать, не отказался ли кто-нибудь из их клиентов. Она вернулась довольно быстро и повела нас к столику. И пока мы шли к нему, Маринка успела заметить, что все посетители этого ресторана были одеты совсем не как попало.

– Наверное, нам надо было бы сначала заехать в гостиницу, – сказал она.

– Не беспокойся, – сказал я, – мы скомпенсируем это тем, что больше съедим.

Это оказался хороший и дорогой французский ресторан. Нас стала обслуживать немолодая обаятельная женщина. Она, когда была с нами, делала все немного строже, чем это делают обычно. Но в этом ее подчеркнутом внимании ко всему не чувствовалось никакой неестественности, и мне это очень нравилось, и я просто не мог не улыбаться, когда я разговаривал с ней.

Когда мы стали выбирать вино и я сказал, что мы сегодня настроены на эксперимент и нам нужна помощь понимающего человека, она сказала, что у них есть молодой человек, *sommelier*, знаток своего дела, и она попросила нас подождать немного и пошла его искать.

Молодой человек, который говорил с сильнейшим французским акцентом, отнесся к нашей проблеме с громадным вниманием. И он сказал, что, если мы не будем заказывать очень дорогое вино (нет, мы не будем заказывать очень дорогое вино), то он посоветовал бы нам посмотреть, что у них есть в бокалах и в полубутылках.

– У нас большой выбор вина в бокалах, – сказал он.

– Мне это нравится, – сказал я, – и к тому же мне не надо будет тогда нюхать пробку.

– Совершенно верно.

– Кстати, я никогда не знал, в чем смысл нюхать эту пробку.

– Никто этого не знает, – сказал француз.

– А вы здесь предлагаете ее нюхать?

– Конечно, обязательно.

Мы взяли на закуску блюдо на двоих из устриц и улиток. Я заказал себе телятину с ревенем и розмарином, а Маринка – утку с яблочной шарлоткой в соусе из кальвадоса.

Наш француз уверенно порекомендовал нам заказать шабли к нашей закуске и сказал, что у них в списке есть *"Chablis Premier Cru"* в полубутылках. С Маринкой они остановились на бокале *"Moulin-a-Vent Cru"*. И он попросил меня не удивляться, когда опять порекомендовал белое бургундское к моей телятине. Он стал объяснять, почему он дает такую рекомендацию именно для моего блюда, и обещал принести мне бокал *"Pouilly-Fuisse"*.

Нам принесли наше морское блюдо, и оно оказалось громадным. Там было около двух дюжин устриц, много разных креветок, два больших краба и неимоверное количество разного вида улиток.

– Мы этого не осилим, – сказала Маринка.

– Почему ты так думаешь? – спросил я.

– Улитки я, наверное, только попробую.

– Спасибо.

– Неужели...

– Можешь в этом не сомневаться, – сказал я.

Мы не торопясь разделались с нашей закуской и, наверное, через час нам принесли главные блюда. И когда я перешел к своей телятине, то понял, что имел в виду наш француз, когда говорил мне про мое белое вино и про то, каким хорошим контрастом оно будет к сладко-терпкому ревеню и цветочно-травянистому розмарину.

– Как тебе наш обед? – спросила меня Маринка, когда мы вышли из ресторана.

– Очень и очень, – сказал я.

– Скажи честно, Илюша, едал ты такое на своей пасеке?

– А вот и не говори. Мы иногда там такие деликатесы наворачивали.

– Какие же? – спросила Маринка.

– Всякие, – сказал я.

Я уже разделался с горой фляг, которые стояли в лесополосе. После того, как я вымыл и сполоснул их, я выставил их на открытом месте на солнце, где они должны были хорошенько прокалиться.

И тут я вспомнил, что там, за последними рядами семей, где стояли стойки с пустыми корпусами, валялось еще, наверное, с десяток пустых фляг. Я подошел к ним и стал открывать одну за другой. Почти в каждой стенки и дно были в остатках меда. И я оставлял фляги открытыми, чтобы дать их пчеле на обсушку.

Когда я потянул к себе последнюю флягу, я понял, что она не была пустой. Я открыл крышку и сразу почувствовал сильный запах. Это была забытая всеми фляга с продуктами. И это значило, что она простояла там на жаре с переезда, то есть более месяца. Конечно, ее паковал кто-то не из наших. Иначе на ней были бы наклейки со всех сторон. И, конечно, никто из наших не поставил бы тяжелую флягу вместе с пустыми. И я еще раз для себя отметил, что толку от всех этих горе-помощников, которых мы находили в последнюю минуту, никогда не было и не будет, хоть объясняй им все по сто раз.

Я опрокинул флягу и вытряхнул все, что в ней было, на траву. Это было ужасно. И то, как это выглядело, и то, как это пахло. Там было мясо, большая головка сыра и много чего-то еще, что уже не поддавалось определению.

Мне пришлось вырыть довольно глубокую яму, чтобы закопать мясо и все остальное. И я надеялся, что наш пес не сможет это все унюхать. Но, когда я дошел до сыра, то его я скинуть в яму не решился. Я вспомнил, с каким трудом я уговорил пузатую продавщицу у нас на Преображенке отпустить мне эту головку сыра целиком и как я потом пер ее в рюкзаке. Конечно же, я был уверен, что ее давным-давно уже съели. И вот видеть сейчас все это мне было страшно обидно. Я начал срезать плесень со всех сторон. И было трудно определить, где эта плесень кончается. И я не мог понять, как часто мне надо было мыть руки и чистить нож, чтобы не переносить всю эту пакость внутрь, особенно когда я уже добрался до твердых слоев сыра.

Минут через пятнадцать я держал в руках что-то похожее на обычный сыр. И я долго колебался, прежде чем попробовать его. Потому что я все вспоминал про вишневую настойку.

В тот год многие сильно потравились ею и лежали пластом несколько дней. И думали, что это какой-то вирус. И только когда я сам попался на ней и сопоставил все события, я понял, в чем было дело. Вишневую настойку никогда нельзя пить, пока она окончательно не перебродит. Никто тогда не знал этого. И я не знал. И когда мы пили ее тогда, все чувствовали себя просто превосходно. Но на следующий день каждый из нас думал, что это был последний день в его жизни.

Вот почему я долго колебался, прежде чем попробовать даже маленький кусочек сыра. Но потом все-таки попробовал. И я подождал целые сутки для надежности. И когда ничего такого не произошло, я попробовал еще, уже больше, чем в первый раз, и нашел сыр вполне съедобным. И эта плесень, которая проела всю головку насквозь, придавала ему такой необычный и, я бы даже сказал, пикантный привкус. И сначала только я ел этот сыр. А потом уже и все потихоньку тоже стали к нему прикладываться. И так мы прикончили его тогда довольно-таки быстро.

– Так какие же деликатесы вы там наворачивали? – опять спросила Маринка.

– Ну, так сразу и не припомню, – сказал я. – Но можешь в этом не сомневаться: наворачивали, и еще как наворачивали.

Мы покатили дальше и довольно уже поздно приехали в *Durbuy*. Мы нашли кафе, которое было еще открыто. Там мы сели за столик и стали смотреть на вечерние огни города, набережную реки и старый замок. И мы сидели там, наверное, около часа. И наконец поехали искать ночлег.

Дом, в котором мы сняли себе комнату, был старый-престарый. А комната у нас была очень симпатичная, с многочисленными нишами. Спальное место было, наверное, на четверть уровня выше основной площади. А на стенах висело много старых гравюр и картин.

ГЛАВА 18

Мы въехали в зону парка и стали объезжать билетную будку с двух сторон. Я подъехал слева, где стояла девушка, а Ося – справа. С его стороны стоял парень. И я слышал, как Ося стал спрашивать его, как нам ехать дальше.

– Откуда ты? – спросил парень.

– Moscow, – сказал Ося.

– Хей, Ники, – сказал парень моей девушке, – откуда только к нам народ ни едет.

– А откуда он? – спросила Ники.

– Moscow, – сказал парень.

– Moscow? – сказала Ники.

– Moscow, – сказал парень, – Moscow, Idaho.

Бредовый суп

Durbuy, 16 августа 1997 года

Мы спустились вниз по винтовой деревянной лестнице и вышли во внутренний двор. Там было всего два столика. За одним из них сидели наши хозяева.

– О, а вы – ранние пташки, – сказала хозяйка дома.

Они сразу засуетились и стали показывать, какой у них есть сок, и где у них кофе, а где *decaf,* и какая у них вкусная копченая ветчина.

Мы попросили их не прерывать свой завтрак.

– Не беспокойтесь. Я тут во всем разберусь, – сказал я, – а если не разберусь, мне Марина поможет.

Все посмотрели на Маринку.

– Марина, – сказала Маринка.

– Очень приятно познакомиться, – сказала хозяйка дома. – Меня зовут Керен.

– А меня – Маартен, – сказал ее муж.

– А меня – Илья, – сказал я. – Очень приятно познакомиться.

Мы сели за свой столик, и я стал разглядывать увитую плющом каменную стену, которая отделяла наш двор от соседнего. День обещал быть жарким. Но, может быть, из-за этой каменной стены, а может, потому, что садик был расположен с западной стороны дома – так, что в этот ранний час никакой даже случайный солнечный лучик не мог проникнуть внутрь, – было довольно прохладно.

Мы уже позавтракали, а Керен и Маартен еще сидели за своим столиком. И когда мы проходили мимо, Керен что-то сказала нам. Мы подсели к ним, а они стали расспрашивать нас, откуда мы и где мы только что были, и что нам понравилось.

Они говорили с довольно сильным акцентом, так что даже не смогли распознать наш. И удивились, когда узнали, что мы русские. И Маартен сказал, что никогда не понимал, что случилось в России.

– О, я тоже, – сказал я.

– Ты шутишь? – спросил он.

– А что ты имеешь в виду? То, что произошло совсем недавно, или…

– Нет, нет, я имею в виду то, что происходило в начале века. Почему получилось все так плохо?

– А как должно было получиться?

– Оно и должно было получиться плохо, но почему получилось так плохо? – спросил Маартен. – Ведь у них были такие привлекательные лозунги.

– Например?

– О равенстве и братстве. Там было что-то еще вполне безобидное. Вот скажи мне, ну что плохого в этом лозунге о равенстве и братстве?

– А можно мы нальем себе еще кофе? – спросил я.

– Разрешите мне, – сказала Керен.

– Спасибо, – сказал я.

– Знаете, я давно хотел поговорить с кем-нибудь из русских, – сказал Маартен, – но никогда не было случая. Поэтому вы просто обязаны мне все объяснить. Иначе Керен не даст вам никакого кофе.

– Звучит угрожающе, – сказал я. – Буду очень стараться.

– Так все-таки, «равенство и братство» – это хорошо

или плохо?

– Ты считаешь, что все люди равны?

– Нет, – сказал Маартен.

– Должны быть равными?

– Нет. Я считаю, что всем должны быть предоставлены равные возможности.

– Ого! Замечательно сказано, Маартен. Ты много размышлял об этом?

– Да, – сказал Маартен.

– Так, как ты это понимаешь, звучит для меня очень привлекательно. Но равенство можно понимать и по-другому, и тогда это будет звучать для меня безнравственно. Ты слышал про такое: «фабрики – рабочим»?

– О, я понял тебя. Это, действительно, несколько хуже.

Керен принесла две чашки кофе и поставила их перед нами на стол.

– Спасибо, – сказали мы с Маринкой почти одновременно.

– Пожалуйста, – сказала Керен.

– «Фабрики – рабочим» – это действительно звучит сомнительно, – сказал Маартен, – но не выглядит так уж ужасно.

– Правда? – сказал я.

– Нет, нет, я понимаю, что это – плохо. Можно даже предположить, что это может привести к большим экономическим неприятностям.

– Хей, Маартен, а что же ты говорил, что ничего не понимаешь?

– Я не понимаю, почему это привело к такому хаосу,

голоду, гибели миллионов людей.

– Слушай, даже если бы весь их Кремль засадить гениями, они не смогли бы своими мозгами подменить рыночную экономику. А тут громадным государством стали управлять пьяные революционные матросы.

– Да, но все равно это не ответ на мой вопрос.

– Знаешь, что, – сказал я, – математики утверждают, что из любого ложного положения можно вывести любое другое ложное с помощью безупречной логики. Так и случилось в России. Одна бредовая идея влекла за собой другую. И это не важно, были ли первоначальные идеи бредовыми, или очень бредовыми, или чуть-чуть бредовыми. Ну и в конце концов все дошло до полного бреда, так что люди могли все это терпеть только под страхом смерти. Что и было им немедленно предоставлено. Творцы этих идей сами запутались в них довольно быстро. Вы знаете, например, что одним из самых больших секретов они считали свою собственную газету?

– Почему?

– Потому что в любой старой газете можно было найти их официальные указания, которые прямо противоречили их нынешним. И, конечно же, они не хотели быть легко пойманными на всей этой дребедени. И все постепенно превратилось в сплошной бред. Абсолютно все. Я думаю, что вам трудно в это поверить, сколько бы примеров я вам ни приводил.

– Примеры не повредят, – сказал Маартен.

– Если вы хотите примеры, – сказал я, – то назовите мне любое слово.

– А ты дашь нам пример на это слово?

– Именно так. Любое слово, которое придет вам в голову.

– Сейчас я поставлю тебя в затруднительное

положение, – сказал Маартен и показал на свой стакан. – Кока-кола.

– О, – сказала Маринка, – тут тебе не повезло. Кока-кола была запрещена.

– Что это значит? Нельзя было ее пить?

– Конечно, ее нельзя было пить. Потому что ее у них не было, – сказал я.

– Она была символом капитализма, что ли, – сказала Маринка.

– О, это я понял, – сказал Маартен.

– Понял? – сказал я. – Моя мысль как раз и заключается в том, что понять здесь ничего нельзя. Я тут же могу привести тебе пример других символов капитализма, с которыми они прекрасно уживались.

– Ну? – сказал Маартен.

– Ну, например, все годы у них были в ходу что-то типа *Government Bond* – государственные займы. В этом, безусловно, был определенный криминал. Во-первых, вместо слова «обязательство» использовалось иностранное слово «облигация», что каралось расстрелом на месте в то время. Во-вторых, ко всему к этому еще был добавлен *gambling* – случайность и связанный с нею азарт.

– И правда, – сказала Маринка. – Проводилась лотерея, и вместо обычных купонов…

– Подожди, нам не нужны детали. Я просто хотел сказать, что *gambling* и финансовые бумаги были одними из самых страшных символов капитализма в то время. За один только *gambling* мы все так настрадались. Нам даже в бридж играть не позволяли.

– Это вот так? – спросила Керен.

– Нет, – сказал Маартен, – «вот так» – это гольф.

– Хорошо еще, что времена были тогда уже попроще, – сказал я, – и нас оставили в живых. А в более суровые времена не только за *gambling* в чистом виде, но за простой даже намек на случайность полагался расстрел на месте. Физиков наших бедных всех до единого за всякие там места на деревьях вешали. И все только из-за принципа неопределенности.

– Вот почему ты пошел в математики, – сказала Маринка. – За формулы не расстреливали.

– А вот и не говори. С теорией вероятностей большие проблемы были. Где-то я читал, что бывшие артиллеристы из математического института спасли ее. Написали куда-то, что она во время войны помогает поражать цель.

И все равно после этого, например, о случайных числах даже подумать было нельзя. Один попробовал, ну, его сразу на Лубянку. Что, сказали, гаденыш, Монте-Карло захотелось? И хрясть по морде. Его, говорят, и расстреливать не надо было. Сам, бедолага, умер очень быстро. Среди математиков хлипкие часто попадались…

– Вы его знали? – спросил Маартен.

– Нет, мы его не знали. Я просто хотел сказать, что не обязательно должно было быть какое-то объяснение происходящему. Как, например, с твоей кока-колой. Логика, вообще говоря, не предполагалась. Единственным исключением были личные мотивы. Только в этом случае логика работала. Если, например, у какого-нибудь председателя жена стала посматривать на биолога, то биология как наука, немедленно запрещалась. А если, наоборот, кто-то из самых главных любил с балеринами общаться, то тогда по всей стране открывали балетные школы. И лучших балерин потом подвозили в столичную балетную школу, которую строили прямо около дома этого самого главного. Ну и потом уже балет достигал таких высот, что вопреки всем законам генетики балетные навыки по наследству начинали передаваться.

Все трещало у них по швам. А им надо было как-то удержаться. И они были вынуждены ввести лагерные порядки в повседневную жизнь: шаг в сторону – и конвой открывает огонь без предупреждения.

Скоро они запретили почти все. Были неимоверно большие ограничения на то, что, где и как можно было пить, говорить, смеяться, читать, писать, смотреть, слушать.

– Ходить? – спросил Маартен.

– Ходить, – сказал я.

– Ходить не запрещалось, – сказала Маринка.

– Запрещалось.

– Он шутит, – сказала Маринка. – Хотя, может быть, я что-то забыла. Я просто не могу и не хочу уже помнить обо всем этом.

Маартен напряженно смотрел на меня.

– Куда-то пойти было можно, – сказал я. – Но было время, когда днем просто так по улицам ходить было нельзя. Тебя могли арестовать. И нужно было показать справку, что ты находишься в отпуске или что-то в этом духе, чтобы тебя отпустили.

Особенно охранялись те места, где была хотя бы потенциальная возможность встретить иностранцев. По этой причине в одном месте, где я работал, никому из нас не разрешалось ходить ни в рестораны, ни в театры.

– А можно я тоже назову какое-нибудь слово? – спросила меня Керен.

– Конечно.

– Брюки, – сказала Керен.

– Ага, – сказала мне Маринка, – вот ты и попался.

– Да, на брюки никакого криминала, кажется, нет.

– Смотри, Керен, – сказал Маартен, – ты сегодня отличилась.

– Да, – сказал я, – молодец.

Керен вся сразу засветилась улыбкой.

– Я подумала, – сказала она, – что надо дать какое-нибудь самое обыкновенное слово.

– Да, наверное, это правильно, – сказала Маринка.

Керен продолжала счастливо улыбаться.

– Нам надо идти, – сказала Маринка, – мы хотим покататься на каноэ сегодня.

– О, это прекрасно, – сказал Маартен.

– У нас тут очень бурная вода, – сказала Керен, – будьте осторожнее.

– Конечно.

– Вы поедете дальше или вернетесь на ланч?

– Нет, мы уезжаем сейчас.

– Я вспомнил, – сказал я.

– Что? – спросила Маринка.

– Я вспомнил про брюки.

– Какие брюки? – сказала Маринка.

– Ты же спрашивала про брюки, – сказал я Керен.

– Да.

– Как я мог забыть? Ширина брюк вот здесь, в самом низу, строго регламентировалась. Причем в разные годы – по-разному. В конце пятидесятых она не должна была быть меньше двадцати сантиметров.

– Что это значит? – спросил Маартен.

– Это значит, что если у тебя брюки были шириной девятнадцать сантиметров, то тебя выгоняли с работы, за восемнадцать – сажали в тюрьму, а за семнадцать …

– Расстрел? – спросил Маартен и улыбнулся.

– В конце пятидесятых до расстрела просто за брюки вряд ли могло дойти. Даже и тюрьма не была обязательна. Могли запретить жить там, где ты жил. Если ты после этого затихал, то о тебе могли и забыть. Ну а если ты продолжал упорствовать, тогда с тобой могло произойти все, что угодно.

Все молчали, и Маартен смотрел на меня довольно тупо.

– Я думал, что ты шутишь, – сказал он.

– Нет, я не шучу. А через несколько лет все было совсем наоборот. Нельзя было носить брюки шириной более двадцати двух сантиметров. Но это были немного другие времена. Как перевести слово «оттепель»? – спросил я Маринку.

– Это, когда было очень холодно, а потом стало просто холодно, – сказала Маринка.

– Большое спасибо. Так вот, когда у них стало просто холодно, тогда за двадцать три сантиметра строго предупреждали, за двадцать пять – выгоняли с работы, а за двадцать семь – в тюрьму.

– Ты шутишь, – сказал Маартен.

– Какие тут шутки, – сказал я. – Говорю тебе, все было полным бредом. Люди в бредовых одеждах сидели в бредовых комнатах на бредовых стульях и бредовыми ложками ели бредовый суп.

Мы опять несколько секунд простояли молча.

– Маартен, ты хотел поговорить с русскими? – сказал я. – Ты поговорил.

– Нет, нет, – сказал Маартен, – я немного, знаете... Было очень приятно с вами познакомиться и поговорить.

– Мне тоже, – сказал я.

– Очень приятно было познакомиться с вами, – сказала Маринка.

– Было очень приятно с вами поговорить, – сказала Керен.

Нам надо было ехать всего полчаса до того места, где мы должны были оставить машину. Там нас посадили в автобус и завезли вверх по реке миль на десять. И, наверное, уже минут через пять я начал выбирать для нас лодку.

Маринка пошла переодеваться. Я увидел, как она перебросилась парой слов с какими-то французами. Они тоже собирались сплавиться вниз на двух каноэ. И пока Маринка купальник надевала, они уже отчалили.

Мы стали спускаться вниз. И Маринка сначала чего-то все боялась, хотя там было мелко и течение было не быстрое, но перестала пугаться как только мы прошли первый порог.

На втором пороге наши французы сели, потому что там было совсем мелко. И мы мимо них очень лихо проскочили. А я им поулюлюкал, по ушам похлопал и еще руку в локте согнул. Ну, знаете, наверное, такой вполне международный жест есть...

Французы наши совсем обалдели от этого и смотрели на меня с изумлением. И глаза у них у всех были очень круглые.

– По-моему, мы славно сплавились, – сказал я.

– Да, – сказала Маринка. – Только зачем ты показывал язык этим французам? Тебе не стыдно?

– Конечно, стыдно, – сказал я.

Мы приехали в Рошфор. Там мы с трудом нашли наш отель. К нам вышла его хозяйка. И мы потратили, наверное, минут пятнадцать, чтобы объясниться с ней, потому что она, по-видимому, плохо понимала нас, а мы плохо понимали ее. Она сразу стала показывать нам меню завтрака, ланча и обеда.

– Мы посмотрим это потом, – сказал я. – Мы устали и

хотим отдохнуть сейчас.

– Меню сейчас, – сказала хозяйка.

– Меню потом.

– Сейчас. Надо знать, сколько.

– Нисколько, мы будем есть в другом месте, – сказал я.

– Как хотите.

– Мы хотим посмотреть нашу комнату.

– Меню сейчас, – сказала хозяйка.

– Меню нет, – сказал я, – нет меню.

– Меню нет – комнаты нет, – сказала хозяйка.

– Комната есть, – сказала Маринка, – мы резервировали.

– Меню нет – не резервировали, – сказала хозяйка.

Мы сели в машину, и Маринка стала листать свои путеводители.

– Давай сначала пообедаем где-нибудь, – сказал я. – А то я так разнервничался, что очень есть захотелось.

– Нет, давай сначала найдем отель, – сказала Маринка.

Мы довольно быстро нашли другой отель. И сразу пошли обедать. Мне дали отличную форель, шампиньоны и пиво "*Roshefort*". На нем было написано 2x8 и 1x8. Я не знал, что это значит, но пиво мне понравилось.

ЧАСТЬ ШЕСТАЯ

ПАРИЖ

Я помнил все в тот час прощальный:
Прохладу первых дней весны,
И море звезд, ладони пальмы,
И волн спешащих буруны,
И мягкий белый свет луны,
И дни счастливые, как сны…
Забыл я лишь обет венчальный.

ГЛАВА 19

– Да, конечно, конечно, – сказал помощник Генерального консула России в Нью-Йорке. – Консул может заверить эту доверенность. Это будет стоить сто долларов.

Я посмотрел на него.

– Распоряжение консула, – сказал помощник и развел руками. – Будет готово через две недели. Но если вы торопитесь, я мог бы ускорить.

– Я не тороплюсь, – сказал я и стал отсчитывать деньги.

– Мы не можем принять наличные, – сказал помощник.

– Хорошо, тогда возьмите у меня с карты.

Я протянул ему мою кредитную карту.

Помощник стал вертеть ее в руках.

– Как же я возьму с нее? – спросил он.

Я достал чековую книжку.

– Мы не можем взять чек, – сказал помощник.

– Почему?

– Всякое может быть. Это очень рискованно.

– Вы шутите.

– Сейчас, – сказал помощник, – я спрошу.

Мимо проходила девушка.

– Мы можем принять чек? – спросил ее помощник.

– Нет, – сказала девушка.

– Почему? – спросил я.

Девушка повернулась ко мне и провела взглядом по моему костюму.

– Какая там сумма? – спросила она.

– Сто долларов, – сказал помощник. – Я говорю, всякое может быть...

– Вы – американец? – спросила меня девушка.

– Нет, – сказал я.

Девушка немного подумала.

– А ваша жена – американка? – спросила она.

– Да, – сказал я.

– Можно, – сказала девушка.

– Можно, – сказал мне помощник.

Светка

Париж, 17 августа 1997 года

Мы проснулись не очень рано, и, когда мы спустились вниз на завтрак, было уже девять часов. Очень скоро мы опять тронулись в путь и, наверное, через час въехали в *Bouillon*. Мы стали покупать билеты, чтобы проехать на паровозике по всем окрестностям города. И нам сказали, что экскурсовод будет говорить на четырех языках: голландском, французском, немецком и английском. Когда мы начали осматривать окрестности, я попросил нашего экскурсовода повторить все, что он сказал, по-английски. И, по-моему, он стал уверять нас, что это был английский.

– *This is*, – сказал он, – *this is*.

– Пожалуйста, повтори это по-английски, – еще раз попросил я.

– *This is*, – сказал мне экскурсовод опять, – *this is*.

Мы так и не поняли ни одного слова во всей этой экскурсии, но она нам понравилась, и мы даже поездили на нашей машине еще немного почти по тем же местам, потому что все вокруг было необычайно красиво.

Мы решили больше никуда не заезжать. Маринка посмотрела в атласе дорогу на Париж и предложила мне подремать на заднем сиденье.

– Ты же знаешь, я не могу спать в машине, – сказал я.

– Попробуй, – сказала Маринка.

– Не получится. Мне никогда не удается заснуть в

машине.

– Почему?

– Это у меня еще с ночных пасечных переездов. Мы выматывались там ужасно и всегда хотели спать. Мы с Кириллом вели машину попеременно. Но даже когда он меня подменял и я, казалось бы, мог поспать, я не мог расслабиться, потому что я боялся, что Кирилл заснет за рулем.

– А зачем вы все время ездили по ночам?

– Потому что мы не хотели перевозить пустые ульи, – сказал я. – Днем пчела летает.

Я все-таки устроился на заднем сиденье и долго ворочался там, пытаясь положить себе под голову какие-то наши вещи.

– Ну что? – спросила Маринка. – Никак не удается поспать?

– Нет, – сказал я.

– Все боишься, что Кирилл заснет за рулем?

– Да, – сказал я.

Я еще долго лежал просто так с закрытыми глазами и только через несколько часов, когда мы подъезжали к Парижу, мне наконец удалось заснуть.

Я прошел спуск к озеру и шел по дороге к лесополосе. Дорога была сухой и твердой, и только около самой обочины петляли уродливые хребты еще не сглаженной колеи. И это означало, что всего несколько дней назад прошел хороший дождь. Мне захотелось убедиться в том, что я не обманулся. И я отбил пяткой моего ботинка здоровенный кусок серого гребня. И, как я и ожидал, я увидел под ним жирную влажную черную землю, черней которой еще не придумала природа.

Горячий степной ветер обжигал мне лицо. Я продолжал идти вперед, пока не дошел до лесополосы. Я попытался забраться в нее в том месте, где она примыкала к дороге почти под прямым углом, и стал продираться в зарослях низкого кустарника. И тут я понял, что начал заходить в полосу слишком рано, в том месте, где она еще не была расчищена, и я вернулся обратно, на дорогу. За лесополосой начинались несколько квадратов подсолнечника. И я обогнул лесополосу и пошел по траве вдоль нее и подсолнечного поля.

Я прошел еще немного вперед, пытаясь найти какой-нибудь вход в полосу. И когда я ничего не обнаружил, я все равно попробовал войти в нее вновь, но не смог. Казалось, полоса не пускала меня к себе.

– Это не та полоса, – сказал мне степной ветер.

– Что? – сказал я.

– Что ты ищешь? – спросил степной ветер.

– Что я ищу?

– Да, что ты ищешь?

– Я не знаю.

– Это не та полоса.

– Не та полоса?

– Нет, – сказал степной ветер.

– Что это значит? – спросил я.

– Той полосы уже нет.

– Нет?

– Нет. Той полосы уже нет.

– Не говори так.

– Но это правда.

– Я не хочу этого знать, – сказал я.

– Что же ты хочешь?

– Я не знаю, – сказал я. – Я хочу войти в полосу.

– Но это невозможно.

– Почему?

– Я уже сказал тебе. Но ты не хочешь слушать.

– Что ты сказал мне?

– Той полосы уже нет.

– Той полосы уже нет?

– Нет, – сказал степной ветер.

– Значит, ничего уже нет?

– Что-то всегда остается.

– Что это значит? – опять спросил я.

– Я сохранил кое-что для тебя.

– Что?

– Звуки, – сказал степной ветер.

– Звуки?

– Да, – сказал степной ветер.

– Ты сохранил для меня звуки?

– Возьми меня за руку, – сказал степной ветер. – Я боюсь потеряться.

– Не бойся. Я с тобой, – сказал я.

– Я боюсь, что это сон.

– Нет, это не сон.

– Теперь мы вместе?

– Да, мы вместе.

– Навсегда?

– Да, – сказал я.

– Я хочу, чтобы так было всегда.

– Так и будет всегда.

– Я боюсь, что я проснусь и тебя не будет.

– Но это не сон, – сказал я.

– Это не сон?

– Нет, это не сон.

– Скажи это опять.

– Это не сон, – сказал я.

– Нет, скажи, что так будет всегда.

– Так будет всегда, – сказал я.

Я открыл глаза, спустил ноги с сиденья и сел.

– Ну что? Тебе удалось все-таки поспать? – спросила Маринка.
– Кажется, удалось, – сказал я.
– Тебе что-то снилось?
– Нет, это был не сон, – сказал я.
– Что? – спросила Маринка.
– Где мы?
– Мы едем вдоль Сены.
– В какую сторону? – спросил я. – Ты не заблудилась?
– Мне трудно заблудиться. У меня хороший ориентир.
– Какой? – спросил я.
– Эйфелева башня.
– Правда? Ты видишь Эйфелеву башню?
– Да, – сказала Маринка.
– А я когда-то думал, что никогда не увижу ее.
– Переползай вперед и ты ее сразу увидишь.
– Ничего, – сказал я, – я могу подождать еще несколько минут.

Мы вышли из машины и стали не торопясь продвигаться к башне. На всех площадях и площадках вокруг было несметное количество молодых людей. И мы узнали, что у студентов как раз в это время проходил какой-то слет. И только что на площади около Эйфелевой башни перед ними выступал Папа. Молодежь приехала со всего света, но в основном это были студенты из Рима.

– Илья! – услышал я.

Я обернулся. Это были Светка с Сережей.

– Вы давно приехали? – спросила Светка.
– Полчаса тому назад. Не больше, – сказал я. – А вы?
– Мы уже давно здесь.

– Слушали Папу?

– Совсем недолго. Он говорил на четырех языках, – сказала Светка. – Мы хотим все-таки залезть на башню.

– Мы тоже. Только мне надо взять кое-что из машины.

– Что? – спросила Маринка.

– Молоток. Хочу отбить на память что-нибудь железное от Эйфелевой башни.

– Ты шутишь? – спросила Светка.

– Да, – сказал я, – хочу взять бинокль.

Мы забрались на башню и смотрели сверху на Париж, пока не стемнело. А потом еще полюбовались немного и спустились вниз.

– Все хотят есть? – спросил я.

– Да, все, – сказала Светка.

– Нам порекомендовали хороший ресторан, – сказала Маринка.

– Только я хочу в такой, где Хемингуэй любил сидеть, – сказал я.

– Тебе нравится Хемингуэй? – спросила Светка.

– Да.

– Но ведь это же очень наивно.

– А я и не знал, – сказал я. – Маринка, а ты-то что же мне не сказала об этом?

– Перестань, – сказала Маринка.

Мы ехали в ресторан на такси, и Светка все пыталась выяснить у меня, действительно ли мне нравится Хемингуэй и что я вообще читаю. И мне пришлось ей сказать, что я читаю очень и очень мало.

– А я тоже мало что читаю, – сказал Сережа. – Я считаю так: я лучше пойду поиграть в теннис, нежели буду читать, как это делал кто-то другой.

– О! – сказал я. – Наконец-то я нашел себе товарища.

– Кто-то придумал, что чтение книг – это самое интеллектуальное занятие на земле, – сказал Сережа, – и многие в это почему-то сразу же поверили. А между тем, писатели – это не самые яркие личности и не самые умные люди на земле. Они – самые пишущие. Эта простая истина как-то не доходила до сознания народа. И миллионы людей страны, из которой я приехал, провели свою жизнь, преимущественно в горизонтальном положении, читая книги. Они скупали подряд все, что только могли достать, и превращали свои несколько комнат в подобие библиотеки. У каждого было чем гордиться: то прижизненное издание того-то, то запрещенная книга этого.

– Ребята, но вы же все-таки что-то читали? – спросила Светка.

– Конечно, – сказал я. – Есть много книг, которые я могу открыть на любой странице, и мне будет трудно остановиться.

И я стал называть Светке все свои любимые книги.

– Ага, – сказала Светка, – а ты говорил, что ничего не читаешь.

– Две-три странички за несколько месяцев, – сказал я. – А кто тебе нравится? Только не говори, что тебе нравятся многие.

– Почему?

– А потому что так говорят все.

– Почему? – еще раз спросила Светка.

– Не знаю, потому что, наверное, опасно определять свои вкусы.

– Но мне действительно нравятся многие.

– Начинается, – сказал я.

– Что значит «начинается»? – сказала Светка.

– Имен не будет.

– Я знаю, кто нравится Светке, – сказал Сережа.

– Вперед, – сказал я.

Тут Сережа стал вспоминать, кто же нравится Светке. И когда он вспомнил, выяснилось, что я не только не читал этого автора, но даже имя его мне было неизвестно. И Светка сказала, что у нее с собой какая-то его книга и я должен прочитать ее непременно.

– Многое там просто гениально, – сказала она.

Мы, видимо, сильно проголодались. Каждый из нас заказал себе большой обед. И мы сразу сосредоточенно набросились на еду и расслабились, только когда мы окончательно разделались с закусками и когда нам принесли третью бутылку *Beaujolais-Village*. На всех наших стаканах была изображена Эйфелева башня. И Светка сказала, что вид с башни вызвал у нее воспоминание об одном фильме, который она смотрела недавно, и стала что-то рассказывать об этом фильме.

– Посмотри его, – сказала она мне, – тебе понравится.

– Откуда ты знаешь? – спросил я.

– Мне так кажется. Тебе он должен понравиться.

– Слушай, а вот если бы Гоголь Пушкину сказал: «Пушкин, посмотри этот фильм. Он тебе понравится». Что, ты думаешь, Пушкин ему бы ответил?

– А тогда еще фильмов не было, – сказала Маринка.

– О, это хороших фильмов не было, – сказал Сережа, – а плохие уже были.

– А я не поняла, это тебя обидело? То, что я сказала? – спросила меня Светка.

– А как ты думаешь?

– А что бы ответил Пушкин? – спросил Сережа.

– Конечно, – сказал я Светке, – ты считаешь, что можешь предсказать мое восприятие фильма.

– А что тут такого? Я всего-навсего предположила, что тебе понравится фильм.

– А все-таки, – сказал Сережа, – что бы ответил Пушкин?

– Наверное, вот что: «Слушай, Гоголь, я тоже недавно посмотрел один фильм, и мне он совсем не понравился. Но ты, Гоголь, посмотри его обязательно. Тебе он понравится».

– Это совсем другое дело, – сказала Светка.

– А какая разница?

– Предполагается, что Гоголю может понравиться плохой фильм.

– А о каком Гоголе вы все время говорите? – спросила Маринка.

– Который как гоголем ходит, – сказала Светка.

– Так не говорят, – сказал я.

– Как? – спросила Светка.

– Так не говорят: «как гоголем ходит».

– А я и не говорила «как гоголем». Откуда ты это взял? Я сказала «гоголем».

– Нет, нет, ты сказала «как гоголем».

– Как гоголем? С чего бы это?

– Не знаю. Я так услышал.

– Сережа? – сказала Светка.

– Вы оба правы, – сказал Сережа.

– Но ты все-таки посмотри этот фильм, – сказала мне Светка. – Вот увидишь, он тебе понравится.

– Думаю, что нет. А вот Сереже он должен понравиться.

– Так, – сказал Сережа, – а зачем Сережу-то обижать?

– Ага, – сказал я, – значит, для тебя это тоже звучит обидно?

– Конечно, – сказал Сережа.

Мы не долго сидели в ресторане со Светкой и Сережей. И когда мы попрощались с ними, то решили пойти к себе в отель пешком. На тротуарах и даже на мостовых сидели студенты из Рима и ели что-то. У них у всех были одинаковые пакеты с едой. И они все выглядели счастливыми, свободными и беззаботными.

ГЛАВА 20

Они долго говорили в тот вечер – мой отец и его старый друг. Я уже лег спать, а они все вспоминали о чем-то давнем и громко смеялись. А потом они вдруг перешли почти на шепот, и я стал бояться, что смысл их разговора может ускользнуть от меня.

– Я не понимаю, зачем ты это подписал? – услышал я шепот отца.

– Они могут заставить тебя подписать все что угодно, – сказал друг моего отца.

– Они пытали тебя? – спросил отец.

– Они били по почкам. Считалось, что так не остается никаких следов. Но это было далеко не все. Днем нас выгоняли на работы, а по ночам – на допросы. Следователи менялись каждый час. Они направляли мне яркий свет прямо в глаза и все время кричали: «Не спать! Не спать!» Это хуже всякой пытки, – шептал папин друг. – Поверь мне, Зямочка, это хуже всякой пытки.

Они говорили очень тихо. Но не потому, что не хотели, чтобы я это слышал. Наверное, просто было очень страшно говорить это громко. А может быть, они думали, что я спал, и боялись меня разбудить.

Но я не спал. И запомнил каждое их слово.

Революционер

Париж, 19 августа 1997 года

День у нас начался очень неспокойно, потому что Маринка с самого утра стала говорить мне, что мы пойдем в Лувр. А я попросил ее посмотреть, что говорят путеводители о музее Пикассо. И она так обреченно сказала, что везде написано одно и тоже: те, для кого имя Пикассо что-то значит, не должны пропустить этот музей ни при каких обстоятельствах. И, конечно, мы поехали туда, и я там застрял довольно надолго.

Потом мы зашли в какое-то кафе, чтобы отдохнуть немного и перекусить. И мы стали пить «Хейнекен». За соседним столиком сидела пожилая француженка. Она с откровенным любопытством поглядывала на нас, и в конце концов мы заговорили с нею. Она поинтересовалась, кто мы такие, и, когда узнала, что мы русские, сказала, что знает, что русские любят «Хейнекен». Ее дед лечил от сифилиса известного русского революционера. И дед познакомился с ним в кафе напротив. И там до сих пор на одном из столиков табличка есть о том, что он там сидел и пил «Хейнекен».

Ее дед рассказывал, что этому русскому очень нравился знак «Хейнекен» – красная пятиугольная звезда, и он говорил, что вот подлечит свой сифилис и поедет обратно в Россию делать революцию и тогда эту звезду в России будут везде рисовать.

– В середине шестидесятых, по-моему, – сказала наша француженка, – Хейнекен поменял цвет своей звезды на белый, потому что многие стали воспринимать ее как символ красных.

– А потом красные обещали исправиться, – сказал я, – и они поменяли цвет обратно?

– Да, – сказала француженка. – Этот русский рассказывал моему деду про свои теории о революциях. Он говорил, что революция – это самое простое дело на свете, и для того, чтобы совершить переворот, надо иметь всего несколько человек с крепкими глотками и хитрыми мозгами, чтобы подбить на это пару сотен солдат или матросов. А вот что он считал трудным, так это то, как удержаться у власти. Он сказал как-то деду, что у него есть несколько хороших мыслей на этот счет, и засмеялся при этом так гадко, что деду сделалось не по себе.

– Могу себе представить.

– Вы не были в этом кафе? – спросила наша француженка.

– Нет, – сказал я.

– Там вкусно кормят.

– Я не люблю таблички. У меня от них аллергия обостряется.

– Этого революционера звали по кличке, даже когда он стал большим человеком там, у вас в России. Это была его тюремная кличка? – спросила моя француженка.

– Я не знаю, – сказал я. – Наверное. Многих так звали. И так или иначе эти клички были связаны с их уголовным прошлым.

– Звали так против их воли?

– Нет, почему же. Они, по-моему, даже и документы все так подписывали.

– А почему?

– Почему? А в России всегда уголовники были окружены ореолом романтики. Ну, как у вас, у французов, – революционеры. Вот как можно объяснить, почему вы так революционеров почитаете?

– Не знаю, – сказал француженка.

– Ну вот и я не знаю, – сказал я.

Я действительно не знал, как ей это объяснить. Ведь в России многие песни самых известных бардов были о романтике уголовного мира. Чего после этого удивляться, что долгое время страной управляли люди с уголовными кличками. Прямо и между собой, и с самых высоких трибун так по кличкам всех и звали. Только полагалось еще добавлять слово «товарищ». И для них это, наверное, звучало очень солидно.

Мы ехали на такси в отель, и русский шофер взялся показать нам девушек легкого поведения на *St. Denis.*

– На Монмартре то же самое, только немного похуже, – сказал он. – Вы знаете, у нас клиенты не преследуются.

– Это очень гуманно, – сказал я.

И опять мы видели сидящих повсюду римских студентов. Они ели сегодня чечевицу. И я почему-то подолгу рассматривал каждую группу.

– Ты, конечно, не отказался бы к ним присоединиться, – сказала Маринка.

– Возможно, – сказал я, – но я как-то об этом не думал.

Мы отдохнули немного в отеле и поехали в Лувр. И провели там полдня. Мы все ходили и смотрели. Ходили и смотрели всех этих прославленных художников. И мне было большей частью скучно.

Кондиционеры в Лувре почему-то не работали, и от этого становилось еще скучнее. В зале, где висел портрет Моны Лизы, было особенно жарко и душно. Около картины, почти вплотную к ней, толклось полным-полно студентов, человек, наверное, пятьдесят, и все они расстреливали «Мону Лизу» своими вспышками практически в упор. Это было жуткое зрелище.

– Можно положить мне лед в содовую? – спросил я у девушки в буфете Лувра.

– Я не понимаю, – сказала девушка.

– Я хочу содовую со льдом.

– Я позову моего супервайзера, – сказала девушка.

Она сказала парню, который работал рядом с ней, что нужна его помощь. Она сказала это по-английски, и парень, когда он подошел ко мне, смотрел на меня весьма настороженно.

– Нужна помощь? – спросил он.

– Я просто хочу содовую со льдом.

– Нет проблем, – сказал парень. Он повернулся к автоматам, налил мне содовую в стакан и поставил его передо мной. – Что-нибудь еще?

– Мне не нужен второй стакан. Мне уже дали содовую. Я просто хочу это со льдом.

Парень молча смотрел на меня.

– У тебя есть лед? – спросил я.

– Лед?

– Да, лед. У тебя есть лед?

– Да, в морозильнике.

– Пожалуйста, положи его мне в содовую.

– Ты хочешь, чтобы я положил тебе его прямо в стакан?

– Да.

– Я не знаю, – сказал парень, – можно ли этот лед класть прямо в содовую. Мы никогда так не делали.

– Тогда не надо, – сказал я. – Я выпью это так.

Когда мы вышли из Лувра, Маринка сказала мне, что ей очень все понравилось.

– А мне было немного скучно, – сказал я.

– Почему? Я помню, тебе и в Мадриде было скучно.

– В Прадо?

– Да. Ты там такое нес, что мне было просто неудобно перед нашими новыми друзьями.

– Что же я такое там нес? – спросил я.

– А ты не помнишь?

– Нет.

– Во-первых, ты сказал, что даешь Гойе последнюю возможность тебе понравиться.

– Да, я надеялся, что он мне понравится там.

– Но он тебе не понравился, и ты сказал, что все шизофренические его вещи тебя вообще раздражают, как раздражают тебя все шизофреники, которые более шизофреники, чем ты сам.

– Я так сказал? – спросил я.

– Да, Илюша, ты так сказал.

– Я пошутил.

– Нет, все это выглядело вполне серьезно.

– И тебе из-за этого было неудобно за меня?

– Ты еще что-то там говорил.

– Что? – спросил я.

– Я уже не помню, – сказала Маринка.

– Вспомни.

– Когда мы посмотрели Эль Греко, то все уже с напряжением ждали, что ты скажешь еще.

– И я что-то сказал?

– Да, ты сказал: «То, что я раньше приписывал плохому качеству репродукций, оказалось замечательным чувством цвета художника».

– Здорово, – сказал я.

– Наверное, ты просто устал – и сегодня, и тогда, в Прадо.

– Нет, я не устал. Просто когда-то давно я потратил, наверное, слишком много душевных сил на это, и, видимо, у меня что-то перегорело внутри.

Когда-то давно мы все отдавали живописи много душевных сил, хотя прямой доступ к ней для нас был сильно ограничен и мы довольствовались разглядыванием каких-то случайных альбомов, а то и просто почтовых открыток.

Мы ловили любую новую выставку и обязательно шли туда в день открытия. Потому что на следующий день ее могли уже закрыть, а место, на котором она была расположена, сравнять с землей бульдозерами.

Одна из первых московских авангардных выставок открылась в воскресенье днем прямо в клубе института, где я работал тогда. И я, конечно, не стал ждать до понедельника и поехал туда в воскресенье, наверное, потому, что я был достаточно высокого мнения о бульдозерной мощи страны, в которой мы жили.

Я до сих пор помню имена тех двенадцати художников, которые повесили свои работы на стенах нашего клуба.

Картины провисели только полдня. И когда на следующий день, в понедельник, я решил зайти туда утром, я увидел абсолютно пустые залы. И только срезанные концы свисающих со всех стен веревок подтверждали, что все это не приснилось мне.

С публичными выставками было покончено надолго. И московские художники стали устраивать выставки в своих квартирах.

У Рабина в его загородном доме мы смотрели все эти его восхитительные, почти черно-белые картины с покосившимися домами на каких-то маленьких улочках. Улица Богородицы, переулок Христа… И опять же почти черно-белая авторская копия «Джоконды».

Кропивницкий у себя дома показывал нам свои работы и приговаривал: «А вот еще такая картина, а вот еще такая…»

Часто я бродил по центру Москвы и заходил в букинистические магазины проверить, не появился ли где-то какой-нибудь новый альбом. Однажды я увидел в магазине на Кузнецком Мосту громадный альбом Пикассо. И я все ходил по магазину и рассматривал все полки и витрины. И мой взгляд все время соскальзывал к этому альбому. На нем лежала маленькая картонная табличка с ценой, превышающей в два раза мою месячную зарплату. И я все не решался попросить показать мне его. А когда я все-таки решился, продавщица строго спросила меня, собираюсь ли я покупать альбом или только посмотреть. И я сказал, что еще не знаю. И это, конечно, было откровенной ложью. Потому что я не мог позволить себе купить его ни при каких обстоятельствах. И я прямо почувствовал, что я покраснел, и продавщица, конечно, заметила это. Но она все-таки сказала, что сейчас даст мне его посмотреть, если у меня чистые руки.

– У меня чистые руки, – сказал я. – У меня очень чистые руки.

– Сделайте мне два одолжения, – сказала она.

– Конечно, – сказал я.

– Во-первых, когда вы говорите «Пикассо», делайте ударение на втором слоге. А во-вторых, переворачивайте страницы правой рукой с правого верхнего угла, с верхней его стороны. Вот так.

Она показала мне, как переворачивать страницы, чтобы на них не могло остаться никакого, даже самого маленького излома. И с тех пор я листаю страницы только так – правой рукой и, обязательно, с правого верхнего угла, с верхней его стороны.

Однажды мне повезло. Меня пригласили посетить запасники Третьяковки. Там было несколько больших комнат со стеллажами, на которых стояли картины всех самых замечательных русских художников. Они стояли вплотную друг к другу, без всякого порядка, в навал, какие в рамах, а какие просто так, на подрамниках. В комнатах сильно пахло пылью. И я вытаскивал картину со стеллажа, ставил ее где-то рядом на пол, прислонив к стенке, любовался несколько секунд и потом засовывал на стеллаж обратно. У меня было мало времени, и я торопился посмотреть все.

В верхнем ряду одного из стеллажей стояла здоровенная картина. И я стал тащить ее оттуда, пытаясь не дотрагиваться до холста руками. И мне никак не удавалось обхватить ее за подрамник даже поперек, такая она была большая. И когда она почти готова была обрушиться на меня, мне все-таки пришлось попридержать ее за холст. Потом, когда я уже прислонил картину к стенке, я долго не мог заставить себя вернуть ее на место. Так, первый раз в жизни, я увидел «Над городом» Шагала.

– Вот почему у меня что-то перегорело внутри, – сказал я.

– Что? – спросила Маринка.

Мы доехали на метро до станции *"Ternes"*. Потом пошли по *Wagram* и зашли в кафе *"Al Goldenberg"*.

– Что говорят твои путеводители? – спросил я Маринку.

– Почти исторический ресторан. Сэндвичи, как в Нью-Йорке. Лучший закусон в пределах двухсот франков в этом районе.

– А Хемингуэй здесь любил сидеть? – спросил я.

– Нет, – сказала Маринка.

Мы съели нью-йоркские сэндвичи и пошли по *Wagram* в обратную сторону. Было очень жарко, и каждые пятнадцать минут нам приходилось покупать содовую. Ее давали безо льда. Поэтому я все время ел мороженое. И от этого опять хотел пить.

Вскоре мы дошли до Триумфальной арки. И потом побрели по Елисейским полям. На всех тротуарах студенты из Рима ели цыплят.

Мы сели в метро, доехали до Пляс Пигаль, и когда вышли наверх, увидели сразу крылья «Мулен-Руж». И уже через несколько минут мы выкупали там заказанные еще два дня назад билеты.

Нас провели внутрь и посадили за столик в первом ряду, вплотную к сцене.

– Давай не будем здесь есть, – сказала Маринка.

– Хорошо, – сказал я, – но выпить что-нибудь не

помешает?

– Конечно. Только мне кажется, что нас неудачно посадили. Мы будем видеть здесь целый вечер одни голые ноги.

– Знаешь, что, – сказал я, – я мечтал об этом всю мою жизнь.

ГЛАВА 21

– Это не очень-то правильно болеть за мексиканскую команду, работая в голландском банке, – сказал Джон.

– О, я очень извиняюсь, – сказала девушка.

Она ужасно смутилась, и все смотрели на нее вполне серьезно.

– Я очень извиняюсь, – еще раз сказала она.

Мексиканцы забили гол в ворота голландцев буквально на последней минуте, и матч почти сразу закончился.

– Back to business, – сказал Джон и переключил телевизор на канал новостей.

Когда я вернулся на место, я увидел Митю перед монитором Блумберга.

– Один – один, – сказал я.

– Невероятно! – сказал Том.

– О-го! – сказал Митя.

– Что такое? – спросил Том.

– Все еще идет вверх.

– Сколько уже?

– Прибавил уже двенадцать пунктов! – сказал Митя.

– Невероятно! – сказал Том. – Я занимаюсь совершенно не тем делом!

– Да, – сказал Митя, – кто бы мог подумать.

– I'm definitely in the fuckin' wrong business, man! – опять сказал Том.

Немного о геологии

Версаль, 21 августа 1997 года

С утра мы поехали в Версаль. Нам многие не советовали этого делать, но мы все-таки поехали.

Я пристал ненадолго к какой-то экскурсии.

– Ну что, Илюша? – спросила Маринка. – Услышал что-нибудь интересное?

– Да, – сказал я. – Людовики четырнадцатый, пятнадцатый, шестнадцатый и восемнадцатый спали рядом. В соседних комнатах.

– Без кондиционеров, конечно, – сказала Маринка.

Мы вышли к фонтанам. Но они почему-то не работали, и от них сильно пахло.

– Тебе здесь нравится? – спросил я.

– Когда пахнет, то уже ничего не нравится, – сказала Маринка. – Хочешь что-нибудь съесть?

– Когда пахнет, то уже ничего и есть не хочется. Если только вот по мороженому.

По мороженому, конечно, съели.

Мы вернулись в Париж и пошли на ланч в *"Le Grand Cafe Capucines"*. Мы только еще начали изучать меню, как увидели Светку с Сережей. И наш официант придвинул к нам еще один столик.

Я заказал себе рыбную похлебку и «знаменитые

свиные ножки» – так было написано в меню.

– Я пойду помыть руки, – сказала Светка. – Если никто не возражает, конечно.

– Никто не возражает, – сказал я.

– Как же я устал, – сказал Сережа.

– Сегодня или вообще? – спросил я.

– Сегодня и вообще.

– С чего бы это?

– А ты ни от кого не слышал, как тяжело начинать все с нуля, когда тебе далеко за тридцать?

– Что-то такое слышал. Но деталей не знаю.

– Расслабься, – сказал Сережа. – Я пошутил.

– Вам, молодым, в нашем присутствии так даже и шутить нельзя.

– Что ты имеешь в виду?

– Я имею в виду возраст, – сказал я. – Ну, какие у тебя были проблемы?

– А проблемы были только у тебя?

– Нет, не только у меня. И я понимаю, конечно, что тебе тоже было трудно.

– Но не так, как тебе, да?

– Но не так, как мне.

– Тебе, наверное, виднее.

– Конечно, мне виднее, – сказал я. – Например, я не думаю, что ты так уж сильно переживал, когда искал первую работу.

– Я тебе об этом рассказывал?

– Нет. А что ты мне можешь рассказать?

– Ничего особенного, – сказал Сережа. – Только у Светки был нервный срыв, и она хотела выброситься из окна. Один раз она была очень близка к этому, и если бы я в тот день пришел домой позже…

Мы все молчали.

– Я ужасно боялся уходить из дома, даже когда мне казалось, что все более или менее успокоилось, и я никогда не был уверен, увижу ли я ее, когда вернусь.

– Прости, я не знал этого, – сказал я.

– А Светкина мама все писала нам письма из Москвы. Все советовала мне, как найти работу.

– Что же она могла советовать тебе?

– Это была какая-то ерунда. Но в то время это действовало на нас довольно удручающе.

– Что же она все-таки тебе советовала?

– Пытаться найти работу не по специальности.

– Это как? – спросил я. – Устроиться рвать зубы?

– Не знаю, – сказал Сережа.

– Ну и что, ты пошел рвать зубы?

– Нет, я все штудировал мою первую книгу по финансам.

– Какую?

– "*Option markets*".

– Кокса и Рубинштейна?

– Да, – сказал Сережа.

– Значит, ты не внял советам своей тещи?

– Нет, и она говорила, что у меня советский подход к работе.

– Это очень смешно.

– Тогда это не было смешно. Я нашел работу только через год. Мне сказали, что меня берут, после третьего интервью. Когда я вышел от них, я свернул в какую-то темную безлюдную улочку и шел несколько минут, ничего не соображая, пока не остановился около каких-то мусорных баков, и я поднял руки вверх и то ли закричал, то ли завыл.

– Прости, я не знал этого, – еще раз сказал я.

– Теперь знаешь? – сказал Сережа.

– Теперь знаю, – сказал я.

– Меня взяли в команду очень сильных ребят, и мне пришлось начинать с абсолютного нуля. Меня опекал там мой приятель, благодаря которому я и попал-то на эту фирму. Но даже при его помощи те совсем легкие задания, которые мне давали, казались мне абсолютно неприступными. Все было полным мраком.

– И все казалось абсолютно безнадежным. Да? – сказал я.

– Да, – сказал Сережа.

– А через три месяца начал брезжить какой-то свет, через полгода ты стал уже многое понимать, а через год был там королем.

– Да, что-то в этом роде. Но когда я проработал там всего девять месяцев, у нас было большое увольнение и я был уверен, что меня выгонят.

– Но тебя не выгнали.

– Нет, меня не выгнали, – сказал Сережа.

– И, наверное, даже повысили.

– Да, меня повысили тогда. Но было очень страшно. Ты когда-либо видел, как к какому-нибудь зданию вдруг начинают подъезжать черные лимузины? Не два-три, а много черных лимузинов. Они стоят около здания, как черные вороны, и ждут своих жертв. С самого утра людей вызывают в кадры, и они возвращаются к своему месту уже в сопровождении охранника. Им разрешают только взять свои личные вещи и тут же провожают вниз и сажают в эти лимузины и отвозят куда-нибудь подальше от офиса.

– Слышал об этом много раз, – сказал я, – но у нас это происходило все как-то приличнее.

– А потом, – сказал Сережа, – насчет «молодых». Я не думаю, что десять – пятнадцать лет имеют большое значение.

– О, в этом ты можешь не сомневаться. Каждые десять лет имеют огромное значение.

– Ну, это только для самого раннего возраста. Если тебя привезли в пять – десять лет, то твой родной язык – английский. А если – в двадцать, и даже в пятнадцать, то он никогда уже твоим родным языком не будет.

– Да, но и потом – тоже, – сказала Маринка. – В двадцать ты идешь в колледж, и ты уже, как все. А в тридцать – тридцать пять далеко не каждый идет учиться.

– Может быть, – сказал Сережа, – я не знаю, может, двадцать и тридцать – это большая разница.

– Да, – сказал я, – а если ты приехал в сорок пять, то тебе уже надо совершить что-то вроде подвига, чтобы как-то устроиться. И первые два года...

– Первые два года в любом возрасте очень трудные, – сказала Маринка.

– Да, но в сорок пять они могут превратиться в сплошной кошмар.

– А вот и Светка, – сказал Сережа.

– Готово, – сказал Светка.

– Ну, что там у вас произошло? – сказал я.

– Я спросила у официанта, как пройти в туалет.

– И он сказал, что у них нет туалета.

– Да. А как ты догадался?

– А я не догадался. Я слышал.

– Ты слышал, что мы там говорили?

– Да.

– Не может быть, – сказала Светка.

– Почему?

– Ты не мог отсюда слышать, о чем мы говорили там.

– И все-таки я слышал.

– Не может быть.

– Может быть, – сказал я.

– Нет, – сказала Светка.

– А что тут такого особенного? – сказал Сережа. – Я тоже все слышал.

– Маринка, ты тоже все слышала? – спросила Светка.

– А я вообще не понимаю, о чем вы тут говорите, – сказала Маринка.

– Ты, наверное, забыла, что мы оба сидим на полу, – сказал Сережа Светке.

– На каком еще полу? – спросила Светка.

– В торговом зале.

– Что?

– На *trading floor*.

– А, – сказала Светка, – так бы и говорил. Зачем ты коверкаешь русский язык?

– А при чем тут *trading floor?* – спросила Маринка.

– А ты не смотрела этот фильм про трейдера? Ты помнишь, как он там в ресторане… Что он делал в ресторане? – спросил Сережа меня.

– Этот трейдер стал рассказывать, о чем говорили за всеми столиками, и что-то такое смешное произошло по этому поводу.

– Да, и он понял, о чем говорили между собой официанты, – сказал Сережа, – и даже пошел выяснять с ними отношения.

– Так твой официант пошутил? – спросил я Светку.

– Да. Но я на секунду растерялась и уже готова была поверить, что у них нет туалета.

– Он долго потом смеялся.

– Да, они все там были очень довольны.

– А я вообще не понимаю, как вы можете там сидеть, – сказала Маринка.

– Где «там»? – спросил Сережа.

– На полу, как ты говоришь, – сказала Маринка.

– Опять коверкаете язык, – сказала Светка.

– Там такой шум. Трейдеры говорят очень громко и все

время ругаются.

– К этому быстро привыкаешь, – сказал Сережа. – Я слышу только то, что говорят наши ребята, мои трейдеры и еще, если кто-то пошутит.

– И когда объявляют, что принесли вино с сыром, – сказал я.

– Да, конечно, – сказал Сережа.

Светка стала спрашивать нас, что мы делали все эти дни. И я, конечно, стал рассказывать о том, как мы побывали в музее Пикассо.

– Если тебе дать десять выставочных залов, – сказала Светка, – что бы ты повесил в зале один, два, три и так далее? Я уже поняла, что ты в первый повесил бы работы Пикассо. Да?

– Да, – сказал я. – Второй я бы оставил пустым. А в залах, начиная с третьего, разместил бы всех остальных.

– Так что ты говорил про сорокапятилетних? – спросил меня Сережа.

– Я говорил про кошмар первых двух лет. Хорошо еще, если после того, как они окончательно поймут, что их геология никому тут не нужна…

– Что тут было про геологию? – спросила Светка. – Моя мама – геолог.

– Прошу прощения, – сказал я, – ничего персонального. Геология, ботаника, переводы с польского – не важно. Так вот, если после того, как они поймут, что это никому тут не нужно, они догадаются пойти на курсы по программированию...

– Вот чего я никогда не понимал – как их после этих курсов берут на работу, – сказал Сережа.

– А что тут такого необычного? – спросил я. – Ты

понимаешь, как берут на работу после колледжа?

Сережа пожал плечами.

– Конечно, они программировать не умеют, – сказал я, – как, кстати, и те, кто их учил. Они учат там друг друга. Кто заканчивает, учит следующую группу. И к тому моменту, как он выпускает эту группу, он уже достаточно неплохо владеет синтаксисом какого-нибудь языка.

– А если кто-нибудь, – сказала Маринка, – объяснит ему, как надо вести себя на интервью и научит его улыбаться, а не косить глазом в сторону…

– Да, тогда его запросто могут куда-нибудь взять. Потому что на этих курсах их тренируют как раз на тестах, которые обычно дают на интервью.

– Как же им удается удержаться? – спросила Светка.

– Весьма хороший прием, – сказал я, – сидеть каждый день часов до девяти. По крайней мере, уходить позже всех. Люди начинают думать: «Смотри, парень ничего не понимает, ну, просто полный ноль. Двух слов связать не может. На вопрос "Какую булочку тебе принести?" отвечает почему-то "Да". Но как старается!»

– На этом долго не продержишься.

– А долго и не надо. За это время обычно находится кто-то, кто может помочь с первым проектом. А иногда отыскивают кого-то, кто делает весь этот проект, платят ему свое жалованье и учатся на этом.

– А кто-то и не удерживается, – сказала Маринка.

– Бывает, – сказал я, – тогда пробуют еще раз. Сорок пять – это еще не так страшно. Гораздо хуже тем, которые приезжают в пятьдесят.

– Что же про них? – спросила Светка.

– Они думают, что еще на что-то способны, и амбиции их, как правило, непомерно высоки. Первый шок они получают прямо через несколько минут после прибытия, в аэропорту, когда не понимают ни одного слова на том языке, который, как они считали, достаточно прилично знали. И в отчаянной схватке с таможней, отказываясь показать чемоданы, которые никто и не просил открыть, с завидным упорством пытаются дословно перевести на английский фразу «Ну и что из того?», не подозревая даже, что это можно выразить всего лишь одним словом из двух букв. Ну и потом они начинают получать удары со всех возможных сторон. И не сразу, но скоро начинают понимать, что они не нужны тут никому.

– Ничего нового, – сказал Сережа, – но я готов слушать и дальше.

– Спасибо, – сказал я.

– А что ждет тех, которые приезжают, когда им уже за шестьдесят?

– С ними как раз все проще. Они уже ни на что не рассчитывают, кроме своего пособия и тех денег, которые они привезли с собой. И они так не спеша врастают в новую жизнь, поступают на курсы английского языка и годам к семидесяти уже более или менее свободно произносят название улицы, на которой они живут.

– Звучит зло, – сказала Светка.

– Мне можно, – сказал я.

– Это почему?

– Потому что я всем им очень сочувствую, – сказал я. – Многие из них приезжают к своим детям нянчить их детей, то есть своих внуков. И думают, что тут-то они будут нужны. Первый удар они получают через несколько недель, когда дети начинают искать им квартиру. И довольно скоро они начинают догадываться, что их дети вполне бы могли обойтись и без них и что они допускаются к внукам почти что в порядке одолжения.

– Но многие приезжают, никак не связывая свою жизнь с детьми, и они вполне довольны всем, – сказала Светка.

– Да, реалистам всегда легче.

– А что значит «довольны всем»? – сказал Сережа. – На своей родине они прожили всю жизнь в нищете с надеждой на то, что нищета эта будет стабильной. А потом они поняли, что их обманули и в этом, когда они потеряли все свои сбережения и остались хорошо, если с четвертью того пособия, на которое они рассчитывали. После этого уже нетрудно быть довольным всем.

– Слушайте, – сказала Маринка, – мы же отдыхаем. Зачем нам такие грустные темы? Пошли гулять.

– А как там свиные ножки? – спросила меня Светка.

– Очень вкусно. Хотя приготовлено из чистейшего сала.

Мы пошли бродить по Латинским Кварталам и потом – на бульвар Монпарнас. На всех тротуарах и мостовых сидели студенты из Рима и ели кукурузу.

Мы зашли в какое-то кафе, где, по всей видимости, когда-то любил сидеть Хемингуэй, и провели там около часа. И болтали со Светкой и Сережей. Потом сели в метро и поехали к себе в отель.

ГЛАВА 22

Выставка закрывалась в пять. Это был ее предпоследний день. И мы решили поехать туда в ланч.

Я приехал первым и пошел сначала в маленький магазин на первом этаже. Там я побродил немного вдоль полок и полистал какие-то альбомы, а потом купил каталог выставки. И только когда я стал брать билеты, приехала Маринка.

– Пошли, – сказал я. – Нам надо немного поторопиться. У меня meeting в три часа.

Как только мы прошли первые двери, я заметил в правом дальнем зале картину, которую я не видел уже много-много лет. И я сначала хотел сразу подойти к ней, но почему-то не подошел. И только, когда я остался один, я пошел туда.

Внизу, под картиной, было сделано ограждение из простых неокрашенных реек, наверное, в фут глубиной, и я стоял какое-то время вплотную к этому ограждению и смотрел на картину с близкого расстояния. А потом я сел рядом на скамейку и сидел так несколько минут, пока не услышал Маринкин голос.

– Что случилось? – спросила она.

– Ничего, – сказал я.

– Нет, правда, что случилось? – опять спросила Маринка.

– Ничего не случилось.

– Это и есть «Над городом»?

– Да, – сказал я.

– Это ее ты тащил из верхнего ряда?

– Да, – сказал я.

– И ты все не мог ухватить ее за подрамник, и тебе пришлось придержать холст руками?

– Да, – сказал я.

– Ну ничего, – сказала Маринка, – не переживай так.

– Хорошо, – сказал я.

– Не переживай, пожалуйста. Теперь уже все в порядке.

– Я знаю, – сказал я.

Это была выставка ранних работ Шагала из русских коллекций в Еврейском музее верхнего Манхэттена. Мы были там 10 сентября 2001 года – в последний беззаботный день Америки.

Сережа

Париж, 23 августа 1997 года

– Куда мы сегодня пойдем? – спросила Маринка.

– В Нотр-Дам, – сказал я, – а то мы там не по всем революционным местам прошлись.

Мы зашли в Сен-Шапель посмотреть витражи. А потом пошли в Консьержери. И все эти камеры и всякие истории произвели на меня жуткое впечатление.

Мы поехали на Монпарнас в ресторан «Куполь». Там мы договорились встретиться со Светкой и Сережей. И они привели с собой Светкиного знакомого – француза. Он изучал когда-то историю разных революций. И он оказался очень разговорчивым и рассказал нам много интересного.

Он сказал, что французы любят пить вино, поэтому и революции всякие любят устраивать. А русские это дело переняли. И сначала у них никто не решался арестовывать правительство. А как товарищам матросам налили по чарке водки, то отбоя от желающих не было. И то же самое было, когда царскую семью убивали. Но там уже чаркой отделаться трудно было. Чуть до бунта не дошло. А потом принесли два ведра водки, так сразу добровольцы-то и нашлись.

– Я был в Москве, – сказал француз. – Мы изучали там архивы Кей-Джи-Би.

И он рассказал нам совершенно фантастическую историю о том, как он с группой французских историков в июне девяносто второго года, в самый разгар неразберихи, был допущен изучать какие-то архивы. И он сказал, что был потрясен, когда узнал, каких высот может достичь ремесло пропаганды.

Он раскопал инструкции какого-то отдела по распространению слухов. Основная идея заключалась в том, что каждому негативному известию должна была сопутствовать другая информация. Так что в совокупности эти известия должны были быть на руку тем, кто это все придумывал.

– Я ничего не понимаю, – сказала Светка.

– Я тоже сначала не понимал, – сказал француз, – пока не пошли примеры.

– Какие примеры?

– Про космос.

– Что же там было про космос?

– Там было про высадку американцев на Луну. Надо было рассказывать, что в первом репортаже у американцев был якобы большой прокол. Флаг, который они водрузили на Луне, развивался на сильном ветру. А потом, когда они сообразили, что на Луне ветров не бывает, то они эту пленку уничтожили. И надо было говорить, что это согласуется и с другими фактами о том, что полетов на Луну вообще не было, а снято все было в пустыне на Земле. А про другие факты рекомендовалось никаких подробностей не давать, но обязательно упомянуть.

– А я слышала от кого-то эту версию про флаг, – сказала Светка.

– Про космос там было много разного. Скажем, если терпел аварию космический аппарат, то нужно было распространять слухи о том, что с американского спутника были поданы сигналы, которые и привели к аварии.

– Это понятно, – сказал я.

– Или просто можно было печатать данные об авариях американских космических аппаратов, – сказал француз.

– А если, например, затонул корабль, то надо было распространять слухи об американской подводной лодке, которая его торпедировала. Так, что ли? – спросил я.

– А, – сказал француз, – я вижу, Илья тоже это читал?

– Нет, – сказал я. – Я не читал. Я там жил.

Наш француз привел еще массу всяких примеров по поводу разнообразных случаев: поражение спортивных сборных команд, смерти известных людей, аварии на заводах и много всякого другого. И потом сказал, что нашел там книгу, где был просто напечатан список того, что запрещалось публиковать. Книга эта была толщиной в два пальца, и она сама тоже входила в этот список запретов. И он стал смеяться, когда сказал нам об этом, и долго не мог остановиться.

– Это очень смешно, – сказал француз. – Правда ведь? Это очень смешно.

– Да, – сказал я, – это очень смешно.

Мы сидели молча несколько минут.

– В Москве метро красивое, – сказал наш француз. – Такого нигде нет.

– Да, – сказал я. – Ты часто ездил в метро?

– Нет, я был только на двух станциях. Где я вошел и где вышел. Но мне говорили, что все станции такие красивые и все разные. Но когда мы ехали в вагоне, мне очень не повезло.

– Что случилось?

– Там было много народу, и меня так сжали, что я едва

мог дышать, и кондиционер в вагоне не работал. Но все-таки там очень красиво.

– Да, – сказал я, – только у них сначала был проект московский автобус красивым сделать. На стенах хотели картины повесить между окон. А на потолке – мозаику всякую. А вместо обычного гудка выпустили такую штуку, которая «Щелкунчика» Чайковского играла. Но когда приехала приемочная комиссия, их председатель в обморок упал от автобусного запаха.

Тогда-то они и переключились на метро. А когда они сообразили, что метро очень может пригодиться во время войны, подготовка к которой тогда полным ходом шла, они уже никаких средств на это дело не стали жалеть. Согнали народ со всех шахт страны и начали Москву буравить. А в шахты заключенных нагнали видимо-невидимо.

– О, я не знал этого, – сказал наш француз. – Можно я это запишу?

– Конечно, – сказал я.

Каждый из нас заказал довольно много еды. И когда вино, которое мы взяли, уже кончилось, мы только еще продвигались к середине нашего ланча. Поэтому нам пришлось заказать еще вина. Наш француз опять стал вспоминать о своей поездке в Москву и сказал нам, что его поразили не столько сами методы, а то, что это аккуратно было записано в виде инструкций.

– Конечно, после этого нечего удивляться, что простые люди России были так легко одурачены, – сказал наш француз.

– Хей, стоп, стоп, стоп! – сказал Сережа. – При чем тут «простые люди России»? А как насчет образованных людей остальной части земного шара?

– Что ты имеешь в виду? – спросил француз.

– Я много чего имею в виду, но приведу тебе только один пример. Как можно объяснить, что Вторая мировая война закончилась тем, что враг человечества номер один оказался одновременно главным обвинителем и главным судьей на самом крупном процессе в истории человеческой цивилизации?

– Это, наверное, потому, что многие считали фашистов более опасными.

– Знаешь, почему? – сказал Сережа. – Только потому, что в России были более удачные лозунги и они несравненно смелее несли всякую околесицу. Например: «Красная Армия освободила узников фашистских лагерей и народы Восточной Европы». Они говорили это так долго, что в конце концов многие стали уже все это спокойно проглатывать. Русским быстрее всех открылась одна простая истина: чем больше ты говоришь что-то, тем большее количество людей в это верит. Мне кажется, что в этом есть что-то географическое.

– Географическое? – сказал я.

– Чем дальше на запад от границ России, тем доверчивее и наивнее люди, – сказал Сережа. – Наивность эта достигает своего максимума, когда ты перелетаешь через Атлантику, на Восточном побережье Америки, и при продвижении к центру начинает ослабевать. На Западном побережье она уже сильно окрашена подозрительностью. А с переходом через Тихий океан наивность довольно скоро исчезает совсем, и где-то в Азии начинают уже появляться элементы хитрости, и потом, когда ты уже переваливаешь через Уральский хребет, но не сразу, хитрость эта начинает понемножку смешиваться с цинизмом. И наконец все это вместе усиливается и усиливается и достигает своего максимума в Москве, на Красной площади, в Кремле.

– Можно я запишу это? – спросил я.

– Конечно, – сказал Сережа.

– Эта Кей-Джи-Би была могущественной организацией, – сказал француз.

– В том смысле, что у нее было много пуль? – спросил я.

– Нет, в том смысле, что все были у нее под колпаком. Она знала все обо всех.

– Кто сказал тебе такое? – спросил я.

– А разве это неверно?

– Откуда ты это взял? – спросил Сережа.

– Так говорили все, с кем я встречался в России.

– Это было распространенным заблуждением, – сказал Сережа. – Мой дядя рассказал мне такую историю. В семидесятых уехал в Америку его двоюродный брат. А дядя мой работал в каком-то жутко секретном месте. Там же с ним работал его друг, у которого в это же время уехала в Америку его двоюродная сестра. А еще при приеме на работу и дядю, и его друга заставили подписать бумагу о том, что у них нет и никогда не было контактов ни с одним иностранцем, и нет и никогда не было ни одного родственника за границей, и что при изменении этого статуса они должны немедленно сообщить об этом в местное отделение Кей-Джи-Би. Вот они и стали думать, как им быть теперь. Дядин друг советовал пойти и рассказать обо всем. Он понимал, что после этого их должны были бы выгнать с работы. Но он сказал дяде что-то в таком духе: «Все равно они знают все обо всех. Поэтому то, что мы им скажем, не будет для них новым. А сам факт, что мы сами сказали обо всем, будет означать, что нам можно доверять, и поэтому нас могут с работы и не выгнать».

– И твой дядя пошел сдаваться? – спросил я.

– Нет, он не пошел сдаваться. Он и своему другу посоветовал никуда не ходить. Он сказал ему: «Смотри, как мы все работаем. Смотри, какая вокруг бестолковщина. Почему ты думаешь, что они чем-то лучше нас? Ведь там же работают не лучшие, а худшие».

– И друг послушался?

– Нет, друг не послушался, пошел к ним и все рассказал.

– И они его прямо там на месте и расстреляли, – сказал я.

– Нет, они его не расстреляли. Они ему сказали, что уже знали о его двоюродной сестре, но все равно поблагодарили его за то, что он им это рассказал, и велели идти на место и спокойно работать. Дядин друг был рад, что так все обернулось. Но когда на следующее утро он пришел на работу, то увидел…

– …что его расстреляли, – сказала Светка.

– Нет, – сказал Сережа, – он увидел вместо двух охранников, которые обычно стояли на вертушке, пятерых. Эти дополнительные трое оттащили дядиного друга в сторонку и сказали, что он больше там не работает, и велели ему убираться домой подобру-поздорову.

– А дядю твоего так и не распознали? – спросил я.

– Нет. Дядя мой проработал там еще почти десять лет и с почетом был отправлен на пенсию.

– Очень поучительная история, – сказал я.

– У этой истории есть еще более поучительное окончание, – сказал Сережа. – В самом начале девяностых мой дядя собрался поехать в Америку на месяц. Он мечтал об этом всю свою жизнь, хотя и понимал, что это невозможно. Он заполнил анкеты, подал все бумаги на разрешение, и стал ждать, и довольно быстро получил отказ. Потому что считалось, что он знает много секретов.

– Ну и что же здесь поучительного? – спросил я.

– А то, что его старый друг почти в то же самое время тоже подал заявление на выезд в Америку. Но он крепко запомнил тот урок, который ему преподали когда-то мой дядя и Кей-Джи-Би. Поэтому, заполняя анкеты, он не указал в них ту контору, где он когда-то работал с моим дядей. Через месяц он благополучно получил разрешение на выезд. А мой дядя через полгода умер и так и не смог никогда побывать за пределами своей родины.

Каждый из нас потянулся за своим бокалом, и в течение нескольких минут никто из нас не сказал ни слова.

– Говорят, что сейчас многое изменилось в России, – сказал наш француз.

– Конечно, – сказал Сережа. – Во-первых, они сменили названия. А во-вторых, наконец-то завершили вторую стадию процесса «экспроприация – приватизация».

– Что это значит? – спросил француз.

– Они забрали всю собственность в свои руки и потом, когда надо было это все поделить между собой, пережрали сами себя, как тараканы, и утеряли основную идею, ради которой они все это затеяли.

– Но сейчас, кажется, сообразили, что к чему, – сказал я.

– Да, – сказал Сережа. – Но самое интересное заключается в том, что народ до сих пор не понимает, что произошло. Я недавно читал статью одного, как было написано в предисловии, известного ученого-физика, философа. Так вот этот известный ученый философ совершенно серьезно писал что-то в таком духе: «Вот была могущественная держава, и, казалось, ничто не сможет ее расшатать, и вдруг по совершенно необъяснимым причинам она рухнула в одночасье».

– Да, – сказал француз, – я тоже так думаю.

– Тебе простительно так думать. Во-первых, ты не жил нашей жизнью и не знаешь ее. Во-вторых, ты не являешься известным ученым и философом.

– Ты хочешь меня обидеть? Мои работы довольно известны...

– О, прости, – сказал Сережа, – но уж точно, что ты не философ.

– Нет, – сказал француз.

– Значит, тебе это, по крайней мере, на половину или даже на две трети простительно.

– А что тебе кажется странным в том, что сказал этот ученый?

– А то, что причины развала державы довольно очевидны. Тем, кто стоял у руля, был выгоден этот развал. Они оборонялись только до поры до времени и по неграмотности понаделали много ошибок и потеряли контроль над ходом событий.

– И мы вырвались из клетки, – сказал я.

– Да, – сказал Сережа. – Но после того как термин «приватизация» приобрел в обществе нормальное звучание, они поняли, что развал будет выгоден в первую очередь им. В девяносто первом они грудью легли, борясь против путча, и победили, несмотря на то что большинство населения поддерживало путчистов.

– Почему же путчисты проиграли? – спросил француз.

– Кто-то должен был проиграть. А потом все эти путчисты, наверное, просто были поглупее тех, против кого они боролись.

– Что согласуется с твоей теорией, – сказал я Сереже. – Ведь они не сообразили, что развал системы им весьма выгоден.

– Конечно, они могли бы быть очень богатыми людьми. Те, которые были наверху, чувствуют себя сейчас прекрасно. Они все сейчас, в основном, заняты своими личными делами.

– А раньше?

– Да и раньше – тоже, – сказал Сережа.

– Народ имеет то правительство, которое он заслуживает, – сказал француз.

– Вот тебе на! – сказал Сережа.

– Ты, наверное, хочешь нас обидеть, – сказал я французу.

– О, нет, абсолютно нет.

– Я не помню, кому принадлежат эти слова, – сказал Сережа. – Если это было сказано за рюмкой водки, то очень, конечно, хлестко получилось. А если в здравом уме и с претензией на какую-то мысль, то, если подумать, глупость какая-то. Чем, например, я заслужил свое бывшее правительство?

– Я очень извиняюсь, – сказал француз, – я не имел в виду тебя.

– Хорошо, чем мои родители заслужили это? Они прожили всю свою жизнь, безусловно, в самом ужасном месте на земле за всю прошедшую историю человечества и, думаю, на много веков вперед.

– О, я очень извиняюсь, – опять сказал француз. – Я не хотел выразить ничего персонального.

После ланча мы распрощались с нашим французом и полезли в гору на Монпарнас. Нам хотелось посмотреть на местных художников. Было ужасно жарко. И нам все время попадались американцы, которые были чем-то недовольны. И я слышал, как один из них сказал своей жене: «Завидую я французам. Они могут поехать в отпуск в Америку, найти за умеренные деньги приличный отель с кондиционерами и пить содовую со льдом».

С Монпарнаса открывался очень красивый вид, но художников мы там не нашли.

– Ты действительно так думаешь? – спросил я Сережу.

– Насчет чего? – сказал Сережа.

– Насчет самого ужасного места на земле.

– Конечно. А ты что думаешь?

– У меня лингвистические проблемы. Я не знаю, что такое место. Например, леса, поля и реки – они принадлежат месту или нет?

– К лесам, полям и рекам у меня претензий нет.

– Вот видишь, – сказал я.

– Слушай, – сказал Сережа, – я рассуждаю до предела просто. Они отобрали все, что было у наших дедов, и превратили их в лагерную пыль. Они упрятали наших отцов в тюрьмы, и, в лучшем случае, выпустили их оттуда больными стариками. И они держали в кандалах меня и унижали меня всю мою жизнь. Знаешь, после этого я не хочу уже думать о лесах, полях и реках. Ты не согласен со мной?

– Конечно, согласен, – сказал я.

ЧАСТЬ СЕДЬМАЯ

НЬЮ-ЙОРК

Я играю печальную ноту,
Я веселую мучаю скрипку,
Со знакомого фото кто-то
На меня смотрит с грустной улыбкой.

Про ушедшие в вечность моменты,
Где мы все на полжизни моложе,
Вновь строчит кинолента с кем-то
Тем, кто всех остальных мне дороже.

Там, степною жарой перегретый,
Ветер волосы чьи-то взъерошил
В очень жаркое лето где-то
В том счастливом безрадостном прошлом.

И сверкая ветвей позолотой,
Мне приветливо пальма кивает.
Знойным днем сквозь дремоту что-то
Это лето о том вспоминает.

Я играю печальную ноту,
Я веселую мучаю скрипку,
Со знакомого фото кто-то
Все прощает мне с грустной улыбкой.

ГЛАВА 23

– Что это загудело? – спросила Маринка.

– Я не знаю. Наверное, парус, – сказал я. – Очень быстро идем.

– А мы не перевернемся, как те вчера?

– Нет, не должны.

– Ты уверен?

– Нет, – сказал я.

Ветер был не очень сильный. Но поднялась волна, и нас стало заливать на каждом гребне.

– Мне это перестало нравиться, – сказала Маринка. – Давай повернем обратно к берегу.

– Хорошо, – сказал я. – Get ready to jibe.

– Не надо никаких jibe, – сказала Маринка. – Давай повернем обратно к берегу.

Обратное инакомыслие

Париж – Нью-Йорк, 24 – 25 августа 1997 года

Утром мы решили поехать на блошиный рынок. В вагоне метро к нам подсел мужчина и сказал по-русски, что он араб и что он учился в московском университете на физическом факультете. И мы сразу нашли с ним много общих знакомых.

– Скоро и физика, и математика у них закончатся, – сказал он.

– Почему? – спросил я.

– А вот если ты из миски ешь и ешь, ешь и ешь, может такое быть, чтобы это не закончилось?

– Наверное, нет.

– Ну вот! – сказал наш новый знакомый.

Россию он ругал за то, что там порядка нет, и я с ним соглашался. А потом, без какой-либо заметной паузы, он переключился на Америку и стал ее ругать очень сильно.

– У Америки нет будущего, – сказал он.

– Вы так думаете?

– Если ты здание построил, а про фундамент забыл, может здание без фундамента стоять?

– Нет.

– Ну вот! – сказал он.

Учился наш новый знакомый в Москве в конце пятидесятых годов. А сейчас возвращался из Канады, где был на конференции. А завтра собирался уже в свой Каир лететь.

– Американцы, – сказал он, – конференцию устроили, но им это совершенно не нужно.

– Почему? – спросил я.

– А вот если ты преподаешь в школе физику, а тебе завтра надо на операцию ложиться и жена тебя бросила. Будешь ты тогда о физике думать?

– Нет, наверное.

– Ну вот! – сказал он.

В вагоне стало шумно, и наш знакомый восстанавливал дыхание.

– Америку вообще никто не любит, – сказал он через минуту.

– Разве?

– Конечно. Вот если у тебя четверо друзей и ты одного избил в кровь, у второго жену отбил, у третьего деньги одолжил и не отдаешь, а про четвертого гадости говоришь на каждом углу, – будут тогда тебя твои друзья любить?

– Нет, наверное.

– Ну вот! – сказал он. – Для американцев деньги – это самое главное.

Тут я уже с ним согласился и сказал, что, мол, деньги – это самое главное. И он очень обрадовался, что я с ним согласился.

А на блошином рынке он все спрашивал, сколько что стоит, и ругал всех подряд сильно, что все очень дорого. И я слышал, как он говорил продавцу шелковых платков, что десять долларов за один платок – это безумно дорого. А продавец стоял на своем и говорил, что это совсем не дорого.

– Хорошо, – сказал араб, – если я буду продавать тебе яблоко за десять долларов – это будет нормально или дорого?

– Это будет дорого, – сказал продавец.

– Ну вот! – сказал наш араб.

Нам скоро надоело бродить по этому рынку. Но все-таки что-то хотелось купить. Барахла там было несметное количество, но глаз остановить было не на чем. Я обратил внимание на какой-то африканский стул.

– Сколько стоит? – спросил я у девушки.

– Четыреста франков, – сказала она, – но только тебе я отдам его за триста пятьдесят.

– Это уже последний стул, – сказал ее напарник, – и завтра ей придется опять лететь в Африку. Где она будет покупать эти стулья за триста франков, чтобы иметь доход всего двадцать франков, потому что еще тридцать франков – это накладные расходы.

– Сколько вы можете дать за него? – спросила девушка.

– Мы можем дать пятьдесят франков, – сказала Маринка.

В итоге мы сторговались на двухстах франках. И теперь этот африканский стул из Парижа стоит у нас в Миллбурне в гостиной. Не такой уж удобный оказался, правда. Мира недавно на него сесть попробовала и свалилась тут же.

Мы сделали полный круг по рынку и вернулись опять к платкам. Продавец – африканец – сначала заговорил с нами по-французски. Но когда мы ему ответили, легко перешел на английский.

– Я не могу отличить шелковый платок от синтетического, – сказал я Маринке по-русски.

– Тем не менее, это шелковый платок, – сказал парень

на чистом русском, – и я дам вам хорошую цену.

Парень оказался из московского «лумумбария».

– Откуда вы? – спросил он.

– Нью-Йорк, – сказал я.

– Боже, – сказал парень.

Вот правильно люди говорят, что на блошином рынке всегда можно встретить много русских.

Вечером у нас был прощальный обед со Светкой и Сережей. Мы просидели в каком-то небольшом кафе допоздна и выпили много вина. И все сначала сожалели, что отпуск подходит к концу. Но когда я сказал, что мне уже хочется домой, то и все стали говорить, что домой хочется очень сильно. Но вот сразу выходить на работу не хотелось никому.

Светка сообщила нам, что она говорила со своим французом по телефону и что он передавал нам всем привет.

– Мы не обидели его своими наскоками? – спросил я.

– А мне кажется, что это он нас обижал, – сказал Сережа.

– Нет, – сказала Маринка, – вы его больше обижали.

– Разве?

– Конечно, и особенно ты старался, – сказала Светка Сереже.

– Разве? – опять сказал Сережа.

– Я, кстати, не поняла, что ты говорил про путчистов вчера. Что вроде бы их поддерживало все население?

– Да.

– Первый раз об этом слышу.

– Я так думаю.

– Я тоже так думаю, – сказал я. – Я был в те дни в

деревне, на пасеке, и успел пообщаться со многими и довольно разными людьми. С простыми колхозниками, трактористами, продавщицами, мелкими партийными боссами говорил. С агрономом и председателем колхоза побеседовал. С пьяницами всех сортов и с трудовым народом общался. И все, как один, с каким-то даже злорадством и потирая руки говорили, что вот, мол, наконец нашлись нормальные люди, теперь наведут порядок.

– Ребята, – сказала Маринка, – второй день про путчистов – это перебор.

– Да, – сказала Светка, – давайте о чем-нибудь другом.

– Если вы хотите совсем о другом, тогда придется говорить про диссидентов, – сказал я.

– Нет, Илюша, я не это имела в виду.

– С диссидентами, кстати, произошло самое смешное, – сказал Сережа. – Вернее, самое печальное. Они боролись всю жизнь против системы. А им-то как раз развал системы был крайне невыгоден.

– Почему? – спросила Маринка.

– Потому что это были в основном люди, не приспособленные для жизни. Они жили, никогда особенно не напрягаясь. А когда система, против которой они сражались, вроде бы рухнула, и когда, по крайней мере, казалось, что им были предоставлены все права, они даже и не попытались попробовать реализовать эти свои права. Потому что они давно растеряли все свои таланты, у них не было никакого опыта работы, не было знаний и вообще не было ничего. Поэтому, не имея даже той прежней работы, которая их хоть как-то кормила, и потеряв моральную и материальную поддержку с Запада, они, не нужные уже совершенно никому, скатились с грани нищеты, на которой они держались раньше, в полную нищету.

– Да, это было ужасно, – сказал я. – Было невыносимо больно видеть людей, которыми ты восхищался, которых ты почти что боготворил, настолько потерявшимися.

– Часть из них кинулась в народные депутаты, – сказал Сережа. – Они хотели как-то участвовать в политической жизни страны. Но они не смогли противостоять тем, кто надел их одежды взамен своих выцветших красных.

– Многие диссиденты стали уезжать в Америку и в другие страны, – сказал я. – И они почему-то решили, что инакомыслие может заменить профессию. И они очень быстро поймали второе дыхание и прямо без отдыха и какого-то особого размышления стали инакомыслить там, куда они только что приехали.

– И как-то очень быстро и, по-видимому, незаметно для себя стали проповедовать идеи, против которых они же сами сражались всю свою жизнь.

– Да, – сказал я, – ходят теперь посреди живого народа со сбитым прицелом и палят куда попало.

И тут Светка с Маринкой вмешались почти одновременно и сказали, что больше не хотят слушать ни о каких диссидентах. Мы заказали еще вина и уже до поздней ночи обсуждали, что мы будем делать, когда вернемся домой, и говорили очень долго об этом, и в конце концов все сошлись на том, что прежде всего мы пойдем упражняться в зал, чтобы это глубокое чувство вины за все, что мы здесь съели и выпили, поскорее покинуло нас.

На следующее утро мы проснулись поздно. Позавтракали и потом вызвали такси и поехали в аэропорт. И часа через три уже летели домой.

Мы подлетали к *La Guardia* и в это время услышали объявление: «В Нью-Йорке прекрасная погода, температура семьдесят пять градусов по Фаренгейту». И тут все закричали, засмеялись и стали аплодировать. А некоторые даже отстегнули свои ремни, вскочили с кресел и во всю лупили друг другу в ладоши.

Ну, что тут говорить. Вы, конечно, знаете, как это чертовски приятно подлетать к Нью-Йорку и смотреть сверху на Манхэттен. Мы облетали его со стороны Хадсон-ривер. Но стали разворачиваться влево только тогда, когда прошли *Governor's Island.* И я все пытался рассмотреть Статую Свободы, но, конечно, так и не разглядел ее. Но потом мы стали снижаться, и уже были хорошо видны Бэттери-парк и лодки, которые подвозили наших из Хобокена и Джерси-Сити через Хадсон к причалам только что отстроенного садика около *World Financial Center.* И, конечно, были хорошо видны башни *World Trade Center.* И глаз скользил вдоль всей этой груды небоскребов нижнего города туда, дальше, наверх. И где-то, начиная с Гринвич-виллидж и Нижнего Ист-сайда, шли строго параллельными рядами все авеню. Они так и продолжали рассекать Манхэттен, даже в том месте, где они натыкались на другую груду небоскребов в его средней части. И только Шестая и Седьмая авеню прерывались на темном прямоугольнике Центрального парка.

Мы продолжали снижаться и поворачивать еще левее и уже летели вдоль Ист-Ривер. И я все удивлялся, какими длинными были все эти причалы вдоль нее. И мне казалось, что я могу уже распознать коробку «Чейза» – самую высокую коробку в этом месте, которая теперь смотрела на нас своим торцом.

В этот раз были хорошо видны даже мосты. И мне еще раз пришлось удивиться, когда я увидел, что Бруклинбридж и Манхэттен-бридж расположены совсем не параллельно друг другу, как это кажется, когда ты едешь по набережной.

И я все смотрел и смотрел сверху на Манхэттен и никак не мог насмотреться. И я перестал смотреть только тогда, когда мы стали переваливать с боку на бок, и я потерял ориентацию.

Мы продолжали быстро снижаться и скоро почувствовали, как наш самолет коснулся посадочной дорожки. Почти сразу же взревели двигатели, и самолет начал резко тормозить.

– Стоить, Зорька, стоить, – сказал я и посмотрел на Маринку. Она улыбалась.

– Ты чего? – спросил я.

– Дома, – сказала Маринка. – Наконец-то мы дома.

ГЛАВА 24

Я сел на четвертый поезд зеленой линии и услышал, как объявили, что поезд будет делать все остановки до Бруклинского моста. Когда мы доехали до Бликер-стрит, было объявлено, что ни один поезд не пойдет больше никуда. И мне это ужасно не понравилось.

Я вышел на улицу. Девушка, которая поднялась наверх одновременно со мной, спросила у полицейского, что происходит.

– Южная башня разрушилась, – сказал он.

– Что это значит? – спросила девушка.

Полицейский закрыл глаза и потом открыл их снова.

– Что ты имеешь в виду? – опять спросила девушка.

Башен не было видно, и я пошел туда, откуда валил плотный густой дым. Через несколько минут я увидел Северную башню. Она была в огне. И это было ужасно.

Я все спрашивал себя, почему ни Маринка, ни Митя не отвечали на звонки, когда телефон еще работал. И я пытался вспомнить, когда же Маринка проснулась, и понять, на какой поезд она должна была успеть. И как я ни прикидывал, у меня все время получалось, что она должна была находиться там, внизу, под башнями, когда врезался первый самолет. И я все думал, могло ли что-то помешать ей выбраться наверх.

Вот почему мне ужасно не нравилось, что Маринка не отвечала на мои звонки, когда телефон еще работал. Я видел, что никто не может никуда дозвониться с уличных автоматов. И я который уже раз пытался позвонить со своего телефона, но он тоже молчал.

Я шел дальше по Черч-стрит и, когда я пересек Чамбер-стрит, заметил, что все вокруг было покрыто толстым слоем серо-белой пыли. Пыль эта плотно висела в воздухе, и становилось все труднее и труднее дышать.

В какой-то момент мне показалось, что огонь в башне начинает ослабевать, и я уже стал думать о том, сколько времени займет ее восстановление.

И тут башня вдруг пошла вниз. И через мгновение я услышал звук падающих камней и увидел клубы громадного уродливого темно-серого месива, надвигающегося на нас.

Я стоял, прислонившись к стене дома, когда ко мне подбежал полицейский. Он положил мне руку на плечо, и я увидел его лицо очень близко от своего.

– Ты как? – спросил он.

– Нормально, – сказал я.

– Беги, – сказал он, – беги туда, наверх. Через две минуты нас накроет пеплом, и ты задохнешься без маски.

Полицейский оторвал меня от стены, развернул от себя, подтолкнул вперед и пришлепнул сзади ладонью по плечу. Я обернулся и посмотрел на него.

– Беги, – сказал он. – Беги, пожалуйста.

День железнодорожника

Манхэттен, 2 августа 1998 года

Вы, конечно, знаете, когда начинаются все эти манхэттенские вечеринки. Самые ранние гости приходят около девяти вечера. А основной народ появляется только после одиннадцати.

Мы приехали к Осе в половине двенадцатого и думали, что вечеринка будет в самом разгаре. Но то ли оттого, что на следующий день надо было на работу идти, то ли по какой-то другой причине, пар из вечеринки уже весь вышел. И нам это сразу стало ясно, как только мы вошли к Осе. Половина народа уже домой ушла, а остальные стояли со скучающим видом с пластиковыми стаканами в руках.

Около камина стоял Толик – давний Осин приятель. Я познакомился с ним у Оси около года тому назад, когда Толик только-только приехал в Америку. Тогда все его мысли были о работе, которую он начал искать. И он был в центре всеобщего внимания, и не было, наверное, у Оси такого человека в гостях, который не посоветовал бы что-нибудь Толику.

В этот раз Толик тоже был в центре внимания. Ему удалось устроиться на работу. И он рассказывал всем довольно смешную историю о том, как на работе его проверяли на наркотики. И вот что удивительно, сколько же ему всяких советов надавали, а вот почему-то никто его не предупредил о наркотиках. Хорошо еще, что он никакой булочки с маком не налопался накануне. И для него было полной неожиданностью, когда в самый первый его день девушка в кадрах дала ему бумажный стакан, показала на ванную комнату и пробормотала что-то про мочу. И вот этот Толик пошел в ванную комнату и стоял там долго и думал: а вдруг он неправильно понял эту девушку. С ним уже случались всякие неприятные истории, когда он как-то не так понимал кого-то. И хотя в этот раз он почти был уверен в том, что не было никакой неясности, но сказать, что он был уверен в этом на сто процентов, он не мог. Вдруг, думал он, девушка просто попросила его принести ей стакан воды. И он все пытался представить, что будет, если он действительно неправильно понял эту девушку.

Толик сказал, что ему сделалось просто-напросто страшно при мысли, что вот, мол, он столько времени искал работу и нашел ее наконец, и из-за какой-то глупости он может эту работу потерять. И он вышел из ванной комнаты, подошел опять к девушке и попросил ее повторить, что она от него хочет. Девушка, по всей видимости, поняла его состояние и повторила все медленно и очень отчетливо.

Рассказ Толика вызвал оживление. Все подходили к нему и либо говорили что-то одобрительное, либо просто снисходительно и понимающе хлопали его по плечу.

Ко мне подошла Мира и стала выговаривать мне за то, что мы так поздно пришли.

– А я уже уходить собралась, – сказала она. – Я завтра в Москву улетаю.

– Давай тогда выпьем напоследок, – сказал я. – Теперь, может, не скоро увидимся.

– Почему это «не скоро увидимся»?

– Виноват. Я ничего такого не имел в виду.

– Сегодня почему-то все очень скучные. Ты можешь произнести какой-нибудь тост?

– Конечно.

– Ну? – сказала Мира.

– За благополучное возвращение.

– Это не тост, и вообще это слишком коротко.

– За День железнодорожника, – сказал я, – и я могу говорить об этом очень долго.

– А что это такое?

– Ну вот, в Россию летит, а российских праздников не знает, – сказал я. – А в России сегодня День железнодорожника. Первое воскресенье августа.

– Народ! – позвала всех Мира. – Сегодня День железнодорожника, и у Илюши есть длинный тост по этому поводу.

Все повернулись ко мне.

– Да, – сказал я, – в России сегодня День железнодорожника. Первое воскресенье августа. И я вам могу много чего рассказать об этом. И прежде всего потому, что я сам почти что железнодорожник. В каком смысле? Ну, например, я учился в школе Октябрьской железной дороги. Почему она так называлась? А потому, что они переименовали Николаевскую железную дорогу в Октябрьскую. А наша школа стояла около вокзала в Москве, и мне пришлось десять лет писать на своих тетрадках: ученика школы Октябрьской железной дороги. В общем-то, все было, наверное, как во всех других школах. Только наши контрольные почему-то проверяли на другом конце этой самой дороги. В Ленинграде. Ну, вы меня поняли, конечно. Это по-старому – в Ленинграде. Ленинград-то, я слышал, давно уже в Волгоград переименовали. Потому что он стоит на Волге.

Вот тут меня Мира поправляет. Оказывается, Волгоград на Неве стоит.

Ну, ну, ну, обрадовались. Думаете, я Волгу от Невы отличить не могу? Да нет, ребята, я шучу.

А вот в школе этой шутить нам не разрешали. Училки у нас были все очень строгие. Что значит строгие? Ну, не улыбались, что ли, никогда. Хотя у нас в школе вообще-то никто не улыбался. Кроме меня, конечно. За что мне здорово доставалось. А у них, знаете, просто положено так было. Вроде бы как частью их учения было. Не улыбаться никогда – и все тут.

Помните, конечно, какие были фотографии в России. Никогда там никто не улыбался. Даже на свадьбе – лица у всех были суровые, как на похоронах. Ну, если бы еще только у жениха. Но тут, буквально у всех. Да еще стояли все, прямо как по стойке «смирно».

А еще я играл в Доме культуры железнодорожников. Нет, про бридж мы тогда еще ничего не знали. А играл я там в оркестре. Собирались мы два раза в неделю и играли себе в удовольствие. Но за это должны были на День железнодорожника концерт дать.

А на концерте нам просто так вот какую-нибудь неоконченную симфонию Шуберта не давали даже начать. Надо было сначала песню о вожде исполнить.

Помню, приходят к нашему дирижеру двое молодцов и говорят:

– Слушай, – говорят, – старик, сыграй, это, песню о вожде. Просим, тебя, – говорят, – по-хорошему.

А дирижер у нас был такой замечательный. В прошлом – скрипач. Лауреат международных конкурсов.

В середине тридцатых на свою беду и на наше счастье оказался в России. Мы все его, конечно, очень любили.

Ну так вот, молодцы-то ему и говорят:

– По-хорошему, – говорят, – тебя, это, просим. И чтобы ты с оркестрантами подпевал, значит.

– Нет, – говорит наш дирижер, – этого не надо. Пожалуйста.

А молодцы говорят:

– Ну, тогда песню о вожде, это, с хором будешь играть, старик.

– Ну, пусть с хором.

И пришлось играть с хором. Без единой репетиции сыграли в самом их логове – в Кремле. И получилось просто шикарно.

Басы так, знаете, начали обстоятельно:

– Вооо-ождь наш.

И женские писклявочки так коротенько:

– Вождь наш!

И опять басы:

– Это весны-ы-ы...

Что там такое весны – уже призабыл, но точно помню, что про весну что-то было. И тут опять писклявочки:

– Это весны...

То есть, как бы согласны были, что, мол, это, действительно, что-то там весны.

И тут мужики начали и слева, и справа голосить. Слева:

– Нааааа-аш!

И справа еще страшнее:

– Наааааааaа-аш дорогой.

И опять слева:

– Дорогой наш вооооооооооо-ождь!

Крепкие мужики в хоре стояли. И по сценарию, чем ближе к концу, тем сильнее они должны были кричать. И когда уже, казалось бы, все силы они свои положили на крик этот, на сцену паровоз выкатили. А на груди паровозной громадный портрет вождя красовался. И тут женские писклявочки начали паровозный гудок изображать. В эту минуту все и на сцене, и в зале повернулись в сторону правительственной ложи. А там сидел какой-то прыщ болотный. И начал он аплодировать и эдак одобрительно головой кивать. И все начали аплодировать, потому что эти женские писклявочки необыкновенно здорово паровозный гудок изображали. И все это вместе означало абсолютное торжество реализма в искусстве.

Сразу же после гудка паровозного, не давая никому опомниться, на сцену пионеры выбежали. Ну, не одни пионеры, конечно, там были. В тот раз пионеров не хватило. То есть, пионеров-то было поначалу много. Но потом, когда их там Антонина Константиновна проверила (которая у них в Кремле по работе с детьми главная была) и всех мальчиков и девочек с еврейскими мордашками домой отправила, вот тогда-то уже кому угодно пионерский галстук на шею стали вязать. Тромбониста нашего уговорили. А ему уже хорошо за сорок было. Так его побрили, постригли на скорую руку – и, благо он был маленького роста, ничего, знаете, сошло.

Пионеры эти маршировали по сцене колоннами, а в самом конце повернулись к прыщу болотному и в пионерском салюте замерли.

И тут на сцену вывели лошадь. А на лошади сидел вождь. Ну, конечно, это был не вождь, а артист, загримированный под вождя. Но все равно все должны были встать со своего места и аплодировать вождю. И хотя вождь-то не был настоящим, аплодировать полагалось по-настоящему. Вот тут-то и было одно такое тонкое место. Сколько же времени надо было аплодировать? Ясно было только, что аплодировать надо долго. Но, вот, как долго – никаких инструкций на этот счет не было. Когда прошло пять, десять минут, тогда никто даже и не помышлял думать о том, чтобы остановиться. А вот через полчаса народ уже просто-напросто устал. Но все равно никто не мог позволить себе так вот, без всякой команды, сесть на место. И единственная надежда у всех была на этого прыща болотного из правительственной ложи. Но у него тоже положение незавидное было. А вдруг, когда он сядет, какая-нибудь группа идиотов зазевается и будет стоять и аплодировать. Нет, такого допустить было нельзя. Поэтому он стоял до тех пор, пока не довел всех до полного изнеможения и пока не был уверен на сто процентов, что глаза всех – абсолютно всех – были прикованы к нему.

Кончились аплодисменты. Народ сел на свои места. И на сцену вывели маленькую девочку и подняли ее туда, наверх, к вождю, на лошадь. И вождь обнял девочку, и девочка обняла вождя.

Ну, в зале, когда еще пионеры бегали, трудно было лицо найти без слез. А с лошадью этой и с девочкой маленькой все прямо-таки в голос рыдать начали. И полный успех концерта был обеспечен. И радостное настроение народа никаким Шубертом уже испортить было просто невозможно.

Да, было время.

А вот вам еще: я болел за «Локомотив». Есть такой в Москве железнодорожный клуб. Ну, конечно, я имею в виду футбол.

Какой такой «саккер», Мира?! Футбол, тебе говорят.

Я на все их игры ходил. Если кто сомневается, могу описать, как выглядел их десятый номер – Валентин Бубукин. Есть желающие ознакомиться со словесным портретом Вали Бубукина?

Нет? А может, вам рассказать, как их восьмой номер, Сягин, забил победный гол в ворота ЦСКА на последней... Что, тоже не надо? Тогда поехали дальше.

А знаете ли вы, чем еще знаменит этот самый День железнодорожника? Нет? А если я еще раз напомню вам, что это – первое воскресенье августа? Опять нет?

Тогда вот что я вам посоветую. Особенно Мире. Ты, Мира, как прилетишь в Москву, так сразу поезжай на Казанский вокзал. Возьми билет до Борисоглебска на поезд Москва – Волгоград.

Если билетов не будет, садись на электричку и езжай до Рязани. Некоторые пытаются договориться с проводниками, но делать это в Москве, я бы сказал, пустой номер. Но ты, если хочешь, можешь попробовать. Если не получится, Рязань – это твоя главная надежда. Ты будешь там часа через три – четыре. Волгоградский поезд делает там остановку, и там ты сможешь купить билет почти наверняка. На случай неудачи: поезд стоит в Рязани долго, и ты успеешь пройти по всем вагонам и договориться с каким-нибудь проводником. В Рязани они охотно берут пассажиров. Но не советую тебе тратить время на купейные вагоны. Там тебя негде будет положить. Сосредоточься на плацкартных. Тебя поместят на третью, багажную, полку. Тот же комфорт, что и на второй, только немного теснее.

Дело это – проверенное и надежное. Срывы бывают очень редко. Но если у них будет какая-нибудь проверка, тогда у тебя с третьей полкой может осечка получиться. Но на этот случай тоже свой рецепт есть. Иди в голову поезда, прямо к электролокомотиву. Позови машиниста, скажи ему, что ты от меня, и он тебя возьмет к себе.

Правда, тут есть один небольшой подводный камень. Где-то на полдороге (и это случится, к сожалению, часа в два ночи) у них кончаются линии электропередачи. Электролокомотив отцепят и прицепят паровоз. А бригада паровозная – это совсем другая бригада. И тебе придется снова договариваться, теперь уже с паровозным машинистом. Но они тоже все меня хорошо знают. Так что у тебя не должно быть никаких проблем. Кстати, поезд стоит там долго, и ты сможешь опять пройти по всем вагонам и снова попытать счастья. Проводники, конечно, вытаращат свои глаза, когда увидят тебя в третий раз, но ты веди себя индифферентно. Ты от них теперь не очень-то и зависишь.

В Борисоглебск ты приедешь в пять утра. Смотри не проспи. Как сойдешь с поезда (не забудь, кстати, помахать проводникам на прощанье), так сразу иди на автобусную станцию и покупай билет до Балашова. Час будешь ждать автобуса, три часа в пути – часам к девяти ты уже должна прибыть на место.

Сойдешь с автобуса, не доезжая одной остановки до Балашова. Теперь жди любое транспортное средство и проси подвезти тебя в Пичурино. В Пичурине подойди к первому попавшемуся человеку и спроси его, чем знаменито это первое воскресенье августа.

Что, Мира? Не хочешь ехать в Пичурино? А это и не обязательно. Я тебе и так все расскажу. Дело в том, что первое воскресенье августа у нас на пасеке обычно попадало на первый день откачки. И в этот день, и в предшествующую ему субботу такое количество народу съезжалось, что Санька еле справлялся подвозить всех наших от пичуринской остановки автобуса к нам в лесополосу на своем тракторе. И потом уже весь август пичуринский народ только на нас и работал. Потому что только прокормить всех – а собиралось там иногда и до сотни народу, – только это даже было нелегко.

Кто приезжал? – спрашиваете. А кто только не приезжал. Всех возрастов народ ехал.

Семейные? Нет, Мира, вот семейные к нам редко приезжали. Уезжать от нас – так это запросто. Каждый год как минимум одна пара уезжала. А вот чтобы приезжать, так это очень редко случалось.

И вот такая, значит, пасечная эта феерия продолжалась почти весь август. А на самый конец августа у нас назначался последний переезд на нашу зимнюю базу. И на следующее утро после ночи переездной народ пичуринский шел в лесополосу собирать всякую всячину. И там можно было найти столько полезных вещей, что ни в одном магазине не достанешь. Ну, молотки всякие, кусачки, плоскогубцы, отвертки, топоры, колуны, посуду разнообразную. Если повезет, то можно даже было довольно приличную одежду найти – куртки всякие, штаны, джинсы.

И я честно скажу, когда впервые об этом услышал, так даже расстроился. Вот, подумал я, какие же мы все-таки недотепы. А потом еще подумал немного и успокоился. Переезд – штука нелегкая. А, как никак, перевозили мы все вовремя, и все живы оставались и здоровы. Ну и слава Богу.

А давайте-ка я расскажу вам немного про переезд, раз уж зашел о нем разговор.

Для начала вам надо представить себе весь этот наш пасечный городок. Растягивался он вдоль лесополосы довольно, знаете, прилично. Четыреста пчелиных ульев с расстоянием в пару метров между ними – это сколько получится? Да плюс еще весь наш лагерь, который начинался-то только никак не ближе, чем в двухстах метрах от ближайшего улья.

И все эти четыреста ульев надо было погрузить. Кстати, не знаю, как вы произносите это слово «ульев». Наверное, неправильно. Предпоследняя буква в нем такая же, как первая буква в слове «елка». Ну и ударение теперь уже само собой переносится на последний слог. Обратили внимание, как я это говорю? И так все говорят в Саратовской области. И, значит, это правильно.

Стало быть, надо погрузить четыреста ульев, столько же фляг с медом, три раза по четыреста корпусов с сушью, весь палаточный городок с кухней и медогонные будки со всем оборудованием. Грузилось все это в четыре девятиметровых камаза с четырьмя двенадцатиметровыми прицепами. Это уже получался небольшой поезд из восьми вагонов. Прибавьте к этому, что погрузка вся шла ночью и грузили мы никак не более чем ввосьмером. И прибавьте еще укусов по сто или даже двести на человека. А ночью пчела как жалит? Не так, как днем, – в открытом бою, с лету. Ночью она ползет снизу и может оказаться во всех неожиданных и заветных местах. И вот после этого скажите, мог кто-то молоток в траву обронить? Конечно, запросто мог. И молоток, и топор, и все что угодно. Вот только крюк такелажный строго-настрого запрещалось из рук выпускать. Потому что без такелажного крюка ты уже и не работник. Считай, что тебя уже и нет. Так всюду народ с крюком и ходил. Чаю попить или что перекусить – с крюком. Пописать где-то там под деревом – тоже с крюком. И если бы я сейчас опять стал пчеловодную компанию образовывать, то на фирменном знаке вместо пчелы я бы такелажный крюк изобразил.

Но никакую такую компанию я, конечно, образовывать не собираюсь. Как сказал один мой приятель, что же мне, в двух разных моих жизнях одним и тем же заниматься?

Словом, переезд – это штука очень нелегкая. На переезде у нас, случалось, довольно сильные ребята ломались. Но ни до чего такого серьезного, слава Богу, ни разу не дошло.

Ну вот, думал, долго рассказывать про переезд придется. А вот начал и, чувствую, больше не могу. Все, хватит об этом. Может быть, как-нибудь в другой раз.

О чем еще я хотел сказать? Да нет, Мира, не забыл я. Разве такое забудешь.

Девушка у меня была. Железнодорожница. Все, бывало, говорила мне: «Илюшка, пошли в спальный вагон». Ну, это уже сугубо личное. Об этом не будем.

Хотя вы, конечно, поняли, что я опять шучу. Это я только мечтал о том, чтобы у меня такая девушка была. Тогда бы я на всю нашу компанию смог бы билеты на пасеку доставать. А то приходилось больше на третьей полке корячиться.

Но теперь, думаю, что это даже хорошо, что я себе такую девушку не нашел. Потому что проблема с билетами как-то со временем рассосалась. Вот ты, Мира, например, безо всяких хлопот с билетами летишь в Москву, и никаких проблем. Ну и правильно. Теперь, главное, чтобы у тебя здоровье было железное. Согласна?

А поэтому давай все-таки выпьем за все железное.

Опять согласна?

Все согласны?

Ну и хорошо. Давайте, ребята, поднимайте, поднимайте свои стаканы пластиковые. Как там в таких случаях железнодорожники говорят: «От винта!»

ГЛАВА 25

– Как идут дела? – спросил Джим.

– Хорошо, – сказал я. – У тебя?

– Хорошо. Ничего нового?

– Нет. Только…

– Что? – спросил Джим.

– …со мной говорил сегодня Том. И он сказал, что он так потрясен этими трагическими событиями, что хотел бы что-то сделать.

– Что?

– Он сказал, что будет работать теперь каждый день до восьми часов вечера, и спросил, можно ли как-то устроить так, чтобы, может быть, какие-то деньги за счет этого пошли семьям погибших.

– Не думаю, – сказал Джим.

– Но все равно он решил работать до восьми.

– Да, пока я не забыл. Мне звонили из HR. Они пригласили группу психологов, которые будут проводить беседы с нашими людьми, начиная со среды. Всем очень рекомендуется с ними пообщаться. Но сначала они хотят видеть тех, кто особенно нуждается в их помощи. Как ты думаешь, кого из наших нужно послать туда в первую очередь?

– У нас все чувствуют себя нормально.

– Нормально? А Том? Ты считаешь это нормальным – то, что ты мне сейчас рассказал про него?

Я пожал плечами.

– Это ненормально, – сказал Джим. – Это совсем ненормально. Посоветуй ему пойти в среду.

– Хорошо, – сказал я.

– Это совсем ненормально, – сказал Джим.

– Конечно, – сказал я.

Аленка

Миллбурн, 2 сентября 1998 года

Когда я пришел с работы, Маринка уже была дома. И как только я вошел, она сказала, что мне звонил Сэм Даамен из бридж-клуба и приглашал меня поиграть в Орландо на турнире и что она уже решила, что, когда я полечу в Орландо, она поедет навестить свою маму и что она сегодня в ланч купила себе туфли, а после работы успела заскочить к доктору.

– К какому доктору? – спросил я.

– К Смитсону.

– А кто такой этот Смитсон?

– *Chiropractor*.

– Ты это серьезно?

– Что?

– Что твой Смитсон – херoccправт.

– Не херoправт, а *chiropractor*.

– Слушай, – сказал я, – что это вы все взялись мое произношение поправлять? Пожалуйста, не надо. Том меня сегодня все учил: «Ты, – говорит, – говоришь "праабаэбли", а надо "праабэабли".» Я уже устал от этого. Говорю как говорю. По крайней мере, ничего не путаю. А ты, похоже, не знаешь, что херoправт – это мужской врач.

– Почему мужской? Откуда ты это взял? – сказала Маринка и посмотрела на меня удивленно, как будто бы я какую-то глупость сморозил.

Тут я уже потихоньку стал сердиться. Подумал, вот, мол, простых шуток не понимает. Вот что бывает от непомерной нагрузки на работе. Вот где эти стохастические дифференциальные уравнения вылезли.

И вспомнил я, как сам недавно на работе от усталости по ошибке в женскую комнату чуть было не зашел. У меня почему-то так всегда бывает: как устану, так ноги и голова начинают по отдельности работать.

Почти то же самое со мной случилось в Борисоглебске после переезда. Намучились мы ужасно. И даже, наверное, больше обычного. И решили пойти в баню. А я от ребят приотстал, потому что за пивом в магазин заскочил. Таков уж русский обычай: в бане или после бани – пива попить. Ну, конечно, народ не только пиво пил и не только после бани. И, на самом деле, я и не знаю, действительно ли это такой исконно русский обычай – пить сильно, или это они такое дело ввели. Как начали все захватывать, как говорится, по пьяной лавочке, так потом почти что три четверти века и пили. И еще искусственную селекцию ввели: если пьешь – это вроде бы как свой, а если нет – то к стенке. Ну и после этой селекции уже действительно стало считаться, что русский человек испокон веков пил не просыхая.

Случайно подслушал недавно такой рассказ времен сухого закона. Ну, сухого закона, как такового, не было. Но их главный такую борьбу повел антиалкогольную в середине восьмидесятых, что они просто-таки не знали, как это надо было понимать. Не пить они не могли. И пили они, конечно, не так, как мы с вами: белое вино к рыбе и все такое прочее. Их от этих премудростей тошнить начинало. Они пили водку большими гранеными стаканами и выпивали по несколько бутылок за один присест. Что же им было делать, если их главный такую глупость сморозил?

Решение было абсолютно простым. На заводе, где эту водку разливали, на бутылки стали наклеивать этикетки минеральной воды. Делалось это по их непосредственному заказу, который они объявили особо секретным, поскольку он якобы был связан с космическими исследованиями. И им прямо на партийные сходки поставляли такие бутылки. И все были счастливы. Партийцы – оттого, что так удачно выкрутились. Главный их – потому что все-таки настоял на своем. Народ простой давно уже на самогоне сидел, и водку покупал просто так, для разнообразия. И все эти перебои с поставками, часы запретные, талоны водочные – всем были, в общем-то, безразличны.

Я никогда до этого не видел Саньку на коне. Обычно он к нам на тракторе приезжал. И я сразу понял, что произошло что-то необычное. Санька был ужасно возбужден. И коню его тоже, видно, передалось это возбуждение, потому что он стоять на месте не мог и, пока мы разговаривали буквально несколько секунд, такую пылищу поднял – просто ужас. Хотя, на самом деле, разговора у нас, в общем-то, и не было. Санька только крикнул мне: «В Данилкино водку дают! Седлай скорее своего жигуленка!» И пятки свои голые вонзил коню в бока, закричал «йе-е-е-х!», и конь его прямо постелился по степи.

Вечером того же дня мы праздновали это событие. Я, как всегда, возился с пчелой, пока еще было светло, и пришел к Саньке, когда стемнело. И они уже, конечно, выпили всю водку, которую купил Санька, и, когда я принес свои две бутылки, все очень оживились, и Маша, Санькина жена, стала меня усаживать и хлопотать вокруг меня и собиралась было налить мне из моей бутылки, но я отказался и хотел уже кликнуть ее младшую сестру, Аленку, и стал даже поворачиваться к ней, но она и сама все поняла, вскочила со своего места, схватила здоровенную бутыль с самогоном и налила мне, но не полный стакан, а только четверть или даже меньше, и вся вспыхнула то ли от сознания того, что правильно угадала и мое желание, и то, сколько мне нужно было налить, то ли оттого, что засуетилась слишком резко и все это, конечно же, заметили и заулыбались. И Аленка зарделась еще больше от всего от этого, села на свое место и тоже заулыбалась простой и бесхитростной улыбкой. И я понял, что не видел счастливее лица, чем было тогда у нее, и, может быть, никогда и не увижу. И у меня внутри все просто перевернулось от этого.

Наши уже во всю парились, а я еще бутылки куда-то там пристраивал. (Это я про борисоглебскую баню продолжаю). Наконец я разделся и в спешке вместо парилки ворвался в женское отделение. Когда я это сообразил, я уже успел довольно далеко проскочить и вообще не очень точно себе представлял, как оттуда удрать.

Это был тот год, когда мы с Кириллом где-то вычитали, что американцы с открытыми летками переезжают. Ну и мы решили тоже летки не заколачивать. Хотя многие наши сильно в этом сомневались. А нам тогда совсем и невдомек было, что не закрывать летки для американцев очень и очень естественным делом было. Они не то, что летки, а ни дома свои, ни машины большей частью не запирают. И к этому уже все привыкли. И пчела их – в том числе. А с нашей среднерусской пчелой, которая своей злобливостью печально прославилась на весь мир, с ней, конечно, так поступать нельзя было. А мы не вполне адекватно все это себе представляли тогда. Ну и за это свое незнание сильно поплатились.

И вот что интересно: сколько уж меня эти пчелы жалили, а вот запомнил я крепко только первую.

Прицепилась она ко мне, когда я утром вышел первый раз во двор, где стояли первые наши двадцать восемь семей, собранные со всей борисоглебской округи. А я тогда еще не мог отличить мирную пчелу от атакующей, но все-таки что-то в ее навязчивой прилипчивости тогда мне не понравилось. Ну я и бросился в дом. А она – за мной. Стал я по дому метаться. Крик тут такой поднялся. Народ сбежался всякий – кусаный и некусаный. И все меня на бегу участливо спрашивали, куда, мол, куда. А я, не переставая вопить, отвечал, что, мол, пока еще не укусила.

Ну, от среднерусской разве убежишь? Где-то уже в сенях зазвенела она у меня в ноздре. Не в силах была освободиться от жала. А я тогда еще не знал, что самое больное место – это ноздря. Сейчас-то я вам это могу очень авторитетно заявить. У меня ведь ни одного места нет, куда бы меня пчела не жалила.

Конечно, я знаю, о чем вы сейчас подумали. Меня часто народ об этом спрашивает. И особенно часто девушки меня пытают. Ну, что я могу на это ответить? Ну, конечно, «кусали». Хотя должен вам сказать, девушки, что мы, пчеловоды, предпочитаем говорить «жалили». А вот насчет того, «распухало» или нет, должен вас огорчить. Нет, девушки, никогда не распухало.

В общем, укусов по двести каждый из нас за ту ночь переездную, с открытыми-то летками, заработал. А после этого женское отделение от мужского не каждый сможет отличить.

Вот я и стоял в этой самой бане, нервничал. А чего, спрашивается, нервничал? Народ в бане, кстати, тогда никаких возражений не имел. Ничего такого. Все-таки я тогда годков на пару помоложе был. Сейчас-то, небось, шайками бы закидали.

Аленка села на свое место, и прошло, наверное, минут пять, прежде чем она опять посмотрела на меня.

Пришел еще кто-то из Санькиных друзей, и мне пришлось уже в четвертый или пятый раз рассказывать всем, как прискакал Санька ко мне и как он горячил коня; и Санька смущенно улыбался, признавая тем самым, наверное, что это было смешно. Водка кончилась, и все пили уже только самогон, и я спросил Саньку, зачем ему водка, если у него самогон такой отменный.

– А как же, – сказал Санька, удивив меня простотой и очевидностью своего ответа, – и енто, и енто.

– Аленка, – сказала Маша, – а ну-ка, подложи еще помидоров из кадушки, а то Илюша, я смотрю, стесняется.

Аленка опять вскочила, но уже не так поспешно, и положила в миску пять или шесть здоровенных красных помидорин того необыкновенного засола, который получался только у Маши, и поставила миску на стол рядом со мной.

И я вспомнил, какой вчера был прелестный спокойный вечер. Я приехал за молоком раньше обычного. И Аленка сказала мне, что Маши нет дома и что она сама пойдет доить корову. И я пошел смотреть, как она будет доить.

Аленка села на невысокий табурет возле коровы, не торопясь, по-хозяйски протерла коровье вымя влажным полотенцем, поставила простое оцинкованное ведро и так же, не спеша, начала доить. Струи молока зазвенели, но потом сделались глуше. И молоко стало пениться сильно.

И когда Аленка надоила, наверное, с четверть ведра, она отставила ведро в сторонку, покрыла его марлей, нацедила молока в кружку и протянула ее мне. Рука, в которой она держала кружку, подрагивала немного. И я с удивлением обнаружил, что и моя рука тоже дрожала.

Я стал пить парное молоко, а Аленка продолжала доить. Было все еще жарко, и на Аленке под ее легким летним платьицем, конечно же, ничего больше не было. И, как я ни старался не косить туда глазом, все-таки скосил, и Аленка это заметила и стала спокойнее и серьезнее.

– Мне нравится смотреть, как ты пьешь молоко, – сказала она.

– А мне просто нравится смотреть на тебя, – сказал я.

Корова переступила с места на место, и Аленка, подражая своей старшей сестре, крикнула: «Стоить, Зорька, стоить!»

– Я все поняла, – сказала Маринка.

– Да? – сказал я. – Что же ты такое могла понять?

– Я поняла, кажется, почему тебе мой *chiropractor* не понравился. У тебя такие шутки, что не сразу поймешь.

– Ага! Это у меня, оказывается, шутки плохие!

– Давай-ка, – сказала Маринка, – я тебя лучше накормлю.

Ну, хитра! До чего же хитра! Всегда, когда я сержусь, она меня кормить начинает.

Вот умора! Ну, честное слово, – умора.

– Ну, давай, Маринка, – сказал я, – неси на стол, неси. Шут с ним, с херoccправтом твоим.

ГЛАВА 26

– Я слышал, ты уходишь, – сказал Чарли.

– Да, – сказал Митя.

– Куда?

– Merrill Lynch.

– А-а, – сказал Чарли. – А ты не пробовал сначала найти что-нибудь у нас?

– Нет. Во всяком случае, мне никто здесь ничего не предлагал.

– Ну, я мог бы предложить.

– Предложи, – сказал Митя.

– Я не знаю с чего начать.

– Начни с самого главного, с цифр.

– Хорошо, я стану писать числа, а ты скажешь, если тебя что-то заинтересует.

– Давай, – сказал Митя.

– Вот это первое... это второе... – Чарли немного подождал. – Это третье.

– Продолжай, – сказал Митя.

– А что, пока ничего интересного?

– Сложи все и прибавь еще двадцать процентов, тогда будет интересно.

– О, действительно? Прости, я не знал, – сказал Чарли. – Правда, я не знал, прости, – еще раз сказал он.

На полу

Манхэттен, 7 октября 2002 года

– У меня еще одна новость, – сказала Лиз.

– А ты можешь подождать пять минут? – попросил я ее. – Я еще не закончил возиться с твоей первой новостью.

Утром, как только я пришел, Лиз сказала мне, что все числа у Эдвина подскочили почти в два раза. И никто не понимал, почему это произошло. И я уже с полчаса, наверное, трудился над этим и был близок к тому, чтобы все исправить. И тут меня как будто что-то кольнуло.

– Что за новость? – спросил я Лиз.

– Я вышла замуж, – сказала она.

– Ты шутишь!

– Нет, я серьезно.

– Ты была помолвлена?

– Нет, но я вышла замуж.

– Ты шутишь! – опять сказал я.

– Тебе нравится мое кольцо? – спросила Лиз.

– Дай посмотреть поближе. Кольцо восхитительное.

– Тебе нравится?

– Очень красивое кольцо. Просто потрясающее.

– Спасибо, – сказала Лиз.

Тут я окончательно понял, что Лиз не шутит, и я стал расспрашивать ее обо всем. И Лиз стала рассказывать мне, что за камень в ее кольце, и где она собирается жить теперь, и кто ее муж, и что он приехал в страну не так давно и с этим, в сущности, и была связана вся эта спешка.

Я спросил Лиз, кто уже знает о ее замужестве, и она

сказала, что знают только Том и Джим. И что, поскольку у нее все случилось так неожиданно быстро, она очень стесняется и хотела бы сообщить всем об этом постепенно. Я все недоумевал, что может означать это «постепенно», и, пока я размышлял об этом, Том предложил пойти вместе на ланч и как-то это дело отметить. И добавил, что после всех грозных меморандумов об экономии бюджета, он сильно сомневается, что Джим захочет повести нас на ланч, но он все-таки посоветовал бы мне намекнуть Джиму об этом.

Минут через десять я сказал Лиз, что у Эдвина теперь все в порядке и что она может запустить все с самого начала, и пошел к Джиму.

– Доброе утро, – сказал мне Джим.

– Привет.

– Как ты провел *weekend*?

– Хорошо. А ты?

– Хорошо. Знаешь все про Лиз?

– Да, – сказал я.

– Я не могу в это поверить.

– Она не была помолвлена.

– Да, я знаю. Невероятно.

– Может быть, ты поведешь нас всех на ланч? – спросил я Джима.

– Конечно.

– Когда тебе удобно?

– Одну секунду… я сейчас посмотрю… что там с Эдди?

– Уже все в порядке.

Джим посмотрел свой календарь и предложил пойти на ланч в двенадцать тридцать. И я сказал, что это здорово и что Лиз будет очень довольна. А Джим все продолжал мне говорить, что он считает невероятным то, что случилось. И я тоже сказал ему, что мне трудно в это поверить.

Я подошел к нашим и сообщил им, что бюджет выдержит наш ланч, и попросил Лиз зарезервировать столик на четверых на двенадцать тридцать.

– Может быть, мы пойдем в *"Cafe de Paris"*? – спросила меня Лиз.

– Меня вполне устраивает, – сказал я. – Том?

– Меня тоже, – сказал Том.

– А Джима? – спросила Лиз.

– Джима тоже устраивает, – сказал я.

Я показал Тому глазами на дверь и двинулся к выходу. Том последовал за мной, и через две минуты мы уже вышли из нашего здания на Парк-авеню.

Мы попросили парня, который встретил нас в цветочном магазине, набрать букет для нашей девушки, которая вышла замуж. «Сколько вы хотите потратить, ребята?» – спросил парень. Мы сказали, что хотим потратить сто долларов, и наш парень довольно быстро и уверенно стал набирать нам букет, и через десять минут мы уже покинули цветочный магазин и вошли в винный.

– Привет, Том! – сказала девушка в винном.

– Привет, Барбара, – сказал Том.

– Рада тебя видеть снова.

Девушка посмотрела на меня.

– Это Илья, – сказал Том, – а это Барбара.

– Привет, Илья.

– Привет, Барбара.

– Что вы хотите сегодня, ребята? – спросила Барбара.

– Шампанское, – сказал Том.

– А, здорово! Сколько вы хотите потратить?

Мы сказали, что хотим потратить сто долларов. И кто-то сразу стал помогать Тому выбирать шампанское. А я рассматривал полку с виски и разговаривал с Барбарой.

– А ты не знал, что бывает пятнадцатилетний «Лафроиг»? Я и сама этого не знала. Правда, не знала. Нам привезли его только вчера вечером. До сих пор у нас был только десятилетний и тридцатилетний. Ты прав, тридцатилетний все-таки очень дорогой. Но когда ты его пробуешь, то знаешь, на что ты потратил свои деньги. У нас завтра вечером дегустация. Нет, не виски. Портвейн. Том всегда приходит к нам на дегустацию. Том, ты придешь? Вот видишь? Том всегда к нам приходит. Он любит портвейн. Да, конечно, Том любит не только портвейн. Он часто к нам приходит. Приходи ты тоже.

– Конечно, – сказал я, – конечно, я приду.

– Ты любишь «Лафроиг»? – спросил меня Том, когда мы вышли на улицу.

– Да, конечно.

– Почему «конечно»? Ведь про него, кажется, говорят «любить-или-ненавидеть-виски».

– Да. Но для меня это – любить.

– Этот копченый, торфяной привкус в нем для меня слишком сильный, – сказал Том. – Он настолько йодистый, что порой напоминает мне какое-то лекарство.

– Да, – сказал я. – Считается, что это мох, который так или иначе участвует во всем этом процессе, усиливает торфяной привкус.

И Том сказал мне, что ему тоже, конечно, нравится виски из *Islay*, но не такое вонючее, как «Лафроиг», а более спокойное, как, например, «Лагавулин» и «Боумор». А я сказал, что «Боумор» мне как раз не нравится и что я пробовал «Боумор» разной выдержки – десяти, двенадцати, семнадцати лет, двадцати одного года – и каждое из них в самом конце оставляет какой-то кисловато-угольный привкус, который мне все портит.

Том спросил меня про «Лагавулин». И я сказал, что я пробовал только шестнадцатилетний «Лагавулин», и что это, конечно, просто отменное виски. И из того, что я пробовал, рядом с ним я бы поставил только семнадцатилетний «Ардбег». И еще я сказал, что пил много разного виски из *Islay*: *"Caol Ila"*, *"Bruichladdich"*, *"Bunnahabhain"* – и все оно мне очень нравится. И мы стали вспоминать, что мы пили из *Highland*, *Lowland* и с островов. А когда я упомянул виски из *Campbeltown*, выяснилось, что Том никогда не пробовал ничего оттуда. И я стал уговаривать его немедленно вернуться в магазин и купить ему *"Springbank"*. И наконец, Том признался мне, что он не чувствует себя таким уж большим знатоком и любителем виски и что ему, наверное, надо пойти в какой-нибудь класс.

Ланч оказался у нас долгим. Мы сначала хотели заказать бутылку вина на всех, но потом передумали, и каждый заказал себе по бокалу. Мы еще раз поздравили Лиз. И она стала говорить нам, что чувствует себя очень счастливой. А мы с Джимом сказали ей поочередно, и каждый на свой лад, как это здорово быть семейным человеком. И Тому тоже пришлось выдавить из себя, что он всегда завидовал своим женатым друзьям.

Лиз стала рассказывать нам что-то о своем муже. И я заметил ей, что она с каждой новой фразой все свободнее и свободнее произносит эти слова – мой муж. И Лиз согласилась со мной и добавила, что только сейчас она стала чувствовать, что имеет какое-то право на эти слова. И она еще раз сказала нам, что она очень счастлива.

Когда мы возвращались в офис, было уже почти два. Мы шли с Томом не торопясь и все больше и больше отставали от Лиз и Джима, которые шли впереди нас.

– Мне было сегодня очень смешно слушать, как ты говорил по телефону, – сказал Том.

– С кем? – спросил я.

– Я не знаю. Для меня это звучало, как что-то такое непонятное, а потом «президент». Потом опять «бла-бла-бла-бла» и опять «президент».

– Я разговаривал со своим русским другом. И он очень ругал президента.

– А-а, я знаю, – сказал Том, – этого, м-м…

– Нет, у них уже давно другой президент. И потом, мой друг ругал нашего президента.

– Нашего?

– Да, – сказал я.

– Твой друг?

– Да.

– Я не верю.

– Клянусь Богом.

– Почему? – спросил Том.

– Он и его жена считают, что наш президент часто говорит какие-то глупости.

– А чем занимаются твой друг и его жена?

– Она преподает физику, а он – переводчик…

– С английского? – спросил Том.

– Нет, с каких-то европейских языков.

– Правда?

– Почему ты удивляешься? – спросил я.

– Я не знаю, – сказал Том и пожал плечами.

– Тебе разве не приходилось читать переводы? – спросил я.

– Я не знаю, может быть, и приходилось, но я не помню.

– А в школе? Ты читал какие-нибудь переводные книги в школе?

– Да, какую-то французскую классику. А впрочем, нет. Это был какой-то плохой перевод. В итоге, я прочитал это на французском, но только несколько позднее.

– Интересно, – сказал я.

– А знаешь, что я думаю? Если бы наш президент говорил только то, с чем были бы согласны твой друг и его жена, то он не был бы нашим президентом. Он, наверное, тогда переводил бы с европейских языков.

– Или преподавал физику, – сказал я.

– Или преподавал физику, – сказал Том.

Как только я поднялся наверх, я столкнулся в дверях с Кэрол. И я сразу понял, что она уже обо всем знает.

– Почему одним все, а другим ничего? – сказала она.

– Ты уже знаешь?

– Все уже знают. Теперь только я не замужем.

– А ты так хочешь замуж? – спросил я.

– Как будто ты не знаешь! Я ужасно хочу замуж. Ужасно.

– В чем же дело?

– Никто не хочет на мне жениться.

– Не может такого быть.

– Говорю тебе, никто не хочет на мне жениться, – сказала Кэрол. – Вот ты бы женился на мне?

– Но я уже женат.

– Я пошутила. Я бы и сама за тебя не пошла.

– Почему это?

– Ты никогда не говоришь серьезно.

– Я всегда говорю серьезно.

– Я тебе никогда до конца не верю.

– А ты всегда говоришь серьезно?

– Да, – сказала Кэрол.

– Ну скажи что-нибудь серьезное.

– Все хорошие ребята уже женаты.

– А Том? Том не женат. И он на тебя поглядывает.

– Нет, Том – это несерьезно. Том мне не подходит.

– Чем он тебе не подходит? – спросил я.

– Не знаю. Не подходит и все. И потом… он вовсе на меня не поглядывает.

– Я помню, он как-то звал тебя на ланч.

– Да, – сказала Кэрол. – Мы даже обедали с ним как-то.

– О! – сказал я.

– Почему ты сразу говоришь «О!»? – сказала Кэрол. – Никаких «О!»

– Тогда это не называется, что вы обедали.

– А как же это называется?

– Я не знаю. Но это не называется, что вы обедали. И потом – чем все-таки тебе Том не подходит?

– Я не знаю. Не подходит – вот и все.

– Почему?

– Говорю тебе, не знаю, – сказала Кэрол. – А ты думаешь, что Том… Ну, что мне стоит обратить на него внимание?

– Конечно.

– Ты серьезно?

– Абсолютно.

– Мне кажется, что ты сейчас шутишь.

– Я никогда не шучу.

– Сколько он зарабатывает?

– Он хорошо зарабатывает.

– Что значит «хорошо»? – спросила Кэрол.

– Он зарабатывает хорошие деньги.

– Ты уверен?

– Конечно.

– Я не верю.

– Он очень неплохо зарабатывает.

– Ну хорошо, – сказала Кэрол. – У него зарплата из шести цифр хотя бы?

– Да.

– Ты не шутишь?

– Нет, я не шучу, – сказал я. – Я имею в виду…

– Что? – спросила Кэрол.

– Ну… у него там есть цифра шесть.

И тут Кэрол сказала, что ей иногда хочется стукнуть меня по носу за то, что я смеюсь над ней. И что она не хочет больше со мной разговаривать. А я стал просить у нее прощения и говорить, что хочу повести ее завтра на ланч, чтобы загладить свою вину. И Кэрол сказала, что больше со мной на ланч не пойдет никогда, ни при каких обстоятельствах. И единственное исключение, которое она может для меня сделать, так это завтра. Потому что она хочет все-таки со мной еще поговорить про Тома.

– Я совсем забыла, – сказала мне Лиз, как только я вернулся на место. – Утром я говорила с Фрицем, и он хотел потом поговорить с тобой, но тебя не было. Он сказал, что будет тебе звонить завтра утром,

– Спасибо, – сказал я.

– Почему ты улыбаешься? – спросила Лиз.

– Я разве улыбаюсь?

– Да, ты всегда улыбаешься, когда я говорю про Фрица.

– Разве?

– Я как-то разговаривала с одним своим русским знакомым. Он сказал, что у русских с именем Фриц связаны неприятные ассоциации, и что во всех русских фильмах любого немца обязательно зовут Фриц, и все немцы носят военную форму и все время кричат “*Hande hoch!*”.

– Я уже давно не смотрел русских фильмов, – сказал я.

Конечно, я улыбался. Потому что, как только Лиз начала мне говорить про Фрица, я стал вспоминать нашу с ним последнюю встречу в Амстердаме в сентябре прошлого года, когда я был там у них на выездной двухдневной конференции.

Двухдневная конференция закончилась в пятницу вечером в ресторане. После ресторана я пошел проводить Джима до его гостиницы. И когда мы проходили мимо какого-то пивного заведения, то увидели Фрица с Ари, которые уже успели туда переместиться. Они стояли на улице и курили. И как только они увидели нас, они стали нас зазывать пойти с ними пить пиво. Но Джим отбился от них довольно быстро, сказав, что он очень устал и что ему завтра рано утром надо лететь в Бразилию. И тут Франц с Ари стали говорить, что они точно знают, что я лечу в Нью-Йорк только в воскресенье и поэтому меня они не отпускают. И мне пришлось пообещать им, что я вернусь через полчаса, как только провожу Джима.

И когда я возвращался обратно, я, конечно, был уверен, что Фриц и Ари уже и думать забыли про меня. Но они, по всей видимости, меня все время высматривали из своей пивнухи. И когда я проходил мимо, они выскочили оттуда с криками и улюлюканьем и стали меня затаскивать внутрь. А когда я попробовал отказаться, Фриц наставил на меня свернутую в трубку газету и стал кричать мне что-

то по-немецки, из чего я разобрал только два слова "hande hoch". И я сказал ему, что моя мама говорила мне, что в человека нельзя целиться даже из самоварной трубы. И тогда Фриц опустил свою газету и сказал, что они просят меня присоединиться к ним пока по-хорошему.

И мне пришлось подчиниться, и мы, на самом-то деле, очень славно провели время и просидели там до самого закрытия, вспоминая, какое и где мы пили пиво. Мы с Фрицем стали рассказывать Ари, какие замечательные пивные заведения есть в Мюнхене. И когда Ари услышал про пивнухи на несколько тысяч человек, он сказал, что хочет поехать туда немедленно. И мы с Фрицем с большим трудом уговорили его отложить это дело до субботы.

Я сел за свой стол и стал работать над проектом, который должен был закончить к концу дня. Том тоже работал над важным проектом, и мы сосредоточенно и молча сидели за своими компьютерами около трех часов. В тот момент, когда я разделался со своими делами, Том сказал мне, что он закончил то, над чем он работал, и стал мне показывать, где я могу найти все его результаты. И я сказал ему, что мне очень нравится, как он все придумал, и что он сделал большую работу.

Кто-то хлопнул меня по плечу. Я обернулся. Это был Шон.

– Ты идешь домой? – спросил он.

– Да, – сказал я.

– Тогда идем прямо сейчас, а то я опоздаю на свой поезд. Я хотел поговорить с тобой.

Мы двинулись к лифтовому холлу и наткнулись по

дороге на Эдвина, который возился с чем-то у принтера. У него была очень недовольная физиономия, и он разводил в раздражении руками и ужасно ругался.

– Мне это крайне не нравится, – сказал Эдвин.

– В чем дело? – спросил я.

– Почему он спрашивает меня про размер бумаги?

– Ты имеешь в виду принтер?

– Да, принтер. Он стоит миллион долларов и еще спрашивает меня о чем-то.

– Восемьдесят тысяч, – сказал я.

– Что ты имеешь в виду?

– Принтер стоит восемьдесят тысяч.

– Это немало. Он не должен спрашивать меня про размер бумаги.

– Конечно.

– Откуда я могу знать, какой мне нужен размер?

– Попробуй нажать любую клавишу, – сказал я.

Эдвин нажал что-то, и принтер начал работать.

– Отлично, – сказал Эдвин. – Я слышал, что ты разобрался сегодня с этими бондами.

– Да.

– Спасибо.

– Конечно, – сказал я.

– Я бы хотел обсудить это с тобой подробнее. Давай завтра. Сразу после четырех.

– Хорошо.

Эдвин собрал свои бумаги.

– Я хочу в этом разобраться, – сказал он.

– Конечно, – сказал я.

– Увидимся, – сказал Эдвин.

– Хорошо, – сказал я.

Мы подошли с Шоном к лифтовому холлу. И я пошутил немного по поводу Эдвина и принтера. Но Шон не поддержал мою шутку и признался, что его тоже страшно раздражает всякое такое и что он считает, что за эти деньги принтер должен еще приносить распечатки на стол.

– Да, – сказал я, – и чистить ботинки.

– Ха, – сказал Шон, – это было бы совсем неплохо. Тем более сейчас – когда все просто помешались на безопасности – ребят, которые чистят ботинки, перестали пускать к нам наверх.

– Ты знаешь, а я никогда не чистил ботинки у этих ребят.

– Почему?

– Я чувствовал бы себя неловко.

– Правда?

– Тем более, если еще при этом читать газету…

– А что за проблемы у тебя с газетой?

– Говорю тебе, я чувствовал бы себя неловко.

Шон посмотрел на меня так, как будто бы он видел меня первый раз в жизни.

– Ты знаешь, – сказал он, – я могу это понять.

– Все считают, что мы будем объединяться с этим немецким банком, – сказал мне Шон, когда мы вошли в лифт.

– Да, – сказал я.

– Как тебе эта новость?

– Не знаю. Будем надеяться, что все пройдет нормально.

– Ты был в Чейзе, когда все это началось?

– Да, я это все пережил. А ты?

– Нет, я ушел гораздо раньше, – сказал Шон.

– Они выгнали много наших тогда.

– Да, я знаю.

– Мне как-то пришлось разговаривать с одним парнем из *Chemical*. Это было почти сразу после того, как мы слились с ними. И он мне так простодушно сказал, что когда *Chemical* объединился с Мани-Хани, все тоже думали (и он подчеркнул слово «тоже»), что все будет честно и безобидно. А когда он через полгода посмотрел вокруг, то увидел только своих.

– Не пугай меня, – сказал Шон.

– Я думаю, что сейчас нам особенно нечего бояться.

– Я тоже так думаю.

– Ну что ж, голландский мы уже знаем, будем учить немецкий.

– А ты знаешь что-нибудь по-немецки? – спросил Шон.

– Конечно.

– Ну, скажи что-нибудь.

– *Hande hoch*!

– Что это значит? – спросил Шон.

– *Hands up!* – сказал я.

– Ха. Это очень смешно. Скажи это еще раз. Я хочу запомнить.

– *Hande hoch!* – сказал я.

– Хенде хох, – повторил Шон. – Это смешно. Может, это не вполне политически корректно, но это очень смешно.

– Может быть.

– Ты не представляешь, как это смешно.

– Наверное, – сказал я.

– Да, – сказал Шон, – это действительно очень смешно.

– Да, это очень смешно, – сказал я.

Я попрощался с Шоном, вошел в «Грэнд-сентрал», спустился вниз по эскалатору, обогнул информационную будку и, отклоняясь все больше и больше вправо, стал двигаться туда, откуда с трех платформ уходили поезда до Таймс-сквер.

ГЛАВА 27

– Я решила отказаться от "Crown Plaza", – сказала Маринка.

– Почему? – спросил я.

– Там остались только комнаты с видом в сад.

– Это плохо?

– Да, – сказала Маринка.

– А мы хотим куда – в огород, что ли?

– Мы хотим на океан.

– А, – сказал я.

– Так ты помнишь? Мы летим послезавтра.

– Какие у нас места? Опять третья полка?

– Что? – спросила Маринка.

– Нет, ничего. Это я шучу, – сказал я.

Белое рождество

Миллбурн, 25 декабря 2002 года

Это было совсем недавно. На Рождество. Мы сидели у нас, доедали рождественского гуся. И я сказал, что это все-таки здорово получилось, что у нас тут Белое Рождество. И Маринка спросила меня, что это значит – Белое Рождество. И я сказал, что это то же самое, что *White Christmas*. И все засмеялись. А Маринка мне заметила, что я пользуюсь тем, что нет Светки, а то она не позволила бы мне коверкать русский язык. И все опять засмеялись.

И Ося сказал, что Белого Рождества у нас тут не было уже тридцать лет и что он очень рад, что они успели прилететь обратно, потому что те, которые летели в самый последний момент, наверняка надолго застряли в аэропорту.

И тут я спросил Осю, как они слетали в Лондон. И Ося сказал, что слетали хорошо, но вот только кормили их в самолете плохо. И хотя сидели они в первом классе, сиденья были не очень удобные.

– Послушай, Ося, – сказал я, – а ты залегал когда-нибудь на третьей полке плацкартного вагона Москва – Воронеж? И приходилось ли тебе посещать их вагон-ресторан? И какого ты мнения о битках по-флотски?

– На третьей полке, – ответил мне Ося, – залегать приходилось. А вот что такое битки по-флотски, уже не припомню. И ты забудь. А лучше скажи мне: ты заметил, что в Лондоне половина машин без водителей ездит?

– Конечно, заметил. Пассажир есть, а водителя нет.

А народ в это время еще продолжал обсуждать весь этот неожиданный снегопад. И кто-то стал говорить, как это хорошо, когда у машины все оси ведущие.

– А у меня, – сказала Маринка, – что-то машина стала плохо дорогу держать.

– А почему ты так думаешь? – спросил я.

– А помнишь, как мы из Бостона в снегопад по льду ехали? Часов пять, наверное.

– В снегопад? По льду? Небольшой снег шел – это я помню. Но лед надо было еще поискать. А пять часов мы ехали потому, что бульдозеров нагнали расчищать снег видимо-невидимо. Тебе никогда не приходилось видеть, как выглядит зимой дорога Москва – Волгоград? Снег намерзает в середине выше, чем по краям, и ты едешь по ней, как по огромному ледяному бревну. Никогда не пробовала? Нет? А то бы ты почувствовала, как это бывает, когда машина дорогу не держит.

– Ну, не знаю, – сказала Маринка. – Но все равно, мне кажется, мою уже менять надо. Она скоро сыпаться начнет. Вот уже и с тормозами что-то не то.

– Что «не то»? Тебе всего-навсего поменяли колодки.

– По-моему, у нее звук даже изменился.

– У нашей тоже, – сказал Леша. – Когда я ее завожу.

– Леша, – сказал я, – но она у тебя все-таки заводится, правда?

– Конечно, заводится, раз я ее завожу.

– А рассказать тебе, как заводится машина с подсосом?

– Не надо, – сказал Леша. – Про подсос не надо.

– А мне кажется, – сказала Мира, – что наша как-то все дергает.

– Дергает? – сказал Леша. – Что-то я не замечал.

– Правильно, потому что это трудно заметить. Но если вот так ногой нажать сначала несильно, а потом сильно, то может дернуть.

– Ребята, я просто не могу вас слушать, – сказал я. – Вы когда-нибудь сидели за рулем «Москвича-2140»? Хотите, я вам расскажу...

– Вечер воспоминаний, – сказал Леша и закатил глаза.

– Что такое? – сказала Маринка. – Ты мне Илюшку не обижай. Давай, Илюша, вспомни еще что-нибудь. А на Лешку не обращай внимания. Он глупый.

И подвинулась ко мне поближе.

– Все вы глупые, – сказал я, – просто слушать вас не могу, когда вы о машинах начинаете говорить. Просто уши вянут.

– Хорошо, – сказал Леша, – о машинах больше ни слова.

И все стали меня успокаивать и чего-то там оправдываться начали. Но я уже никого не слушал, потому что стал думать о чем-то своем. Стал все вспоминать. И все свои машины вспомнил. И все свои третьи полки вспомнил. И гололед вспомнил. И грязь непролазную вспомнил. И я провалился в свои воспоминания так глубоко, что они стали уже казаться мне сном. И я продолжал вспоминать и вспоминать все в своем полусне. И я вспомнил, как я уезжал с пасеки в самый последний раз.

Я уезжал с пасеки в самый последний раз. Пошел сильный дождь. И я не доехал до асфальта, наверное, с полкилометра. А наш камаз сел еще раньше. И меня сначала пытался вытащить обычный гусеничный трактор. Но вскоре сел и он. Да, не зря говорят, что саратовский чернозем в дождь хуже глины.

И я под дождем пошел в деревню за большим колесным трактором. И он вытащил всех нас. Но грязь все-таки сделала свое дело: порвались все тормозные трубки. И все эти сто двадцать километров до нашей зимней базы в Богане мне пришлось ехать без тормозов. Быстро темнело, а дождь продолжал лить. Водитель камаза, как всегда, куда-то торопился и подгонял меня нещадно. Я делал подгазовку и включал первую на полном ходу, когда надо было тормозить. Казалось, что Саратов прощался со мной и проверял все, чему он меня научил.

Ну что ж, смотри, Саратов. Я отпускаю педаль газа, выжимаю сцепление, перехожу в нейтралку, отпускаю педаль сцепления и опять нажимаю на газ, доводя двигатель до поросячьего визга. Теперь еще раз выжимаю сцепление и включаю первую передачу. Видишь, Саратов, вошло, как в масло! Теперь отпускаю сцепление – и как будто парашют раскрылся сзади.

Утром следующего дня я вышел во двор нашего боганского дома. Два дня тому назад мы перевезли туда все наши ульи, и они занимали половину всего пространства до реки и были уже почти готовы для того, чтобы пойти через два с половиной месяца в омшаник на зимовку.

Мне надо было уже уезжать, но я никак не мог заставить себя уйти оттуда. Я стал ходить между рядами и смотреть, не забыли ли мы в спешке открыть какой-нибудь леток. Было еще довольно прохладно, и лет еще не начался. Я постучал по крышке одного из ульев. И в ту же секунду две или три пчелы вылетели из него и стали меня вяло атаковать. Одна из них хотела было цапнуть меня за руку, но в самый последний момент, наверное, передумала и смогла втянуть свое жало обратно в брюшко. И я только почувствовал слабый, едва ощутимый укус. Это было, скорее, похоже на прощальный поцелуй.

Я вошел в дом. Мне попался под руку какой-то детский цветной мелок. И я написал им на двери, которая отделяла основную часть дома от маленькой спаленки: «Я скоро вернусь». И тогда мне показалось, что я не вернусь туда никогда.

Я ехал в Москву и не видел перед собой ничего, потому что перед глазами у меня все стояли ульи с номерами на крышках. Я помнил все о каждой семье.

– Кто-то звонит в дверь? – спросил я.
– Я ничего не слышала – сказала Маринка.
– Пойду посмотрю, – сказал я.

Я стал обходить вокруг нашего стола, и, когда я уже шел по гостиной, раздался еще один звонок. Я открыл дверь. На пороге стоял Саратов.

– Хей, Саратов! – сказал я. – Как хорошо, что ты пришел. Давай заходи, брат. Садись с нами. Как же мне тебя не хватало. Ты знаешь, у нас тут крупные неприятности. На Маринкиной хонде колодки поизносились. Вот мы и думаем, чинить ее или выбрасывать.

– Выбрасывать, конечно, – сказал Саратов.
– Точно! Мы тут так сообща и решили.
– Ну и хорошо.
– Да ты садись, садись.
– Я ненадолго, – сказал Саратов.
– Я знаю, – сказал я. – Я знаю. А давай-ка я налью тебе отличное виски – «Лафроиг». Ты вряд ли пробовал такое. И скажи, побьет ли оно Санькин самогон?

Саратов отхлебнул из стакана.

– М-м-м?! – сказал он.
– А-а, я же говорил тебе! Слушай, Саратов, ты знаешь,

о чем я тут только что вспоминал?

– О чем?

– О том, как я ехал тогда из Боганы в Москву в самый последний раз и не видел перед собой ничего.

– Потому что перед глазами у тебя стояли ульи с номерами на крышках?

– Да. И я помнил все о каждой семье. Да я и сейчас все помню.

– Давай проверим, – сказал Саратов. – Номер сто восемь.

– Зимовалая, – сказал я. – В начале лета я отобрал у нее четыре рамки расплода. Но в самую жару пчела все равно выкучивалась на всех летках. Но я все-таки не дал ей отроиться.

– Номер сто пятьдесят пять.

– Со следами глины на крышке? – спросил я.

– Можешь не продолжать. Номер пятьдесят четыре.

– Отводок, – сказал я.

Это был отводок на плодную кавказскую матку. Весной пчела едва обсиживала два сота с расплодом. И матка зачервила буквально на второй день. А через неделю она червила уже от бруска до бруска. Без единого пропуска. И я ставил по дополнительному корпусу каждую неделю. А в августе с шести корпусов я снял пятьдесят полновесных медовых рамок, запечатанных кавказской печаткой тоже от бруска до бруска.

– Ну что, Саратов, твои деды снимали по восемь пудов с семьи?

– Бывало, – сказал Саратов.

– А ты помнишь тот год, Саратов, когда дождей не было ни одного с апреля.

– И в июле уже все поля были перепаханы, и вы стояли на черной земле.

– И мы стояли на черной земле. И контрольный улей

показывал минус каждый день. А на следующий год мы стояли на гречишном поле. И было очень жарко. И я все боялся, как бы опять не произошла прошлогодняя история. И вот прошел сильный дождь. А на следующий день с самого утра стало парить. И гречиха отрыгнула.

– Да, – сказал Саратов, – и когда ты утром зашел на край поля, то ощутил сильнейший тошнотворный запах гречишного нектара. И ты стоял полупьяный и смотрел, как вокруг шевелился живой пчелиный ковер.

– А осенью вся Москва с ума сходила от нашего шоколадного меда. И потом еще долго все спрашивали о нем. Но такого меда уже больше никогда не было.

– А знаешь, о чем я сейчас думаю? – сказал Саратов.

– О чем?

– А какой же мед был самым-самым?

– Может быть, тот, шоколадный?

– Может быть, – сказал Саратов.

– Нет, – сказал я. – Ты помнишь наш самый первый мед?

– С сильным, но нежнейшим привкусом кориандра?

– С сильным, но нежнейшим привкусом кориандра. Этот, наверное, и был самый-самый.

– Может быть, потому что это был ваш первый мед?

– Нет, – сказал я. – Я никогда потом не пробовал ничего более замечательного. Мы собрали всего-то двадцать восемь фляг с наших первых двадцати восьми семей. Но чистый кориандровый мед был только в первых четырех флягах. И когда мы попробовали его прямо из фляги, у нас глаза на лоб полезли от мощного, все забивающего вкуса кинзы. Но когда мед сел, он стал удивительно спокойным и нежным. Теперь этот мед мало кто уже помнит.

– А подсолнечный мед следующего года? – сказал Саратов.

– Его легче было отколоть молотком, чем отрезать

ножом.

– А он все равно просто таял во рту.

– А разноцвет последних годов – смесь подсолнуха, осота и сурепки? Он был, как паста, и с особо мелкими кристаллами, как, впрочем, и весь наш мед.

– А ты помнишь ваш сотовый мед?

– Я готовил его в секциях. Всего несколько секций каждый год. В лучшей семье. А когда пчела готова была уже запечатать мед, я вскрывал пару полновесных рамок, и секции получались ровными, без единого дефекта.

– Но, наверное, ничто не могло сравниться с прямо-таки ошеломляющим вкусом теплого, почти горячего забруса в медогонной будке. И всегда было приятно смотреть на того, кто пробовал его впервые.

– А помнишь, Саратов, – сказал я, – как наш Фима опрокинул керосиновую лампу в медогонку?

– А ведь ты предупреждал его, – сказал Саратов.

– А ведь я предупреждал его.

– И еще долго стояла у вас эта керосиновая фляга меда.

– И каждый из нас пытался попробовать этот мед. Но мы так и не дали его пчеле на обсушку.

– Да, в тот год вообще одна беда шла за другой еще с весны.

В тот год одна беда шла за другой еще с весны. Один из камазов, на котором мы везли пакеты с пчелами из Сочи, был без кондиционера. И когда случилась небольшая поломка, он полчаса простоял на жаре. И хотя мы не запарили пчелу, она пошла наружу из всех щелей.

И когда мы открыли двери камаза, чтобы разгружать пакеты, на нас обрушилось гигантское пчелиное облако.

Пакеты – не ульи. И я приехал на разгрузку налегке, в майке и в сандалиях. И когда я стоял на платформе камаза по щиколотку в пчелином месиве, я не различал уже отдельных укусов. Я только чувствовал сплошное жжение везде, и особенно на ногах и на спине.

Мы потеряли много пчелы тогда. И весь этот край пасеки, с того злополучного камаза, все эти сто пятьдесят семей, которые стояли ближе к берегу реки, к главному взятку едва набрали по полтора корпуса пчелы. И мы всё откладывали откачку, надеясь на длительный поддерживающий взяток с осота. Но он оборвался в том году еще раньше обычного.

И я все звонил Кириллу и спрашивал, почему он не дает команду качать. А Кирилл говорил, что качать нельзя из-за напада. И я пытался убедить его в том, что с каждым днем будет только хуже. А Кирилл, конечно, прекрасно понимал это. Но ни он, ни я не могли поехать на пасеку тогда. И я поехал туда только через несколько дней.

С большим трудом я уговорил ребят попробовать качать. Они работали в будке, а я пошел отбирать мед.

У меня было никак не более одной минуты на улей. После чего начинался страшнейший, доселе невиданный мною пчелиный напад. И мне приходилось каждый раз менять позицию. Это давало всего, наверное, десять – пятнадцать лишних секунд. И порой мне казалось, что, вопреки всем законам природы, пчела шла уже на движущуюся цель, то есть на меня.

Но в будке все оказалось гораздо сложнее. Только за те две-три секунды, когда мы открывали дверь, пчела вливалась рекой внутрь и мгновенно ложилась сплошным ковром на все вскрытые и невскрытые рамки, на паровые ножи и забрус, забивала все краны медогонок и сквозь небольшие отверстия только для струй меда проникала во фляги.

Но мы все-таки откачали весь мед.

– Но вы все-таки откачали тогда весь мед, – сказал Саратов.

– Да, но качать его пришлось ночью. Каждый вечер мы начинали в восемь, когда кончался лёт, и качали до самого утра.

– При свете керосиновой лампы, – сказал Саратов.

– При свете керосиновой лампы, – сказал я. – Только не надо было ставить ее на медогонку, конечно.

– Слушай, вспоминать так вспоминать, – сказал Саратов. – Ты помнишь, как вы грузили мед в багажный вагон поезда Волгоград – Москва? Он стоял в Борисоглебске всего две минуты.

– А фляг было около ста. И каждая весила четыре пуда. Сто двадцать секунд и сто фляг. И с каждой надо было пробежать метров тридцать и забросить ее вверх, на платформу вагона.

– Сколько вас там было? – спросил Саратов. – Шестеро?

– Пятеро наших и вокзальный милиционер.

– Он был ваш друг?

– Да. Все были наши друзья.

И председатель колхоза – он ставил нас в лучшие лесополосы.

И все наши соседи – мы не успевали еще скинуть рюкзаки, а они уже несли нам соленые огурцы, картошку и молоко.

И директор пчелобазы – в трудный первый год он долго и терпеливо слушал всю нашу историю и вдруг сказал: «У вас это дело пойдет» – и дал нам две пятикилограммовые пачки вощины в долг.

И даже самолет в небе, который травил сорняки. Он тоже был нашим другом. И наши поля всегда оставались нетронутыми, и к июлю все вокруг нас до горизонта, было затоплено сплошным желтым морем сурепки.

Мы вполне освоились в этой стране и могли бы существовать в ней долго, научившись не переступать черты, отделявшей нас от тех, на чьей стороне была сила. Но нам всегда хотелось верить, что все это не будет продолжаться вечно. Они должны были допустить ошибку. Потому что, хотя они уже очень изменились, но все же, как и с самого начала, все до единого, с самого первого до самого последнего, были невеждами.

– И они все-таки допустили ошибку.

– Да, – сказал я, – и мы вырвались из клетки.

– Ну, мне пора, – сказал Саратов.

– Уже?

– Да. Спасибо за «Лафроиг».

– Слушай, Саратов, – сказал я, – давай вспомним еще что-нибудь напоследок. Помнишь, как прибежал я тогда к поезду?

– Когда он уже тронулся?

– Когда он уже тронулся. И я бежал за ним с выпученными глазами.

– Ребята заметили тебя и бросились в тамбур.

– И я видел, как кто-то уже теснил проводника от дверей.

– В одной руке у тебя было три пустых фляги, а в другой – одна. Но наполовину с медом.

– И я пытался на ходу забросить их в открытую дверь вагона. И та, которая была с медом, каким-то чудом упала вниз, под вагон. И я закричал что-то.

– И все закричали.

– И все закричали. И какой-то пассажир, не из наших, с испугу рванул стоп-кран.

БОЛЬШАЯ КУЛИНАРНАЯ КНИГА РАЗВИТОГО СОЦИАЛИЗМА

Для гурманов и простых людей
Москвы и Ленинграда

Моим друзьям,
с которыми я едал

Предисловие к публикации

Перебирая недавно старые бумаги на чердаке своего миллбурнского дома, я нашел одну мою давнишнюю рукопись. Это была практически готовая к изданию книга кулинарных рецептов. Я написал ее еще в Москве в конце восьмидесятых годов прошедшего столетия. Последние добавления были сделаны там же в самом начале девяностых годов. Опубликована книга не была. Хотя она могла бы быть весьма ценной и полезной для того времени. В наши дни она, как мне сначала показалось, потеряла остроту момента именно как кулинарная книга. Хотя те из моих друзей, которые читали ее когда-то давно в рукописи и сейчас живут в Москве, говорили мне, что в чем-то она свою актуальность сохранила и до сих пор. Тем не менее, я сначала подумал, что издавать книгу теперь нет никакого резона. Однако же, перечитав ее, изменил свое мнение на этот счет, и вот по какой причине.

Не все, наверное, знают, что в восьмидесятом году в России был построен коммунизм. Все его ждали так долго. А вот когда он наступил, его как-то пропустили. Сами коммунисты, правда, именно в это время немного передумали и стали называть то, что они построили, развитым социализмом. Они полагали, наверное, что будет еще какая-то фаза, более продвинутая, чем этот развитой социализм. И вот тогда-то они и будут называть ее коммунизмом.

Многие считают, что никакой другой фазы не было. А

я думаю, что коммунисты были правы. Все-таки то, что было в восьмидесятых годах – это был еще не полный коммунизм. И называть его развитым социализмом, наверное, очень правильно. Коммунизм – это, по определению самих коммунистов, последняя стадия развития социалистического общества. И вот в девяностом году наступила уже последняя стадия развития социализма и превращения его в коммунизм. И то, что это была последняя стадия и, следовательно, вполне законно тогда называть ее коммунизмом, стало ясно буквально через два года.

Но на самом-то деле не имеет большого значения – считать, что коммунизм наступил в восьмидесятом году или считать, что он наступил в девяностом, а в восьмидесятых годах был только развитой социализм. Между этими двумя периодами была хоть и видимая, но не такая уж значительная разница. И многие полагают, что коммунизм и развитой социализм – это вообще одно и то же.

Ну что ж, как ни считать, в любом случае я могу утверждать, что я жил при коммунизме. И я иногда думаю, как мне в этом все-таки повезло. А людей, которые не жили при коммунизме, мне по-настоящему жалко. Жалею я их, так сказать, в информационном смысле. Из-за того богатого информационного потока, который прошел, не коснувшись их. Разумеется, еще больше я сочувствую тем, кто жил при коммунизме. Но это сочувствие уже совсем другого плана.

И я подумал, что, может быть, моя кулинарная книга будет интересна тем, кому не удалось пожить при коммунизме. Не своими кулинарными рецептами, а вот этой самой информацией от прямого свидетеля того времени.

Опять же, никогда не знаешь, где, когда и в каком виде может возродиться социализм. Именно в то время, когда кажется, что он дискредитировал себя полностью и окончательно, кто-то приклеивает на щит своей избирательной кампании все социалистические лозунги. И по какой-то причине (по-видимому, по какому-то всеобщему закону природы) эти лозунги опять становятся привлекательными для многих.

И вот представьте себе, что где-то еще будет построен настоящий социализм, который неминуемо должен будет со временем перейти в развитой социализм, а потом и в коммунизм. А моя книга уже тут как тут. И людям легче и, скорее всего, веселее будет жить при коммунизме с моими кулинарными рецептами. Во-первых, они будут знать, что не они первые, кому так повезло. А во-вторых, они смогут использовать книгу по прямому назначению.

Именно по совокупности изложенных причин я и решил опубликовать мою книгу именно сейчас. И я надеюсь, что читающий народ встретит ее благосклонно.

Слава Бродский
Millburn, NJ
11 июня 2010 года

БОЛЬШАЯ
КУЛИНАРНАЯ КНИГА
РАЗВИТОГО СОЦИАЛИЗМА

Отказ от ответственности

Автор ни в коей мере не гарантирует безопасность его рецептов и советов. Любой из них может вызвать сильнейшее желудочное расстройство, пагубно повлиять на здоровье и даже привести к смертельному исходу. Все кулинарные рецепты и советы данной книги должны приниматься читателем на свой страх и риск.

Введение

Меня всегда раздражали кулинарные книги, рецепты которых состояли из никому не известных ингредиентов. Поэтому с самого начала, когда еще только у меня возникли первые мысли о книге, уже тогда я решил, что она, прежде всего, будет практической. Я решил, что рецепты, которые я буду приводить, будут содержать только те ингредиенты, которые можно (хоть не всегда, но с какой-то ощутимой вероятностью) купить в близлежащем магазине. Экзотические продукты не должны быть частью никакого рецепта.

Что толку говорить о том, как варить гречневую кашу, если достать гречневую крупу практически невозможно. Или, например, что толку в рецепте, один из ингредиентов которого банан. Вам может посчастливиться раз в жизни купить несколько бананов. Но даже и в этом случае вам вряд ли захочется их «портить». Вы принесете их домой, покажете всем домашним. Разделите на несколько частей (по числу женщин и невзрослых мужчин в семье). И потом уже каждый со своей частью поступит так, как ему интереснее.

Так что в том, что книга моя будет «практически направлена», у меня не было никаких сомнений. В чем я поначалу сильно сомневался, так это в том, кому я смогу ее адресовать.

Конечно, мне хотелось бы, чтобы круг читателей был

как можно более широким. И я задал сам себе вопрос, мог бы я написать книгу, которая была бы актуальной за пределами той страны, где я проживаю. Ну и, конечно, я сам себе ответил отрицательно на этот вопрос. И этот отрицательный ответ прямо следовал из моего намерения включать только практически реализуемые рецепты.

Действительно, откуда мне знать, что можно купить, скажем, в каком-нибудь там далеком Нью-Йорке. Я представления не имею, когда и в каком виде там продают картошку. Я не знаю, делают ли в Нью-Йорке квашеную капусту. Может быть, там даже понятия не имеют, что это такое. Как знать, какая рыба и как часто появляется там на прилавках магазинов? Я очень сомневаюсь, что в Нью-Йорке можно свободно купить мороженую мойву. Не могу объяснить почему, но мне в это как-то не верится. Хотя я вполне допускаю, что там гораздо проще достать мороженый хек, чем тут, у нас, в Москве или Ленинграде.

Даже сейчас, когда немного приподнялась завеса от окружающего нас мира, все равно мы мало что знаем о далеких странах. А сведения, которые стали к нам постепенно поступать, часто оказываются довольно противоречивыми. С одной стороны, вам рассказывают фантастические истории о каких-то винных магазинах, где в неограниченном количестве продаются десятки сортов пива. С другой стороны, там может не оказаться совсем простых вещей.

Один приятель моих московских знакомых каким-то образом оказался в Бостоне. И жил там на квартире дальних родственников около недели, пока те проводили где-то свой отпуск. И вот в какой-то момент у него отломилась ручка от сковородки. Он, естественно, решил ее починить. Для этого ему нужен был всего-навсего один какой-то шуруп или даже гвоздь.

Ну, и он вышел на улицу, чтобы подобрать там этот самый гвоздь или шуруп. Почему он вышел на улицу, а не пошел в магазин, я не знаю. Наверное, он точно не знал, какой магазин ему нужен. А может быть, ему было до него трудно добраться. Да и зачем за одним гвоздем ехать в магазин? Действительно, не проще ли просто подобрать этот гвоздь на улице? Там их должно быть видимо-невидимо. Ну, это он так, я полагаю, думал, что на улице этих гвоздей должно быть видимо-невидимо.

И вот он ходил по улицам Бостона и пытался найти один единственный гвоздь. (Это мне всё мои московские знакомые рассказывали.) Ну и как вы думаете, нашел он гвоздь или нет? Нет, не нашел. И очень сокрушался на этот счет.

Я даже не могу себе представить такую ситуацию у нас в Москве. Если вы не найдете гвоздь в первую же минуту на улице, можно подойти к любой стройке. Там этих гвоздей можно будет наковырять, наверное, сотню за пару минут.

Почему же такая промашка в Бостоне произошла? Может быть, там гвозди дорогие? А может быть, там улицы подметают каждый месяц? Никто на эти вопросы ответить не может.

Еще этот приятель моих московских знакомых рассказал вот что. Когда он летел в Америку, их самолет приземлился в Канаде. И там же в самолете им дали карточки на бесплатную «Кока-колу». Ну, и он, естественно, побежал за ней. И пока он искал, где она там раздается, он ходил мимо каких-то выставленных прямо в проходах товаров.

И стал он присматриваться к ценам. И заметил там какой-то свитер, который ему понравился. Но когда он посмотрел на ценник, то увидел, что свитер стоит более четырехсот долларов. Он помножил это число на курс рубля к доллару и получил какие-то астрономические цифры. И он сказал, что у него даже мелькнула мысль, не полететь ли ему тут же обратно. Поскольку у него с собой всего-то было около трехсот долларов, на которые он собирался купить в Нью-Йорке подержанный компьютер, чтобы продать его в Москве за сорок тысяч рублей и купить на эти деньги себе дачу в Подмосковье. И он еще в Москве все уши прожужжал моим знакомым о том, что он там выяснил про все эти компьютеры. И он даже разузнал, что такой компьютер, на который можно купить дачу в Подмосковье, называется в Нью-Йорке «секонд хэнд компьютер».

А вот еще один случай, который подтверждает мою мысль, что далеко не все легко понять про далекие страны.

Мой отец недавно решил вступить в переписку со своим племянником (моим двоюродным братом), который уехал в Америку лет двадцать тому назад и поселился в Нью-Йорке. Отец посчитал, что такая переписка сейчас стала уже совсем безопасной. И вот мой отец стал задавать своему племяннику всякие вопросы о жизни в Нью-Йорке. И стал он у него спрашивать, сколько стоит то, сколько стоит сё и легко ли все это достать.

К большому удивлению моего отца его племянник стал нести что-то не очень понятное. И вот тогда мой отец написал ему, что, мол, ладно, забудь про все мои прежние вопросы, которые, наверное, слишком сложные, но ответь мне, пожалуйста, на один простой вопрос – легко ли в Нью-Йорке купить спички и сколько они стоят.

Отец сказал мне, что ему этого будет вполне достаточно. Если он узнает, сколько стоят спички, он сможет составить себе и более общую картину нью-йоркской жизни.

И опять же, к большому удивлению моего отца, его племянник ответил что-то не очень уверенное. Он написал, что спички, наверное, купить легко. Но он точно не знает, где они продаются и сколько они стоят.

Отец пожаловался мне на это. Он говорил, что как все-таки трудно ИХ понять. Ну, неужели его племянник действительно не знает, сколько стоят спички? И что значит это «наверное»? Как это можно сказать, что спички, НАВЕРНОЕ, купить легко?

Вот так я и отошел от мысли сделать свою книгу, так сказать, интернациональной. И решил писать ее только для своих соотечественников. И я вообще думаю, что кулинарные книги должны быть только отечественного производства. Ну, может быть, не для всякого отечества это справедливо. Но для нашего – это уж точно верно.

И еще я подумал о том громадном различии, которое существует между фантастически отменным снабжением продуктами питания столичных магазинов и скудностью магазинов деревень и провинциальных городов. И я вспомнил об одном завете Эрнеста Хемингуэя: писать только о том, что хорошо знаешь. И вот тут-то я решил писать свою книгу только для москвичей и ленинградцев.

В своей книге, помимо непосредственных рецептов, я даю еще много сопутствующих советов, следуя которым читатель смог бы гораздо легче реализовать эти рецепты. И в этом плане, как я думаю, для москвичей моя книга будет полезнее, чем для ленинградцев. И вот по какой причине.

Ленинградцы пережили блокаду. Уже мало блокадников осталось в живых к настоящему времени. Но память блокадная и блокадные навыки, как я сейчас отчетливо вижу, передаются из поколения в поколение. И чисто блокадные приемы работают сейчас, при коммунизме. И вот вам самый свежий пример.

В блокаду доведенные до отчаяния люди пытались использовать хлебные карточки уже умерших людей. И сейчас использование продуктовых карточек мертвых людей уже, к сожалению, вполне освоенный прием. Как только в Ленинграде ввели продовольственные карточки, так почти сразу же этот прием всплыл на поверхность общественной памяти ленинградцев. Я не сомневаюсь, что москвичи тоже будут так делать. Но для этого еще должно пройти какое-то время.

Какие же сопутствующие советы я даю в своей книге? Я даю массу полезных советов. И среди них особое место занимают советы о закупке и хранении продуктов.

Все знают, что не скоропортящиеся продукты (к ним относятся, например, сахар, соль, любая крупа) надо закупать как можно больше. И об этом не надо много говорить. А вот о бережливом отношении к скоропортящимся продуктам, наверное, не грех, как говорится, и напомнить кое-что.

Тут есть два основных момента. Первый состоит в том, что к продуктам надо относиться бережно и правильно их хранить. Второй момент заключается в умении спасти продукт, близкий к гибели. Я, правда, не думаю, что вы можете выбросить какие-то продукты, с которыми где-то что-то там немного произошло. Но ознакомиться с советами человека, чрезвычайно опытного в этом отношении, я думаю, будет очень и очень полезно.

Один мой приятель посоветовал мне включить в книгу специальный раздел для участников войны. Посоветовал он мне это, безусловно, по незнанию. Почему-то среди народа распространено такое мнение, что участники войны пользуются продуктовыми льготами. Но это мнение, как я могу вполне определенно засвидетельствовать, не соответствует реалиям. Мой отец – участник войны. И получил он магазинные талоны в исполнение программы построения коммунистического общества только один раз и совсем недавно. И талоны эти были на трусы и гуталин. Ну, трусы никто не назовет продуктом питания. И не дай Бог дожить до такого времени, когда гуталин будет отнесен к этой категории.

Первоначальное название моей книги было «Кулинарная книга развитого социализма». И хотя сейчас становится все яснее и яснее, что страна вступила в последнюю фазу построения коммунизма, я все-таки решил оставить официальное наименование настоящего периода в названии книги.

К тому моменту, как я закончил работать над книгой, снабжение столичных магазинов сильно ухудшилось. И какие-то продукты, которые мне представлялись раньше как легко добываемые, стали появляться все реже и реже. И я стал подумывать, не исключить ли мне некоторые рецепты из книги. Но потом я все-таки отказался от этой мысли. И только чуть подправил заголовок, назвав книгу

«Большой кулинарной книгой развитого социализма». Я хотел подчеркнуть этим заголовком, что не все рецепты могут быть легко реализованы. Некоторые из них даются мной в расчете на счастливый случай – удачную покупку. И я только надеюсь, что это обстоятельство не будет вызывать большого раздражения у читателей моей книги.

Слава Бродский
Москва
11 июля 1991 года

ЗАКУСКИ

Сало вкусное

Кушанье состоит всего из двух ингредиентов: сала и чеснока. На первый взгляд кажется, что их практически невозможно достать. Но это не совсем так. Конечно, самое трудное – это сало. Чеснок иногда бывает в магазинах. И он может довольно долго лежать в холодильнике. В крайнем случае, его можно купить на рынке.

Я знаю, что на рынок ходят только тогда, когда кто-то болен в семье. Но чеснок – это исключение. Он, конечно, очень дорог на рынке. Но нужен он в малом количестве. Поэтому купить одну головку чеснока на рынке не будет слишком накладно.

Теперь о сале. Тут я уже не посоветую никому идти на рынок. Сало можно вполне подловить в обычном продуктовом магазине. Надо только проявить немного терпения.

Надо ли вам заходить внутрь магазина, чтобы понять, что там что-то есть? Нет, не надо. Если там что-то есть, то, во-первых, через магазинное стекло можно увидеть необычное скопление народа внутри магазина. А во-вторых, вы почувствуете это и так, даже не смотря через стекло. Как это чувство приходит – трудно сказать. Как вы определяете, что перед вами старый человек, а не молодой, даже тогда, когда у него нет морщинок? Есть какая-то не вполне осознаваемая совокупность примет, позволяющих это заключить. Точно так же и с магазином. Наверное, люди выходят из него с какими-то воодушевленными лицами. Или заходят в него со сверх озабоченными лицами. Или что-то еще не вполне уловимое. Но, так или иначе, вы сразу чувствуете, что в магазине что-то есть.

И вот, предположим, вы обнаружили, что в магазине дают свинину. Маловероятно, чтобы вы оказались у прилавка одним из первых. Скорее всего, к тому моменту, когда вы вошли в магазин, там уже образовалась громаднейшая очередь. Что же теперь надо делать? Это несколько затянутый и сложный процесс. Я помогу вам в нем разобраться.

Подойдите к самому началу очереди и встаньте метрах в трех от прилавка. Надо, чтобы все к вам привыкли и чтобы все поняли, что вы не пытаетесь взять что-то без очереди.

Мясник рубит свинину. Хорошие куски уходят, плохие остаются. Когда плохие куски заполняют все пространство, продавец объявляет, что другой свинины не будет. Не все понимают, что это неправда, поэтому свинина, хоть теперь уже в замедленном темпе, но продолжает уходить с прилавка. И поэтому ваше время еще не пришло. Вам надо подождать еще минут пятнадцать. Если вы проявите активность прямо сейчас, очередь вас убьет.

Подождите, когда все сносные куски будут распроданы. Обычно продавец спрашивает у тех, кто стоит в самом начале, будут ли они что-то брать. Вот тут и пришло ваше время. Только не надо торопиться. Подождите еще пару секунд и скажите, что готовы купить самый плохой, жирный кусок.

Разумеется, в этот момент на вас обрушится шквал проклятий. Все будут вас ненавидеть. И вам надо вести себя соответствующим образом. Лучше всего поднять руки вверх и так их держать некоторое время, пока все не успокоятся. Поднятые вверх руки – очень хороший прием.

Но надо к этому что-то еще добавить. Надо найти какие-то успокаивающие очередь слова. Например, сказать: «Если кто-то возьмет плохие куски, тогда снова начнут рубить». И сразу начинайте предлагать первым стоящим в очереди взять эти плохие куски.

Мало шансов, что первые из очереди начнут тут же разбирать плохие куски. Скорее всего, они молчаливо согласятся уступить это право вам. Не ждите, пока с этим согласятся все. Не обращайте внимания, если кто-то будет все-таки вас ругать. Действуйте уверенно. Попросите сразу пару кусков. Скажите: вон тот и этот. Потом, когда продавщица бросит их на весы, добавьте: и еще вот этот. После небольшой паузы можно сказать: и вон тот. Тут, естественно, начнется в очереди большой ропот. Но для вас важнее всего, как реагирует на это продавщица. А она, замученная претензиями привередливых первых, будет наваливать на весы все, что вы скажете.

Говядину таким образом вам не купить. Потому что там нет плохих кусков. То есть, конечно, плохие куски там есть. Я бы даже сказал, что там все куски плохие. Но они все довольно однородные. И поэтому то, что я вам предлагаю, годится только для свинины.

Короче говоря, через совсем непродолжительное время после того, как вы зашли в магазин, вы будете из него выходить с увесистым свертком чистейшего сала. Ну, не то, чтобы через совсем непродолжительное время. Час вы проведете в ожидании хорошего момента. Взвешивание – это очень быстро. Это пять – десять минут. Потом еще надо отстоять очередь в кассу (я еще дам вам некоторые советы, как надо занимать очередь). Это, наверное, не более получаса. Вернуться к прилавку и забрать свое сало – это вообще ерунда (минут десять – не более). Если все это сложить, то получится, что пару часов вы там все-таки проведете. Что, конечно, не идет ни в какое сравнение с тем временем, которое потратит тот, кто честно простоит всю очередь.

Точно такую же стратегию вы можете использовать практически для всего. Так я купил магнитофон «Днепр-11». Это было моей мечтой долгое время. Я люблю слушать музыку. А это дело находится и всегда находилось, как вы знаете, под строжайшим запретом. А с магнитофоном ваши возможности послушать музыку расширяются необычайным образом. Однако купить магнитофон абсолютно невозможно. И это знают все.

Но есть один малоизвестный прием. Вы, наверное, после моего рассказа о сале уже начали догадываться. Если нет, могу объяснить все с самого начала.

Не то, чтобы магнитофоны не продаются никогда. Нет, они иногда поступают в продажу. Но об этом в первую очередь и заранее узнают родственники и знакомые тех, кто их продает. Утром, в день продажи, об этом узнают уже все. Подобные вести разносятся чрезвычайно быстро. Скажем, если магнитофоны начинают продавать в одиннадцать утра в магазине на Новом Арбате, то к двенадцати об этом уже знает вся Москва.

Что тут делать? Мчаться в магазин? Никто так не делает. Потому что всем абсолютно ясно, что магнитофонов не хватит даже на родственников и знакомых продавцов. Поэтому-то никто и не срывается с места и не едет в магазин.

Никто, кроме меня. Не хочу себя хвалить, но смекалка, которой меня от рождения наделила природа, дает мне большие преимущества перед рядовым советским покупателем. В таких случаях я еду в магазин немедля. Но тут надо быть немного жестоким. Надо бросить все. Больная жена, детское питание для ребенка, срочное совещание на работе – это все не причины. То, что может случиться раз в жизни, упустить нельзя.

В тот раз, когда я приехал, магнитофоны были уже все распроданы. Но огромная очередь не расходилась. Мне нелегко было пробиться к прилавку. Когда я все-таки туда протолкался, я увидел, что там на одной из полок стоял непроданный магнитофон. Я спросил у продавщицы, в чем дело. И она сказала, что магнитофон – дефектный. Я тогда спросил у первых стоящих в очереди, не хотят ли они купить неработающий магнитофон. Никто не изъявил такого желания. Не каждый решится потратить сто сорок пять рублей (более месячной зарплаты) на неработающий магнитофон.

Короче, всего через час я выносил из магазина свой магнитофон «Днепр-11». На следующий день я отвез его в гарантийную мастерскую. А еще через две недели получил его отремонтированным. Вот и вся история.

Теперь я возвращаюсь к тому моменту, когда вы вышли из магазина с увесистым свертком сала. Вот, наконец, вы приходите домой. Разворачиваете вашу свинину. Замечаете, что она содержит кое-какие прожилки мяса в некоторых местах. Эти части вы можете зажарить и устроить себе небольшой праздник. Остальное шпигуйте чесноком, густо солите – и в морозильник. Умоляю: не ешьте сало сразу, как только вы его посолите. Дайте ему просолиться. К тому же сало из морозильника – это деликатес. Потерпите немного. И когда вы достанете его из морозильника через несколько дней, вот тогда – приятного вам аппетита!

Сыр

Мы не едим сыр каждый день. Сыр мы подаем на стол, когда к нам приходят гости. И сыр всегда был и остается одной из самых популярных закусок. И вы в этом можете убедиться сами. Еще до того, как вы подали на стол горячее, весь сыр уже обычно бывает съеден. На столе еще может остаться селедка или какой-нибудь салат, но сыр остаться на столе не может.

Правда, сейчас, наверное, я не поверил бы в то, что на столе может остаться селедка или салат. Но совсем недавно такое запросто могло случиться.

Ну, совсем в давние времена, лет двадцать тому назад, я помню, даже сыр мог остаться на столе. Особенно в богатых семьях. И тогда много разговоров было о том, как нарезанный сыр хранить в холодильнике, чтобы он не засох там и не скосоворотился. И кто-то придумал феноменально простой способ: класть в баночку с сыром кусок сахара. Как и почему сыр оставался абсолютно свежим в этой баночке – этого никто не знал. Сейчас этого тоже никто не знает. Сейчас никто не помнит даже, я думаю, про сам этот способ хранения сыра с сахаром. Не помнит никто об этом по той простой причине, что сейчас уже нарезанный сыр не остается на праздничном столе. Сейчас уже проблема состоит не в том, как сохранить сыр после ухода гостей. Сейчас проблема заключается в том, чтобы сохранить сыр к приходу гостей.

А теперь о том, что может случиться с сыром, если он

у вас пролежал долго (надеюсь, что в холодильнике) в ожидании особо почетных гостей. Ничего такого страшного с ним не должно было произойти. Однако же он мог немного заплесневеть.

Ну, если мы говорим, что сыр немного заплесневел, то это, вообще говоря, не значит буквально, что он заплесневел немного. Он, может быть, заплесневел вполне прилично. Но и в этом случае принято говорить, что сыр немного заплесневел.

Почему мы так говорим? А как вы хотите, чтобы мы говорили в подобных случаях? Что сыр заплесневел весь к чертовой матери? Нет, так интеллигентные люди не говорят. А вы же живете в Москве или Ленинграде? Так? Значит, вы интеллигентный человек.

Что же делать, если сыр немного заплесневел?

К счастью, на сыре плесень всегда очень заметна. К тому же на сыре плесень не может пойти внутрь продукта. Это упрощает борьбу с ней. Надо просто срезать заплесневевшие участки.

Я видел однажды, как это делала одна моя знакомая. Она срезала тонкий заплесневевший слой со всех шести сторон сырного куска. И хоть слои, которые она срезала, и были тонкими, но в результате ей пришлось выбросить сыра довольно порядочно.

В некоторых запущенных случаях такой способ является единственно возможным. Но чаще всего достаточно просто соскоблить плесень ножом. Только надо использовать нож с гладким (не зазубренным) лезвием.

Гурманам я рекомендую каждую сторону сырного куска проходить дважды. Первый раз соскабливается основной слой. Потом моется нож. Второе соскабливание делается с очень маленьким нажимом. И делается оно только для того, чтобы убрать случайно оставшиеся части сыра при первом соскабливании.

Теперь сыр можно подавать на стол. Может случиться, что какой-то ваш гость почувствует привкус или запашок плесени. Спросите его тогда, ел ли он когда-нибудь французский сыр. И не дожидаясь ответа, переставьте тарелку с сыром подальше от него и поближе к другим гостям.

Салат «Оливье»

Для приготовления этой вкуснейшей закуски вам будут нужны, к сожалению, два весьма редких ингредиента: зеленый горошек и майонез. Но поскольку это блюдо готовится только к особо торжественным случаям, есть надежда, что вы сможете заранее их купить. И если уж вам посчастливилось их достать, вы и ваши гости будете вознаграждены.

Другие продукты для салата сравнительно легко найти. Вам еще нужна вареная картошка и соленые огурцы. Все это надо смешать в любой пропорции в зависимости от того, сколько и чего у вас есть в наличии. Не переложите только соленых огурцов.

Украсить салат хорошо зеленью. К сожалению, ее нельзя купить впрок. Поэтому к вашему празднику у вас ее, скорее всего, не должно быть.

Я подскажу вам простой выход. Возьмите зеленый

бумажный лист. Согните его пополам и склейте. Теперь у вас получился лист бумаги, который зеленый с двух сторон. Вырежьте из него ажурные фигурки, похожие на зелень петрушки. Воткните три-четыре таких фигурки в салат. Получится красиво.

Многие, наверное, спросят, как достать зеленую бумагу. Это очень просто, если вы обладаете хотя бы небольшой жилкой запасливости.

В Москве и Ленинграде, хотя и редко, но устраиваются различные международные выставки. На выставках представители иностранных фирм раздают каталоги своей продукции совершенно бесплатно. Каждый из них напечатан на изумительной бумаге. Внутри – масса цветных страниц. И, естественно, желающих получить эти каталоги гораздо больше, чем самих каталогов. Поэтому, чтобы избежать большой конкуренции, я вам советую встать около чего-нибудь такого, что не очень интересно всем. Не вставайте там, где показывают фотоаппараты или магнитофоны. Пристройтесь к каким-нибудь насосам и терпеливо ждите. И, главное, не суетитесь. Если вам удастся заполучить каталог, не просите сразу другой. Сделайте вид, что вы его читаете. Тогда представитель фирмы может обмануться и дать вам еще несколько каталогов. При умелом и спокойном поведении не более чем через полчаса вы будете обладать стопкой фирменных каталогов.

Надеюсь, вы понимаете, что не надо полагаться на случай. И я надеюсь, что вы припрячете каталоги, прежде чем пойдете к выходу. В противном случае гэбэшники могут эти каталоги у вас отнять. И конечно же, вероятность такого исхода зависит от того, из какого павильона вы выходите. Если это – финские насосы, то, скорее всего, пронести каталоги будет легко.

Мне как-то пришлось выносить каталоги из павильона израильской книги. Гэбэшники стояли на выходе плотными рядами. Я поступил так: засунул каталоги в штаны сзади, рубашку выпустил сверху и медленно двинулся к выходу. Для надежности я сделал рассеянное скучное лицо и как бы думал о чем-то постороннем. Тогда никто меня не остановил. Но когда я шел к выходу, пожалел, что не потренировался накануне перед зеркалом.

Теперь вернемся к нашему праздничному блюду. Вы вырезали из зеленой бумаги ажурные листочки петрушки и воткнули три-четыре таких украшения в ваш салат Оливье. Теперь его можно подавать на стол!

Селедка под шубой

Я буду еще говорить о том, как определить пригодность рыбы. С селедкой дела обстоят значительно проще. Неприглядный внешний вид селедки еще ни о чем плохом не говорит. Селедка, на взгляд, может показаться совершенно испорченной. Чаще всего, из-за своего ржавого цвета. Тем не менее, она может иметь отменный вкус. Во всяком случае, ни я, ни кто-либо из моих знакомых селедкой никогда не травился. И я вообще не слышал о таких случаях. Гарантию нам здесь дает густая засолка селедки.

А теперь о самом рецепте.

Разумеется, надо помыть селедку хорошенько. Может быть, даже надо ее отмочить. То есть положить в воду на несколько часов.

Теперь ее надо нарезать на кусочки и положить на дно селедочницы. Сверху накрыть отварной натертой свеклой, смешанной с нарезанной отварной картошкой и майонезом.

Да, и здесь тоже майонез просто необходим. К сожалению, он не поддается длительному хранению. Только в стеклянных баночках он может храниться долго. Года два тому назад мне посчастливилось купить десять пластмассовых баночек майонеза. И я стал думать, как его сохранить. Мне было ясно, что просто в холодильнике он сможет простоять не более нескольких месяцев. Поэтому у меня не было другого выхода, как положить его в морозильник. К сожалению, когда я его достал оттуда через, наверное, полгода, я был страшно разочарован. Майонез разделился на фракции. И после того, как я постарался все снова перемешать, безусловно, что-то потерял во вкусе.

Однако же если вам попадутся пластмассовые майонезные баночки, не сомневайтесь – держите их в морозилке. По-другому их не сохранить. Я думаю, что лучше пусть у вас будет майонез из морозильника, чем не будет никакого. И я также думаю, что несмотря ни на что, селедка под шубой у вас получится вкусной и ваши гости будут вполне ею довольны.

Мойва соленая и вяленая

Все, что вам необходимо – это мойва и соль. Когда мойва нужна, ее не так-то легко найти. Хотя она часто лежит в магазинах и ее никто не покупает. А не покупают ее по глупости людской. Потому, что не знают, насколько она хороша в вяленом виде. А потому иногда незаслуженно называют ее штрафной ротой.

Когда вы наткнетесь на мойву в магазине, советую купить ее побольше. Хотя бы килограмма три или даже четыре.

Засолите ее и оставьте на день. Не бойтесь пересолить. Мойва не впитает соли больше, чем нужно.

Теперь вам нужно нанизать всех ваших мойв на какое-то основание. Проще всего использовать для этой цели проволоку. Ее можно найти практически около любой стройки. Надо только вашу проволоку очистить от ржавчины и хорошенько помыть.

Нанизывать мойву вы будете через глаза. И остатки ржавчины, так или иначе, попадут в рыбьи головы. Что делать в таком случае? Выбрасывать головы?

Нет. Это слишком расточительно. Многие не любят есть рыбьи головы. Я считаю это большой ошибкой. Рыбья голова – пожалуй, самое вкусное рыбье место. Так что же делать? Есть ли какой-то заменитель проволоки?

Тут я опять надеюсь, что вы обладаете некоторой степенью запасливости и у вас найдется суровая нитка. Только ее надо скрутить – так, чтобы получилась многожильная нитка. И, конечно же, лучшим заменителем проволоки будет толстая рыболовная леска.

После того, как вы нанизали всех своих мойв на проволоку (на нитку или на леску), надо эти связки куда-то пристроить. Кстати, когда мойвы все висят в связке, вот тогда-то я и вспоминаю про штрафную роту. Но, должен сказать, эта ассоциация для меня не является неприятной.

Куда же теперь пристроить вашу штрафную роту? Если у вас коммунальная квартира, можно подвесить все ваше хозяйство за окном. У меня отдельная квартира, и в ней есть балкон. А на балконе можно подвесить столько связок, сколько мне даже и не нужно. Поэтому у меня с подвеской мойв вообще нет никаких проблем.

Ну, почти нет проблем. Дело в том, что сначала с моей штрафной роты начинает капать соленая вода. А через несколько дней начинает скапывать рыбий жир. Конечно, все домашние страдают от густого рыбьего запаха. Но, к счастью, это продолжается не долго. Через неделю все к запаху привыкают, хотя пахнет с каждым днем все сильнее и сильнее.

Еще одна небольшая проблема возникает вот по какой причине. В какой-то момент мойву начинают атаковать мухи. Что с этим делать? Сейчас я вас научу, что с этим делать.

Лучше не делать ничего. Если вы закроете мойву даже, например, марлей, естественный поток воздуха ослабнет. И возникнет большая вероятность того, что мойва не просушится достаточно быстро. И, следовательно, она может подтухнуть. Так что пусть уж на вашу мойву садятся мухи. От мух, насколько я знаю, никто еще не умирал.

Сколько времени надо вялить мойву на открытом воздухе? Это зависит от погоды. При жаркой погоде, может быть, будет достаточно одного месяца. При плохой погоде может оказаться недостаточным и двух месяцев. Но в любом случае уже через несколько дней вы можете свою мойву попробовать. Это еще не будет вяленая мойва. Это будет соленая мойва. Но абсолютно хорошие гастрономические ощущения я вам могу гарантировать.

Не надо, чтобы ваша мойва пересушилась. Через пару

месяцев, когда она приобретет приятный коричневатый цвет, вы должны ее положить в холодильник.

Хочу вас спросить: выбрасываете ли вы использованные полиэтиленовые пакетики? Нет, конечно же, нет. Так могут поступать только ту́пики. Я уверен, что вы их не выбрасываете. Вы моете ваши пакетики, сушите и храните их где-то на кухне. И вот теперь они очень и очень вам пригодятся. Держать в холодильнике мойву, не упакованную в пакетики, я вам категорически не советую.

Если вы меня не послушали и купили мойвы менее двух килограммов, то в холодильник вам будет класть нечего. К тому моменту, когда мойва достигнет полной степени готовности, вы уже ее всю перепробуете. Что же тогда делать? Успокойте себя мыслью, что на ошибках учатся.

Но я все-таки надеюсь, что в любом случае вы сможете что-то припрятать для какого-нибудь торжественного случая. И когда вы будете кормить вашей мойвой своих друзей, они, несомненно, будут просто поражены ее вкуснотой. И, скорее всего, они будут вас расспрашивать, как вы ее приготовили. Так вот, если среди ваших друзей попадутся гурманы, им необязательно знать про мух.

Колбаса кружочками

Вряд ли кто-то не согласится со мной, что колбаса является украшением праздничного стола. Готовить ее не надо. Ее только надо нарезать. И все уже давно знают, как ее надо резать перед подачей на стол. Разумеется, не надо резать ее толстыми кусками. Так поступают только идиоты. Резать ее надо тоненько-тоненько. И как бы под углом. Тогда кружочки получаются не скучно круглыми, а нарядно овальными.

Да, я знаю, я прекрасно знаю, что кружочки не могут быть овальными. А если уж у вас есть что-то овальное, то это не кружочки. Но так мне говорил однажды кто-то в какой-то лесополосе между двумя квадратами подсолнуха близ города Саратова. И мне до сих пор это кажется очень милым.

А на самом-то деле, конечно же, проблема не в том, как нарезать колбасу, а как ее достать. Но если вы побегаете по магазинам в течение месяца перед, скажем, своим днем рождения, то вам в конце концов должно повезти.

К сожалению, во всех магазинах сейчас действует унизительное правило: отпускать колбасу только по двести граммов в одни руки. Что тут можно посоветовать? Да ничего тут уже нельзя посоветовать.

Ну, не то, что совсем уж ничего. Кое-что попробовать все-таки можно. Вам ничего не стоит сказать продавщице, что ваш сын был все время с вами и вот в самом конце куда-то убежал. И что вы его за это убьете. После этой фразы скривите лицо в нервной улыбке.

Вместо сына можно назвать жену или мужа. И важно при этом выразить свое возмущение крайне энергично. Можно (и даже нужно) назвать мужа дураком. Про жену можно сказать что-нибудь неразборчивое сквозь зубы и запнуться посередине фразы. Продавщица все поймет и может сжалиться над вами.

Занимайте очередь в кассу, пока вы стоите в очереди за колбасой. Очередь за колбасой движется медленно.

Поэтому занимайте очередь в кассу несколько раз. Занимайте очередь в разные кассы.

Не все, кстати, знают, как правильно надо занимать очередь. Казалось бы, такая простая штука – занять очередь. А вот и тут нужна смекалка.

Нужно привлечь к себе как можно больше внимания. Ну, как рядовой покупатель занимает очередь? Он спрашивает: «Кто последний?» И когда ему отвечают, говорит: «Я за вами». И все.

Это, конечно, совершенно недопустимо. Кто же вас запомнит? Представьте, что вы смогли вернуться в очередь только через десять или пятнадцать минут. Ну кто вас там будет помнить? Скорее всего, никто.

Как же нужно правильно занимать очередь?

Ну, естественно, надо спросить, кто последний. Потом надо спросить, за кем этот последний стоит. Еще надо спросить, за кем стоит тот, кто стоит перед последним. Теперь надо с ними со всеми обязательно поговорить. Но не просто так поговорить. Надо сказать что-то запоминающееся. Женщине можно сказать, что она похожа на Софи Лорен. И неважно, на кого она на самом деле похожа. И делаете вы это не для того, чтобы польстить. Вы делаете это вот для чего. Когда вы вернетесь в очередь и все будут говорить, что вы тут не стояли, вы тогда скажете: «Ну, как же?! Помните, я еще сказал, что вы похожи на Софи Лорен?»

Если кто-то читает газету, можно спросить, что там написано про погоду. Если это лето, скажите, что завтра, вы слышали, ожидается снег. Если это зима, скажите, что, по слухам, будет двадцать градусов тепла. Если кто-то читает про спорт, скажите, что вчера Башашкин забил необыкновенно красивый гол, в падении через себя, но, к сожалению, в свои ворота. Чем нелепее будет ваша фраза, тем надежнее про вас вспомнят потом.

Многие считают, что надо обязательно дождаться, когда за вами займут очередь. Конечно, это очень и очень неплохо – дождаться, когда за вами займут очередь. А если вы должны срочно побежать и проверить какую-то другую вашу очередь? Что тогда делать?

Попросите женщину, за которой вы стоите, предупредить, что вы за ней занимали. Она, наверное, с неудовольствием пожмет плечами. Но вы на это не должны обращать много внимания. Но обязательно должны сказать что-то запоминающееся. Скажите, например, что вы завтра ложитесь на операцию. При чем тут операция – это не важно. Важно – не упустить очередь.

Я бы даже сказал так: в умении правильно занимать очередь и держать ее – залог вашего продуктового благополучия. И если вы научитесь это делать, ваш праздничный стол всегда будут украшать нарядные овальные кружочки колбасы.

СУП
(ПЕРВОЕ)

Куриный суп

Самое главное в приготовлении куриного супа – это достать курицу. Все остальное очень просто.

Выщипите из курицы крупные перья рукой. Остальное обожгите на газовой плите. Положите курицу в подсоленную воду и варите около двух часов.

Не сомневаюсь, что никому не придет в голову отрéзать и выбросить у курицы шею. А вот куриную голову некоторые отрезают. Это, безусловно, является большой и непростительной ошибкой. И беда заключается не в том, что голову отрезают. Отрезать-то голову можно и даже нужно. Выбрасывать ее никак нельзя. То же самое я могу сказать и о куриных лапках. Все это вместе не только даст дополнительный навар, но также значительно украсит сам куриный суп.

Что нужно делать после того, как курица сварилась? Надеюсь, вам не надо напоминать, что она стоит два рубля шестьдесят пять копеек за килограмм. Конечно же, это очень дорого. К тому же эту дорогущую курицу было еще не так-то легко найти.

Мой товарищ по работе сказал мне недавно, что все это ужасно его удивляет. Курицу, – он мне сказал, – очень легко разводить. И она только у нас такая дорогая. А везде она стоит в несколько раз дешевле мяса. И что он вообще не понимает, почему у нас ее не разводят в больших количествах. И если у нас не знают, как ее разводить, то почему наши разведчики не могут это разведать? Вон, мол, сколько они наразведывали. И секреты атомной бомбы наразведывали. И чертежи всяких там моторов, самолетов, пароходов, ракет - это все они тоже наразведывали. Вычислительные машины, телевизоры, магнитофоны, холодильники - тоже наразведывали. От больших заводов до гвоздиков малых - ну абсолютно все они наразведывали. Книг даже всяких разных - вон сколько наразведывали. А вот как кур разводить, так этого они почему-то разведать не могут.

Ну, я, к сожалению, на такие сложные вопросы ответить не могу. Я могу отвечать только на простые вопросы. И попытаюсь здесь помочь советом тому, кто варит куриный суп и не обладает врожденным чувством хозяйской бережливости.

Выньте курицу из бульона. Вы будете использовать ее для приготовления второго блюда (см. рецепт «Вареная курица»). Куриные потроха, голову, шею и лапки оставьте в кастрюле. Теперь положите туда нарезанный кубиками картофель и луковицу. Варите все это еще полчаса.

Когда будете разливать суп по тарелкам, дайте куриную голову тому, кто чем-то отличился недавно. Например, ребенку, если он принес хорошую отметку из школы. Если никто ничем не отличился, в этом случае обычно голову кладут хозяину дома.

Борщ изысканный

Как бы вы ответили на вопрос о том, какой самый главный компонент борща? Вы думаете, свекла? Нет.

Главный компонент борща – это вода. Слава Богу, что вы живете не в Феодосии, где воду включают только на пару часов раз в неделю. Воды у вас сколько угодно. Проследите только за тем, чтобы в ваш борщ не попали самые первые струи из-под крана, где может быть ржавчина или еще какая-то гадость.

Какие овощи идут в борщ кроме свеклы? Ответ очевиден: те, которые у вас есть. А что у вас может быть? Конечно же, капуста и картошка.

Если у вас нет картошки, нарежьте капусту и положите ее в кастрюлю вариться. Если есть картошка и нет капусты, то надо сначала отварить пару картофелин. Затем надо сделать картофельное пюре и бросить обратно в ту же воду, где вы варили этот картофель.

Теперь, пока на одной конфорке у вас варится капуста или картофельное пюре, на другой конфорке начинайте варить свеклу. Сваренную свеклу почистите, натрите на терке и положите в кастрюлю, которая стоит у вас на соседней конфорке. Доведите все это до кипения. Но не кипятите, иначе красный цвет борща неминуемо потускнеет и превратится в грязно-коричневый.

Надеюсь, что у вас нет проблем с солью. Не жалейте ее. Я ненавижу недосоленный борщ. Не в том смысле, что я не стану его есть. Разумеется, я буду его есть. Я просто имел в виду, что я ненавижу, когда борщ недосаливают.

И, конечно же, борщ без сметаны не может считаться полноценным борщом. К сожалению, сметана становится сейчас все большей и большей редкостью. Тем важнее научиться правильно ее использовать.

Я не сомневаюсь, что если вам повезло где-то сметану достать, то вы купили ее не на один или два раза. У вас, скорее всего, большая банка сметаны. И я должен вас похвалить за то, что вы все время носили пустую банку с собой во все магазины, чтобы не упустить ваш случай.

Той сметаны, что вы купили, хватит примерно месяца на два. Но тут есть один подводный камень. Сметана страдает от плесени. Я уже объяснял, как надо бороться с плесенью на сыре. Но сметана – это не сыр. Она жидкая. И техника борьбы с плесенью здесь совершенно другая.

Начнем с того момента, когда вы достали из холодильника банку со сметаной. Теперь вам надо положить ложку этой сметаны в тарелку с борщом. Не лезьте ложкой в самую глубину. Старайтесь наполнить ложку, собирая сметану с поверхности. Плесень садится на открытые участки сметаны. Она никогда не пойдет внутрь банки, если вы не наделаете там всяких дырок. Аккуратно собирать сметану со всей поверхности банки надо еще и потому, что тогда от раза к разу плесень не успеет образоваться в большом количестве. Если плесень все-таки образовалась, вы легко можете снять тонкий слой с самого верха без больших потерь.

Итак, вы положили в тарелку борща ложку сметаны. Помешали все не торопясь. Теперь у вас впереди много приятных минут!

Суп из квашеной капусты

Я знаю, что квашеная капуста хороша без всякого супа. И трудно решиться на то, чтобы варить из нее суп. С другой стороны, квашеная капуста может немного закиснуть. И есть ее просто так уже будет не так вкусно. И вот из такой капусты варить щи еще лучше, чем из хорошей капусты. Я бы даже сказал, что чем больше закиснет капуста, тем лучше получаются щи.

Ну, разумеется, все это верно до определенных пределов. Квашеная капуста, которая иногда продается в магазинах, закисает там уже до самой последней степени. И гурманы могут скривить от нее свой глупый нос. И, тем не менее, она часто бывает вполне пригодна для приготовления щей. Надо только понюхать ее, прежде чем вы ее купите.

Как это сделать? Ну, само собой разумеется, что вы не можете попросить продавщицу дать вам понюхать капусту. Просить продавщицу об этом совершенно бесполезно. Она не даст вам по мордасам за такую наглую просьбу, хотя, безусловно, подумает об этом. Так что же делать?

Дождитесь, пока кто-то купит капусту. И попросите показать ее вам, потому что вам показалось, что капуста необычайно хороша. Такую просьбу нормальный покупатель обычно охотно выполняет. Только не надо близко наклоняться к капусте, когда ее вам развернут. Так поступать невежливо и не необходимо. Если капуста не пахнет с расстояния одного метра или пахнет совсем немного, значит это хорошая капуста, вполне пригодная для приготовления щей.

Квашеная капуста, картошка, вода - вот и все компоненты супа из квашеной капусты. Что и говорить, конечно же, в щи совсем не помешает положить грибы. Но где же их добыть в наше время, когда грибников в лесу, как сейчас шутят, больше, чем самих грибов?

А ведь были счастливые времена, когда народ собирал

только самые простые грибы. Никто тогда не брал рядовку фиолетовую. Всех отпугивал ее ядовито-фиолетовый цвет. Народ боялся даже прикоснуться к грибу-зонтику. Уж очень он смахивал на мухоморы. Гриб-вешенку собирали только на земле, принимая за сыроежку. На дереве этот гриб никто не брал. Ложную лисичку не брал никто только потому, что она называлась ложной.

Но эти счастливые времена уже давно прошли. Сейчас, чтобы собрать грибов не на одну жарку, а хоть какое-то приличное количество, надо либо ночевать в лесу в грибную погоду (то есть под дождем), либо открывать новые грибы.

Но открыть новый гриб не так уж и просто. И это становится все труднее и труднее с каждым годом. Только два года тому назад почти на всех помойках загородных домов я находил гриб, похожий на колокольчик. Называется он свинушник, или чернильник. Из него вытекает яркая синяя жидкость, похожая на чернила. Но гриб этот вполне съедобный. К сожалению, его тоже сегодня уже многие берут и его уже не так-то легко найти.

Что же остается? А ничего уже больше не остается для простого человека, любящего собирать грибы.

Правда, есть такой абсолютно белый и гладкий гриб, который называется скрипун. Вот его никто не берет. И это правильно, что его никто не берет. Я как-то решил его попробовать. Долго его отваривал. Потом засолил. Попробовал я его только через несколько месяцев. Он не был ядовитым и даже не горчил. Но вкуса у него не было никакого абсолютно. Казалось, что я жую какую-то мягкую резину. Я уверен, что гурманы выбросили бы его после первой пробы. Ну, а я все мучился с ним. Пытался что-то такое в нем найти. Но в конце концов пришлось и мне его все-таки выбросить.

Однако же должен сказать, что даже сейчас я всегда набираю полным-полно грибов. Как я это делаю? Дать вам совет?

Ну что ж, извольте. Надо считать, что все грибы - хорошие. Единственное серьезное исключение - это бледная поганка. Говорят, что в рязанской области было много случаев отравления бледной поганкой, поскольку ее там путали с грибом-зонтиком.

Конечно, не надо собирать красные мухоморы. Ими можно серьезно отравиться. И это знают все. Не все, однако, знают, что можно отравиться грибами, которые очень похожи на хорошие. Поэтому я советую вам почаще ходить за грибами с опытным человеком. С таким, например, как я. И тогда вы всегда сможете есть щи из квашеной капусты с грибами.

ГОРЯЧЕЕ БЛЮДО
(ВТОРОЕ)

Котлеты деликатесные

Почему мы делаем котлеты?

Дело в том, что мясо, по своей природе, очень жилистое и жесткое. Я знаю, что многие пытаются сделать его более мягким. Кто-то отбивает его тяжелым молотком. Кто-то кладет его в морозильник, рассчитывая, что потом, когда оно оттает, в нем порвутся какие-то там жилки.

Все это, на мой взгляд, пустые хлопоты. Я всегда делаю из мяса деликатесные котлеты. Как это делается?

Прежде всего, о самом мясе.

Не думаю, что вы можете продержать у себя мясо так долго, чтобы с ним что-то произошло. Но бывают всякие обстоятельства. И тогда мясо может немного подпортиться. Скорее всего, оно вполне годно к употреблению, но у него может появиться не очень приятный запах. Гурманы в таких случаях говорят, что у мяса появился душок.

Что делать в таком случае? Как устранить этот душок?

Самый простой способ – это замариновать мясо. Положите его в небольшую кастрюлю, налейте трехпроцентного уксуса и дайте всему этому постоять денек в холодильнике.

Не все знают, как приготовить трехпроцентный уксус. Это очень просто, если у вас еще со старых времен осталась трехгранная бутылочка девятипроцентного уксуса. Каким количеством воды его надо разбавлять? Я знаю, многие считают, что надо взять для этого в три раза больше воды. Это, безусловно, очень экономно, но не совсем точно. Попробуйте развести ваш девятипроцентный уксус в два раза большем количестве воды. Поверьте мне на слово: у вас получится трехпроцентный уксус.

Ну, а дальше все довольно просто. Проверните мясо в мясорубке. Размочите кусочки белого хлеба в воде. И смешайте их с мясным фаршем. Не жалейте соли и, главное, перца. Теперь только остается котлеты поджарить. Если у вас нет масла, это не беда. Накройте сковородку крышкой. И по мере жарки добавляйте туда понемногу воды. То, что у вас получится, будет больше похоже на паровые котлеты, нежели на жареные. Но это не столь важно. Что важно, так это не пробовать котлеты, пока вы их жарите. В противном случае вам трудно будет остановиться.

Вареная курица

Для приготовления этого блюда нужно использовать курицу, из которой вы сварили куриный суп. Хорошая хозяйка сможет кормить этой курицей семью из пяти человек два дня. Для этого надо разрезать курицу на десять частей. Какие же это десять частей? Четыре половинки ножек, два крылышка – и у вас уже есть шесть порций. Теперь надо только разрезать туловище на четыре части. Что, как вы сами понимаете, не представляет никаких затруднений.

Естественно, курицу надо подавать к столу с большим

количеством гарнира. Я думаю, что обыкновенная отварная картошка лучше всего подходит к куриному мясу.

Ну, это в том случае, если у вас нет капусты. А если у вас есть капуста и нет картошки, то к куриному мясу лучше всего подойдет тушеная капуста.

Если нет ни того, ни другого, я должен буду заключить, что вы совершили стратегическую ошибку. Вместо того чтобы покупать курицу, вы должны были сконцентрироваться на поиске картошки и капусты. Курицу без всякого гарнира едят только толстосумы (то бишь, иностранцы), у которых денег куры не клюют.

Жареная картошка аппетитная

Как вы моете картошку? Я советую отмывать основные комки грязи над большой кастрюлей. И потом вы должны вылить всю эту грязь в унитаз. В противном случае можно серьезно засорить раковину.

После этого картошку надо почистить и еще раз помыть. Нужно ли вырезать зеленые места у картошки? Гурманам, наверное, так и надо поступать. Однако особой нужды в этом нет.

Теперь надо картошку нарезать и жарить на сковородке. Для этого годится любое масло, которое вы смогли найти.

Меня иногда спрашивают, хорошо ли жарить картошку на топленом масле. Спрашивают это люди, которые не знают, как получается топленое масло и для чего оно существует.

Топленое масло получается вытапливанием обыкновенного сливочного масла. При этом масло теряет в весе, но приобретает одно полезное свойство. Его можно хранить долгое время без холодильника. Поэтому, если вы находитесь в условиях, когда у вас есть только топленое масло, вам ничего не остается другого, как жарить картошку на нем. Во всех остальных случаях использование топленого масла является непростительным расточительством.

Еще чаще меня спрашивают, что делать, если масла нет никакого. А один мой приятель спросил меня, что делать, если нет картошки. И я посоветовал ему выпить стакан водки и лечь спать.

И он так и сделал. А потом он мне рассказал, что ему приснился какой-то сказочный сон. Будто он сидит летом на террасе своего загородного дома в тени под зонтом. Вокруг него снуют слуги. Один из них открывает ему ледяное баночное пиво. Другой выворачивает на раскаленную сковородку все содержимое пол-литровой банки с топленым маслом. А третий нарезает соломкой уже почищенные картофелины, абсолютно гладкие и без единого дефекта, каждая размером с футбольный мяч.

Горячая капуста оригинальная

Почему-то я еще не встречал ни одного человека, который считал бы, что он не умеет жарить или тушить капусту. Не буду вас обижать необоснованными подозрениями. А просто дам вам сейчас несколько хороших советов.

Как вы храните капусту? В холодильнике для нее нет места. И это совершенно очевидно. У тех, кто живет в старом каменном доме, нет никаких проблем. В таких домах обычно выдалбливают камни под окном на кухне. Делают там нишу. И там хранят капусту и картошку.

Я живу в блочно-панельном доме. И ничего выдолбить под окном, конечно, не могу. Дом мой построен был еще при кукурузнике в самом начале шестидесятых годов. И тогда все говорили, что строится он временно, чтобы разрешить острую жилищную проблему. И говорили, что рассчитан такой дом только на тридцать лет. После тридцати лет уже будет опасно в нем жить. После этого срока все такие дома, мол, будут снесены и на их месте уже построят хорошие постоянные дома. И я всегда надеялся, что в них будут специально сделаны ниши под окном на кухне для хранения капусты и картошки.

Но вот эти тридцать лет прошли. Никто дома сносить не собирается. Никто даже и не помнит, что они спроектированы были только на тридцать лет. С другой стороны, я пока еще не слышал, чтобы где-то такой дом сам по себе развалился. Так что надо надеяться, что какой-то запас прочности у них все-таки есть.

А теперь о том, как готовить капусту. Начнем с самого начала. Если вы увидели темные капустные места, не надо отрывать и выбрасывать целиком капустные листья. Так поступают только нерасчетливые гурманы. Вырежьте только темные места. Теперь нарежьте все на крупные куски. Ни в коем случае не вырезайте кочерыжку. Если вы хотите съесть ее отдельно – это другое дело. Но просто выбрасывать ее – преступно.

Имейте в виду, что капуста при жарке или тушении очень и очень уменьшается в объеме. Я знаю, что вы часто кладете на сковородку слишком мало капусты. И делаете вы это по двум причинам. Во-первых, вы знаете теоретически, что капуста уменьшается в размерах, но практически, когда вы видите гору свежей еще капусты на сковородке, вы не очень-то можете в это поверить. Во-вторых, даже если вы трезво осознаете, что капусты останется мало, вы думаете, что больше капусты на эту сковородку положить нельзя, потому что ее невозможно будет там перемешивать. И вы, конечно, правы в этом.

Хотя и не совсем.

Не бойтесь положить на сковородку много капусты. Не бойтесь, что она вот-вот вылезет за края сковородки. Через несколько минут капуста осядет. Помешайте ее, загребая особенно с центра, со дна. Она тогда осядет еще. И вскоре вы сможете подложить еще капусты. И через несколько минут еще и еще. Каждый раз, подкладывая свежую капусту, старайтесь «закопать» ее вовнутрь.

Многие, и я бы даже сказал – все, капусту пережаривают. Если вы держите на огне капусту слишком долго, она получается темно-коричневой, мягкой, пересоленной и поэтому невкусной. Я оставляю читателю в качестве домашнего задания – понять, почему она получается пересоленной.

Кстати, хотел вас спросить, знаете ли вы разницу между тушеной капустой и жареной? Когда капусту тушат, сковородку накрывают крышкой. А жарят капусту без крышки. И в этом – большая разница.

Хотя разница получается большой, если капусту держать на огне долго. Для быстрого приготовления капусты разницы нет никакой. По этой причине я и называю ее горячей капустой.

К сожалению, капустное блюдо малокалорийно.

Консервы

Каждый из нас, конечно, не раз видел вздутую консервную банку. Общепринятое мнение таково, что такие консервы есть чрезвычайно опасно. Не пытаясь оспаривать такую точку зрения, я хочу дать вам один совет, который поможет в некоторых ситуациях спасти консервы.

Вскройте банку. Понюхайте содержимое. Если запах ужасный, то может быть действительно лучше такую банку выбросить. Но если неприятного запаха нет или он очень небольшой, тогда можно поступить так, как меня когда-то научили в одной саратовской деревне.

Переложите содержимое в чистую стеклянную банку. Тогда у вас будет больше шансов, что плохие процессы прекратились. Теперь надо содержимое попробовать. Возьмите маленький кусочек. Величиной с фасолину. Я не думаю, что от такой небольшой порции вам станет плохо, даже если содержимое банки действительно испортилось. После того, как вы проглотили пробную порцию, не вздумайте сразу есть все остальное, даже если вам это очень понравилось. Теперь ждите как минимум один день. Если с вами ничего не случилось, консервы признаются годными.

Гурманы, правда, считают, что необходима вторая

проверка. Они считают, что второй раз надо съесть чайную ложку продукта. И опять ждать один день.

Некоторые советуют дать попробовать консервы кошке. К сожалению, кошка вздутые консервы не ест.

Хек запеченный в сметане

Основная наша рыбная надежда – мороженый хек – теперь все реже и реже появляется на прилавках магазинов. Однако каждый из нас должен надеяться, что ему когда-то все-таки должно повезти. А вам, может быть, уже повезло. Может быть, вы купили хек давным-давно, положили его в морозильник и ждете торжественного случая?

Ну что ж, вот вам простой рецепт запеченного в сметане хека.

Смажьте сковородку маслом. По всей ее поверхности разложите равномерно хек. Покройте его тонким слоем сметаны. Затем положите сверху тонко нарезанную картошку и кольца лука. Затем опять тонкий слой сметаны и слой тонко нарезанной картошки с луком. Сметану можно (и даже лучше) заменить майонезом или смесью майонеза и сметаны. Теперь надо все это поставить в духовку на средний огонь примерно на полтора-два часа. (Я думаю, что вас не надо предупреждать о том, что ручка у сковородки должна быть металлической.)

Вот, собственно, и все.

Меня часто спрашивают, можно ли хек в этом рецепте

заменить другой рыбой. Спрашивают об этом меня московские рыболовы. Они пытаются поймать рыбу в близлежащих водоемах, где ее всю уже давным-давно перетравили отходами заводов. Но квалификация московских рыболовов превосходит все ожидаемые границы. И рыбу они все-таки ловят.

Они изготавливают все свое нехитрое оборудование сами или просят об этом своих друзей. Резинку для донок им вырезают из противогазной маски в химических лабораториях. А все металлические части им делают на заводах или в опытных мастерских.

Рыбу они ловят даже в Москве-реке и в Яузе. Эти две реки – одни из самых грязных в мире. И рыбы там никакой, конечно, быть не должно. Но рыболовы на Москве-реке и на Яузе все-таки стоят. И если какая-то рыбешка там каким-то случайным образом сохранилась, то они ее обязательно поймают.

Так вот эту рыбу я бы ни за что не посоветовал использовать для нашего рецепта. Главным образом, потому что она костлявая. И запекать ее в сметане с картошкой было бы неправильно. Так что для нашего рецепта вам нужно все-таки постараться достать хек.

И вот что я еще хотел бы добавить. С рыбой надо быть осторожным. И прежде чем вы положите хек на сковородку, вы должны убедиться в том, что он у вас свежий.

Ну, я, естественно, не имею в виду, что он у вас свежий в буквальном смысле этого слова. Хек-то у вас мороженый. Я имел в виду, что вы должны убедиться в том, что хек у вас не испорченный. Ведь недоброкачественной рыбой можно серьезно отравиться. Как понять, что вот сейчас как раз, вот с этой рыбой, надо проявить осторожность?

Самые первые показатели – это запах и внешний вид. Если рыба не пахнет или пахнет незначительно и если ее вид не вызывает особых подозрений, тогда она признается годной к употреблению. Если рыба сильно пахнет, то тут самое главное понять, как она пахнет. Любая рыба пахнет. Поэтому тут важно определить, пахнет ли она просто рыбой или тухлой рыбой. Если от рыбы несет тухлятиной, то я бы посоветовал вам ее выбросить.

Я знаю, что многие в таких случаях пытаются рыбу засолить, чтобы впоследствии ее завялить. Я не стал бы этого делать, и вот по какой причине.

Всем известно, что вяленая рыба всегда попахивает. Но запах этот приобретается в процессе вяления. И этот момент является очень существенным. Если рыба пахнет тухлятиной до засолки, есть такую рыбу просто опасно.

Так что, как это ни обидно звучит, следуйте все-таки моему совету: если от рыбы несет тухлятиной, выбросьте ее как можно быстрее. Вялить такую рыбу – это пустые и опасные хлопоты. Вы можете себя успокаивать вот чем. Без пива никто вяленую рыбу не ест. А пиво из продажи практически исчезло. Так кому теперь вяленая рыба нужна?

Гуляш из мясных обрезков

Мясные обрезки. От этих слов у бывалого ленинградца все замирает внутри. Потому что мясные обрезки – это настоящее мясо по цене сорок пять копеек за килограмм. Продаются эти обрезки, насколько мне известно, только в

Ленинграде и только в одном единственном магазине на Крестовском острове, неподалеку от Свердловской больницы.

Народ считает, что магазин этот торгует для собак. И обрезки эти иногда называют собачьими. Хотя никаких собачников в этом магазине никто никогда не видел. Все покупают обрезки для себя. Тем не менее, обрезки все-таки называются собачьими. И называет их так народ без всякой обиды и, я бы даже сказал, почтительно.

Как готовится гуляш? Это, в сущности, не так уж и важно – знать точный рецепт. Самое главное – это купить мясные обрезки.

Нарежьте свои мясные обрезки на более мелкие кусочки и положите тушиться в кастрюлю с любым наполнителем, который у вас есть в доме.

Приятные гастрономические ощущения, дополненные чувством глубокого удовлетворения от воспоминания о цене обрезков, – гарантированы.

СЛАДКОЕ И ВЫПЕЧКА (ТРЕТЬЕ)

Пирожки и блинчики

Когда-то муку продавали только по большим праздникам. И для того, чтобы ее купить, приходилось провести целый день в очереди. К счастью, эти времена уже давным-давно прошли. К сожалению, прошли также времена, когда муку можно было купить в обычный день и в обычном магазине.

Поэтому сейчас, если у вас даже и есть мука, то она была куплена давно, по случаю. И хранилась у вас с тех пор. А если мука у вас хранилась долго, в ней почти наверняка завелись черви. Гурманы могут такую муку выбросить. И это будет весьма глупо – выбросить муку только из-за того, что в ней завелись черви.

Отделаться от червей (абсолютно без всякой потери муки) можно довольно легко. Надо просеять муку через сито.

Что делать потом, вы прекрасно знаете и без моих советов. Можно просто испечь блины. А можно из этих блинов приготовить блинчики с капустой.

Раньше, я помню, многие пекли яблочные пироги. Но где же достать яблоки теперь? Яблоки сейчас найти абсолютно невозможно. Правда, я мог бы подсказать кое-что ленинградцам.

Скажите мне, любите ли вы Пушкина? Ну, тем, кто любит Пушкина, уже можно ничего более и не подсказывать. Как я только упомянул его имя, так уже истинные его ценители сразу все поняли.

Ну конечно же, я имею в виду Государственный мемориальный историко-литературный и природно-ландшафтный музей-заповедник А.С.Пушкина «Михайловское» в Пушкинских горах. Дело в том, что в этих местах – богатые яблочные сады. А сбыт яблок совсем не налажен. Поэтому яблоки можно там купить сравнительно дешево. Но простому человеку добраться туда чрезвычайно трудно. И экскурсионный автобус является просто спасением для многих любителей Пушкина и яблок.

Знает о Пушкинских яблоках только очень тонкий культурный слой интеллигенции. Но все равно осенью в Ленинградском городском экскурсионном бюро добыть путевку на экскурсию в Пушкинские горы практически невозможно. Спрос на эти экскурсии так велик, что экскурсоводов не хватает. Приходится экскурсоводов набирать с других линий. Ну, они, конечно, не спутают такие октябрьские дни, как девятнадцатое и двадцать пятое. И не скажут они, что Пушкин родился в Святогорском монастыре или что-нибудь еще в таком же роде. Но какую-нибудь неточность до своих экскурсантов запросто могут донести.

Однако дело они свое все-таки знают. Я имею в виду, что яблочное дело они знают. И точно подскажут своим экскурсантам, какая цена нынче правильная и когда лучше всего затовариться – по дороге туда или обратно. Обычно они советуют яблоки закупать на обратной дороге, но хоть немного яблок купить еще до въезда в заповедник. Потому что если экскурсантов без яблок водить по Михайловскому ли, Тригорскому или Петровскому, они начинают со столов из ваз яблоки тащить и по карманам рассовывать. Только экскурсовод куда-то там в сторону отвернется, а уж половины яблок в вазе и нет.

Раньше гурманы яблочные норовили ехать в Пушкинские горы задолго до того, как лес начинал ронять багряный свой убор. И в этом был свой резон. Дело в том, что народ местный (весь поголовно набожный) до Яблочного спаса, то есть до 19 августа, яблоки не собирал. В это время яблоки (если пропустить какие-нибудь экскурсии и побродить по соседним деревням) можно было прямо с земли подбирать. И никто против этого не возражал. Сейчас, конечно, надеяться на это нельзя. Тем не менее, ленинградские любители Пушкина пока еще без яблок зимой не сидят.

А если вы живете в Москве? Что тогда делать? Яблочный пирог для вас – закрытый сюжет. И вам ничего не остается другого, как готовить блинчики с капустой. Но сожалеть об этом вам не надо. Потому что как ни хороши пироги с яблоками, а все-таки, я думаю, все согласятся со мной, что вкуснее, чем блинчики с капустой, нет ничего на свете.

Торт «Наполеон» калорийный

Один мой добрый приятель рассказал мне как-то такую историю. Ему однажды посчастливилось купить две банки сгущенки. И они у него лежали долго без применения. Он все хотел сделать что-то особенное из них. Но все откладывал это дело и откладывал.

И вот он как-то наткнулся на эти банки. И по какой-то необъяснимой причине взял гвоздик, молоток, проткнул две дырочки в банке и стал пить это сгущенное молоко. И он мне сказал, что это было так вкусно, что он не мог остановиться, пока не выпил всю банку. Тогда он опять взял гвоздик с молотком и хотел открыть вторую банку. И тут он понял, что он это уже сделал и опустошил уже две банки сгущенки. Он растерянно смотрел на две пустые банки и никак не мог понять, как такое могло с ним случиться.

Так вот, если вам посчастливится как-нибудь купить сгущенное молоко, попробуйте не поступать так опрометчиво, как поступил мой знакомый. Поверьте мне, лучшее применение для сгущенного молока – это торт «Наполеон».

Я дам вам сейчас рецепт моей мамы, точно в том виде, как я записал его с ее слов 19 ноября восемьдесят девятого года.

Итак, рецепт моей мамы.

Припасите две пачки муки, 200–250 г. сливочного масла, 3–4 стакана ледяной воды и банку сгущенки.

Подготовьте помещение (остудите его).

Двумя очень-очень холодными ножами порубите масло вместе с мукой, постепенно вливая воду. Скатайте ножами, не прикасаясь к тесту руками, колбасу и разрежьте ее на семь маленьких колбасок. Положите их минимум на полчаса в холодильник.

После этого раскатайте две колбаски скалкой (бутылкой из-под водки, но без этикетки), обильно посыпая мукой. Раскатанные колбаски положите на противни и засуньте в духовку. Противни смазывать маслом не надо. Раскатайте остальные колбаски. С ними потом надо будет сделать то же самое.

Семь получившихся коржей можно заготовить заранее. Один из них будет использоваться для присыпки.

Теперь надо приготовить крем. Сливочное масло надо смешать со сгущенкой и взбить двумя вилками (ни в коем случае нельзя эту смесь «перебить»). Затем надо промазать коржи кремом, а сверху присыпать крошкой.

Торт, приготовленный по этому рецепту – умопомрачительно вкусный. Куски торта, которые долежат до следующего дня, еще вкуснее. Поэтому попробуйте отложить хотя бы несколько из них «на завтра». Я понимаю, что даю трудновыполнимый совет. Но вы все-таки попытайтесь это сделать.

К достоинствам торта относится еще и то, что он является необычайно калорийным.

Хлеб

Сладкий горячий чай с ломтиками черного хлеба и сахаром внакладку – это то, что так понравилось Мандельштаму, когда он пировал у Гумилева на первом в Петербурге чтении «Тристии» в начале 1921 года. Что же тогда так понравилось Осипу Эмильевичу?

Николай Степанович приготовил настоящий (не морковный) горячий чай, нарезал черный хлеб, полил его подсолнечным маслом, немного подсолил. Каждый из гостей насыпал на хлеб сверху сахарный песок.

К сожалению, этот рецепт содержит сразу три трудно доставаемых продукта (кроме сахара, продающегося по карточкам): настоящий чай, хлеб и подсолнечное масло. Поэтому он не всегда может быть реализуем сейчас.

Хочу еще вот что сказать о хлебе. Мы знаем, что он быстро черствеет. Однако же выбрасывать черствый хлеб абсолютно непозволительно. Что же можно сделать с почерствевшим хлебом?

Если это белый хлеб, его надо размочить немного в воде и поджарить. Получится даже еще вкуснее, чем свежий хлеб. Если вы добавите на сковородку немного сахару, у вас уже получится что-то вроде пирожных. Старайтесь только переворачивать хлеб на сковородке почаще, чтобы сахар не подгорел.

Кстати, о сахаре. Как вы его храните? Если он у вас только в сахарнице или небольшом пакете, то можно особенно не волноваться, как его хранить. Я знаю, что многие даже не задумывались о том, чтобы запастись сахаром, пока он продавался без карточек. Более того, от него пытались избавиться, когда он был частью продуктового заказа на работе. Но я надеюсь, что вы не были столь легкомысленны и запаслись сахаром хотя бы на какое-то время. И я также надеюсь, что вы его храните не в открытых емкостях. Дело в том, что сахар хорошо впитывает воду. Говорят, что если около мешка с сахаром поставить ведро воды, то за ночь этот мешок всю воду-то и выпьет. Ну, и продавщицы в магазинах этим пользуются. Поэтому сахар продают всегда мокроватым. И в сахарнице он костенеет.

Что тут можно посоветовать? Старайтесь покупать сахар в фабричной упаковке. Ну, а если вы покупаете развесной сахар и продавщица сворачивает вам кулек из бумаги и сыпет сахар туда? Тут уже ничего посоветовать невозможно. Конечно, сахар у вас будет мокрым. Сушить его хлопотно и, в сущности, бесполезно. Но это, в общем-то, не большая беда. Особенно, когда вы его используете для поджарки хлеба.

Что еще можно сделать с черствым хлебом? Черный хлеб можно нарезать на небольшие кусочки, посолить и оставить сохнуть дальше. Его очень хорошо подавать гостям, которые пришли к вам поиграть в карты или лото или побеседовать с вами на кухне об особенностях социалистической системы хозяйствования.

Цукаты из арбузных корок

Ранней осенью советую вам внимательно наблюдать, что происходит на улицах. Потому что осенью на улицах могут продавать арбузы. Когда вы увидите в первый раз громадные сеточные загородки с арбузами, сразу же становитесь в очередь, какова бы она ни была. Не откладывайте покупку арбузов «на завтра». Они исчезают так же внезапно, как появляются. И в следующий раз вы будете иметь возможность их купить, в лучшем случае, только через год.

В своих оценках на то, сколько придется стоять, имейте в виду, что арбузы продаются быстро. Так что много стоять вам не придется. Обычно стоять надо около часа.

С арбузами никогда не бывает ограничений на то, сколько их дают в одни руки. Нет таких ограничений по понятным причинам. Даже если у вас в кармане припрятана авоська (а я надеюсь, что вы никогда и ни при каких обстоятельствах не выходите из дома без авоськи), даже в этом случае много арбузов вам не унести.

Теперь давайте обсудим один важный стратегический момент. Нужно ли делать вырез в арбузе или нет. Если вы покупаете один арбуз, тогда, наверное, сделать вырез не помешает. Если же вы покупаете несколько арбузов и не собираетесь их съесть за один или два дня, то ясно, что все их взрезать не следует. В противном случае они могут подпортиться.

Следите, как делают вырез те, которые стоят в очереди впереди вас. Если вырезы в основном удачные, можно рискнуть и вообще вырез не делать. Если вы зафиксировали несколько неудачных вырезов, то лучше сделать вырез в одном или даже в двух наиболее подозрительных арбузах.

Я не буду объяснять вам, как есть арбуз. Это было бы смешно. Если вы едите его без ножа, вы, во-первых, выглядите как некультурный человек (я знаю, что многих этим не испугаешь). А во-вторых, вы исключаете вторичное использование арбуза.

Значит, мы договорились: вы едите арбуз с ножом. В таком случае корки после вас остаются такими, что на них любо-дорого смотреть.

Теперь можно приступать к приготовлению цукатов. Очистите корки от верхней кожуры. Нарежьте их на кусочки величиной с половину большого пальца. После этого арбузные корки надо варить в густом сахарном сиропе.

Важно не добавить в сироп много воды. Поэтому начните вот с чего. Поместите в кастрюлю очень мало сахару и буквально чайную ложку воды. После того, как сахар нагреется, смесь станет жидкой. В этот момент можно добавить еще немного сахару и пару арбузных корок. Они выпустят сок, и теперь процесс должен пойти быстрее. Добавьте еще сахару, потом еще арбузных корок. В результате вы должны положить в кастрюлю все арбузные кусочки и их должен покрывать сахарный сироп.

Варить корки надо на маленьком огне не менее часа. Когда вы увидите, что сахарного сиропу стало совсем мало, варку надо закончить. Дайте смеси остыть немного. Теперь надо разложить арбузные кусочки по тарелкам, так чтобы каждый кусочек лежал отдельно. Все кусочки должны подсохнуть, но быть немного влажноватыми. После этого их надо слегка присыпать сахаром.

Что делать дальше? Теперь ваши арбузные корки должны долго сушиться при комнатной температуре. Где их лучше всего сушить? Я знаю, что места для этого у вас нет. И по этой причине мало кто делает цукаты из арбузных корок. И, к сожалению, никто вам тут ничего хорошего посоветовать не сможет.

Никто, кроме меня.

Если вы интеллигентный человек (а вы, конечно, интеллигентный человек), то в вашей комнате на всех стенах до потолка висят книжные полки. Между самым последним рядом полок и потолком обычно бывает небольшое пространство. Вот туда вы и должны поставить ваши тарелки с арбузными корками. (Кстати, начиная с этого момента, их можно уже называть цукатами.) Никто их видеть там не будет. Да и вы сами о них, вполне возможно, на какое-то время забудете. И это будет очень и очень хорошо. Потому что сохнуть ваши цукаты должны достаточно долго. Если, скажем, вы вспомните о них через два месяца, то это будет в самый раз. Постарайтесь только не съесть это лакомство за один присест.

НАПИТКИ

Самогонный спирт

Все знают, что скороварка является одной из двух основных частей самогонного аппарата. И это является стопроцентной правдой. Многие считают, что вторым незаменимым элементом аппарата является змеевик и что змеевик чрезвычайно трудно достать. И это тоже является стопроцентной правдой. Ну, в том смысле, что многие так считают. На самом же деле этот змеевик достать не так уж и трудно. К тому же он вовсе не является необходимым элементом самогонного аппарата. И я сейчас объясню, что я имею в виду.

Но сначала – о скороварке. Мы ее используем не потому, что варить самогон надо под большим давлением. Нет. Просто так уж получилось, что скороварка как будто бы специально приспособлена для самогоноварения. У нее – надежная, герметически закрывающаяся крышка. Сверху на крышке имеется вентиль. Он очень удобен для подключения резиновой трубки, по которой отводятся пары в змеевик.

Теперь о том, как все-таки достать этот трудно доставаемый змеевик. Разумеется, я говорю не о металлическом змеевике. Металлический змеевик – это только для эстетов. Простой народ всегда обходился стеклянным змеевиком.

Где же добыть этот стеклянный змеевик?

Опросите своих друзей и близких знакомых. Наверняка кто-то из их друзей или знакомых работает в химической технологии. Пусть вас на него выведут. Вы должны попросить его. Он даст заказ в стеклодувную мастерскую. И ему выдуют змеевик через несколько дней. Осенью или весной этот змеевик сравнительно легко выносится с работы под плащом. Стандартная плата за змеевик – ведро самогона.

А теперь разрешите мне сделать одно небольшое лирическое отступление. Вынос змеевика с работы – не совсем безопасное дело. Бывает, что люди не могут благополучно пронести его через проходную предприятия, на котором они работают. Их там, случается, ловят. А хищение народного добра – это весьма серьезная и неприятная штука.

Так вот, если вы услышите как-нибудь о таком происшествии, проследите, какова дальнейшая судьба того человека, который пытался вынести змеевик. Если его не выгнали с работы... Ну, как бы вам это объяснить... Если его не выгнали с работы, значит, его не надо было выгонять с работы. Вы меня поняли?

Если он совершил такое, что его просто необходимо было выгнать с работы, каким бы хорошим работником он ни был, а его все-таки не выгнали. Значит, он чем-то заслужил, что его не выгнали. Теперь вы меня уже наверняка поняли.

Мне кажется, что это легко понять. Представьте, что человек натворил что-то ужасное. Например, пытался вынести с работы часть самогонного аппарата. За это, вообще говоря, под суд отдают. А этого человека даже с работы не выгнали. Ну, значит, почему его не выгнали? Ухватили?

Почему я говорю тут намеками, а не говорю прямо, что я думаю? Просто в России принято о таких вещах говорить намеками. Например, если наш с вами однокурсник Алешин стучит в КГБ, то об этом принято говорить так: наш однокурсник на букву «А», знаете ли, эдак, тук-тук, тук-тук.

Почему так принято, никто не знает. Но так говорить принято – и все тут. Это как бы является частью русского языка – говорить о таких вот вещах намеками. Ну, а я очень бережно отношусь к традициям русского языка. Поэтому и я тут говорю намеками. Хорошо было бы при этом еще подмигнуть левым глазом. Но я, к сожалению, не знаю, как это можно было бы отразить на бумаге.

Ну, ладно. Теперь вы, наверное, уже точно все поняли, и хватит об этом. Вернемся к нашему змеевику.

Что делать, если вам не найти знакомого, работающего в химической технологии? На самом деле, это очень плохо, если у вас нет такого знакомого. И я даже не знаю, что вам тогда можно посоветовать.

Нет, не в смысле змеевика. О змеевике вы можете не волноваться. Ему есть замена. Но вам в любом случае понадобятся небольшие кусочки резиновых трубок разного диаметра. Поэтому вы все-таки должны напрячься еще немного и поискать связей с химиками. Резиновые трубки – это не змеевик. Их вам вынесет с работы даже малознакомый вам человек. Заодно попросите его вынести вам несколько плотномеров. Ими вы будете определять крепость вашего самогона.

Так что же надо делать, если вы не можете добыть стеклянный змеевик? Не волнуйтесь. Выход есть. Москвичам надо поехать на улицу Горького. И зайти там в магазин «Пионер». (Ленинградцы должны сами сообразить, куда им надо поехать.) В магазине «Пионер» всегда продавались и продаются сейчас алюминиевые трубки. Все, что вам нужно – это две алюминиевые трубки. Чем длиннее будут трубки, тем лучше. Трубки должны быть разного диаметра, так чтобы одна из них свободно входила в другую.

Когда приедете домой, вставьте одну трубку в другую. Внутреннюю трубку подключите резиновым шлангом к вентилю скороварки. По ней будет скапывать самогон. А внешнюю трубку соедините с краном холодной воды. Сделайте так, чтобы самогонные пары и холодная вода шли противотоком друг к другу. И это – все!

Осталось только подготовить сусло.

В трехлитровую банку налейте воды, размешайте там пачку дрожжей и килограмм сахара. Теперь поставьте вашу банку в теплое место бродить примерно на десять дней. По прошествии этих десяти дней вы должны заполнить скороварку на две трети суслом, поставить на газ и ждать, когда из тонкой алюминиевой трубочки начнет скапывать настоящий самогонный спирт. Только умоляю вас – не спрашивайте меня, где достать сахар и дрожжи!

Самогон «Люкс»

Можно ли пить непосредственно самогонный спирт? Конечно, можно. Но иногда неплохо было бы сдобрить его чем-то. Для этой цели подходит все, что оставляет после себя хороший запах. В аптеках иногда продается кора дуба. Она придаст вашему самогонному спирту коньячный цвет и вкус.

Когда будете пробивать в кассе за кору дуба и кассирша спросит вас, в какой отдел пробивать чек, будьте начеку. Не скажите сдуру: «В винный!» Я сам не раз был свидетелем таких случаев. Не с корой дуба, правда. Я видел, как люди покупали в аптеке тройной одеколон. Те, которые были еще только навеселе, говорили кассирше про винный отдел в шутку. Но те, которые уже порядочно захмелели, говорили это вполне серьезно. И были абсолютно уверены в том, что тройной одеколон может продаваться только в винном отделе.

Я как-то положил в самогон немного полыни. И дал ему настояться. Получилось нечто отвратительное. По счастью, у меня среди друзей есть настоящие специалисты по самогонке. Не по приготовлению, правда, а по потреблению. Так вот они сказали, что это было самое лучшее, что они когда-либо пили в своей жизни.

Я очень надеюсь, что после того, как вы наладите у себя производство самогонки, вы не станете выбрасывать карточки на водку. Это было бы непростительной ошибкой. Карточки на водку представляют собой большую ценность. Есть масса возможностей для их использования. Например, ими можно заплатить водопроводчику за мелкий ремонт. Их можно обменять на сахарные карточки. Наконец, карточки на водку - оригинальное дополнение к подарку по любому случаю.

Чайный гриб

Сейчас у всех на подоконнике стоит трехлитровая банка с чайным грибом. И все знают, как достать этот гриб и как его кормить. Если вам отщипнут маленький кусочек гриба, то через пару месяцев при хорошем уходе он уже разрастется по всей поверхности банки. Каждый день можно отпивать из банки одну чашку вкуснейшего напитка. Естественно, при этом надо добавлять в банку чашку воды. Периодически надо также добавлять туда сахар и испитой чай.

Я знаю, что и сахар, и чай сейчас не так легко достать. Но я все-таки надеюсь на вашу изворотливость и запасливость.

Чай, конечно, не является продуктом первой необходимости. Но никому не помешает им запастись, если представится такой случай. Удача может сопутствовать вам только один раз жизни. Как это случилось со мной.

Как-то я случайно забрел в один маленький магазинчик в саратовской глуши. Там я увидел здоровенный фанерный ящик, обклеенный фольгой изнутри. У меня сразу екнуло сердце. И я подошел поближе.

Это был индийский чай по цене шесть рублей за килограмм. Крупные листья со светлыми прожилками – я не видел такого чая никогда. По какой-то непонятной причине на ящике была наклейка: «Второй сорт». Поэтому-то он и стоил только шесть рублей.

Я отчетливо осознавал тогда, что такой удачи у меня в жизни больше никогда не будет. Надо было только не торопиться и не испортить все. Для начала я спросил у продавщицы, есть ли у нее чай первого сорта. Она, естественно, сказала, что у нее нет чая первого сорта. И я сделал огорченное лицо.

Потом я попросил ее насыпать чай в большой кулек. Потом попросил свернуть второй. И потом, постепенно, с шутками и прибаутками я купил все, что оставалось в этом ящике.

Чай очень быстро впитывает в себя посторонние запахи. Поэтому я, как только вернулся в Москву, достал с антресоли приспособление для закрутки консервных крышек и «закрутил» все это мое богатство в тридцать две трехлитровые банки. И вот уже третий год завариваю превосходный индийский чай с крупными листьями и светлыми прожилками.

Моя книга подходит к концу. И мне остается сказать только вот что еще. Конечно, мне очень хотелось бы, чтобы вы прочитали ее вдумчиво. И конечно же, мне очень хотелось бы, чтобы вы действительно стали пользоваться моими кулинарными рецептами и советами. И если вы начнете это делать, то надеюсь, что несмотря на то трудное время, в которое мы все здесь живем, вы тоже будете есть те прекрасные кушанья, которые ем я, и будете, как и я, всегда заваривать такой же превосходный чай, хоть и второго сорта, но с крупными листьями и светлыми прожилками.

Кстати, есть ли у вас приспособление для закрутки консервных крышек? Не помню точную цитату, но какой-то теоретик коммунизма сказал примерно следующее. Вы можете жить при коммунизме лишь тогда, когда вы обогатили себя знанием всех богатств, которые выработало человечество. Не знаю, насколько это изречение справедливо в общем смысле. Но применительно к консервным крышкам оно бьет прямо в точку. Я думаю, что приспособление для закрутки консервных крышек в первую очередь относится к таким необходимым богатствам. И если этого приспособления у вас нет, то, простите, вы еще не готовы для жизни в коммунистическом обществе.

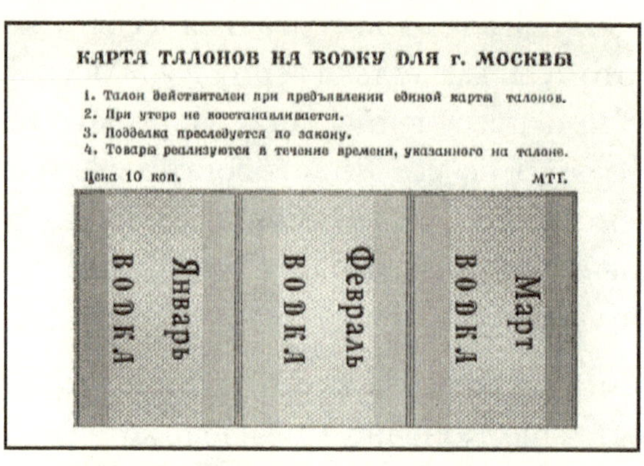

КАРТА ТАЛОНОВ НА ВОДКУ ДЛЯ г. МОСКВЫ

1. Талон действителен при предъявлении единой карта талонов.
2. При утере не восстанавливается.
3. Подделка преследуется по закону.
4. Товара реализуются в течение времени, указанного на талоне.

Цена 10 коп. МТГ.

Январь ВОДКА | Февраль ВОДКА | Март ВОДКА

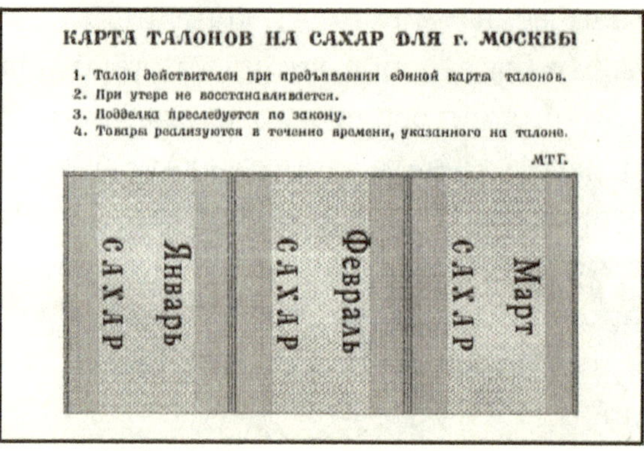

КАРТА ТАЛОНОВ НА САХАР ДЛЯ г. МОСКВЫ

1. Талон действителен при предъявлении единой карта талонов.
2. При утере не восстанавливается.
3. Подделка преследуется по закону.
4. Товары реализуются в течение времени, указанного на талоне.

МТГ.

Январь САХАР | Февраль САХАР | Март САХАР

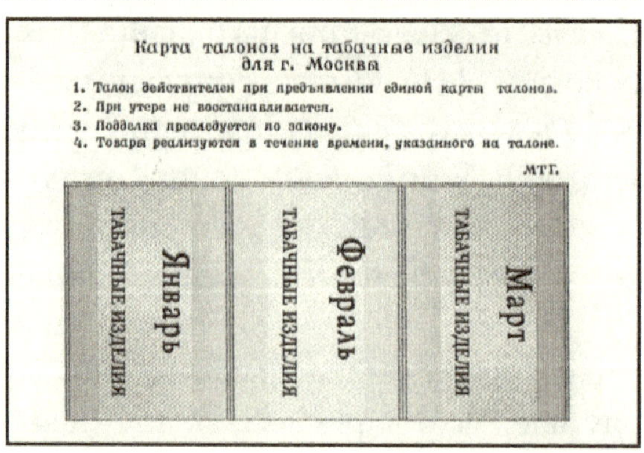

Карта талонов на табачные изделия для г. Москва

1. Талон действителен при предъявлении единой карта талонов.
2. При утере не восстанавливается.
3. Подделка преследуется по закону.
4. Товара реализуются в течение времени, указанного на талоне.

МТГ.

Январь ТАБАЧНЫЕ ИЗДЕЛИЯ | Февраль ТАБАЧНЫЕ ИЗДЕЛИЯ | Март ТАБАЧНЫЕ ИЗДЕЛИЯ

www.ingramcontent.com/pod-product-compliance
Lightning Source LLC
LaVergne TN
LVHW101321110826
845152LV00011B/14

* 9 7 8 1 9 3 6 5 8 1 5 2 8 *